불편한 온도

불편한 온도

하명희 소설집

차례

꽃 땀 _ 7
까막편지를 읽는 법 _ 39
불편한 온도 _ 65
그림자들의 강 _ 95
늙은 물의 사랑은, _ 153
목발 _ 181
저녁의 목소리 _ 203
눈의 집 _ 229

작품 해설 충분히 연루되지 못한 사랑을 위하여 이철주 _ 256
작가의 말 _ 269
수록 작품 발표 지면 _ 274

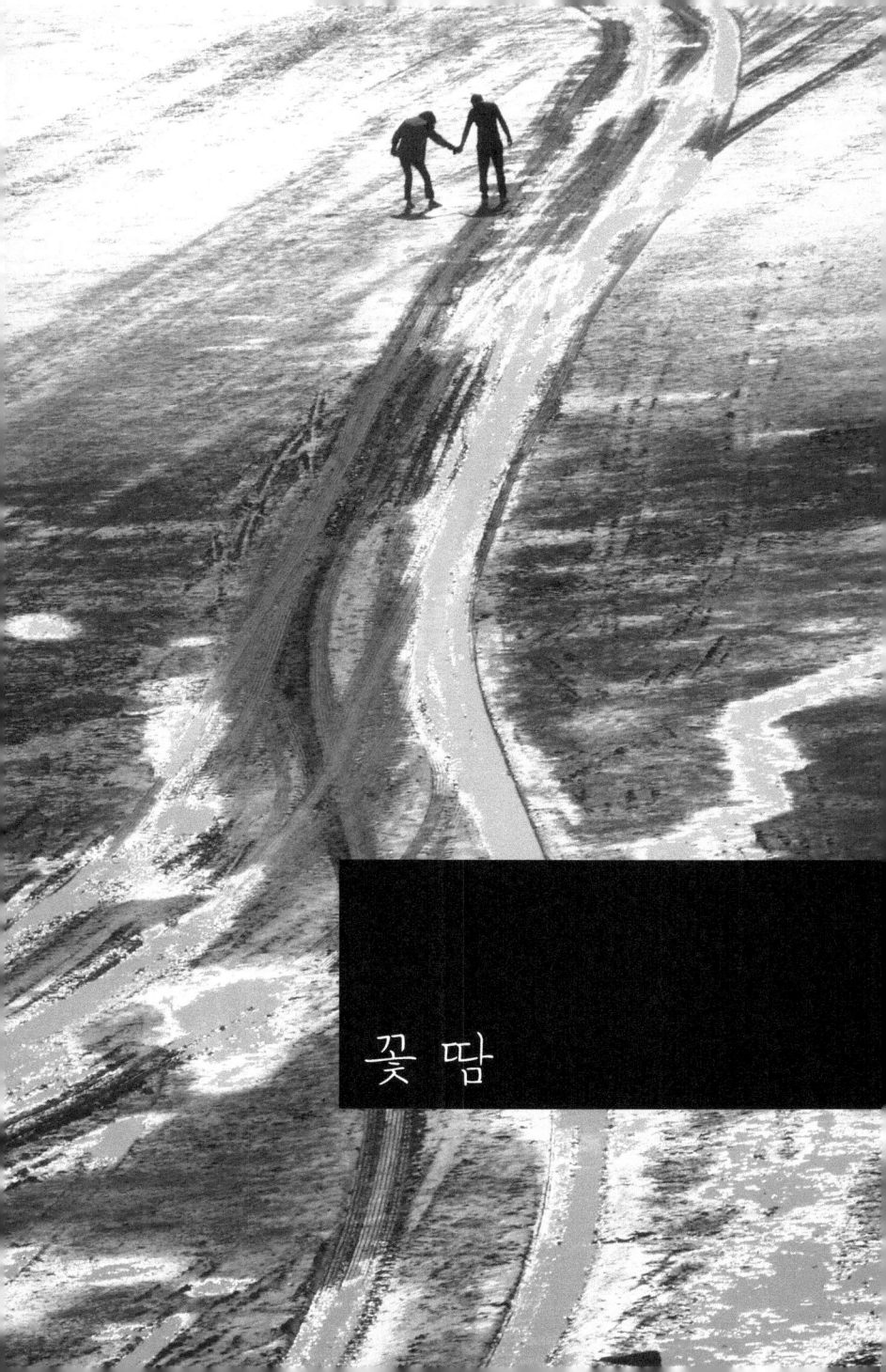

꽃 땀

신이문 지하차도에는 노란 트럭이 서 있다. 하루 동안 전농동을 휘젓고 다닐 녀석이다. 그가 올라타면 트럭은 코끼리로 변신한다. 노란 트럭에 올라 시동을 켜면 파도를 보자기로 싸놓은 듯한 코끼리의 혀가 엉덩이만큼 푹 꺼진다. 그는 옆 좌석에 흩뜨려놓은 잡지 중 하나를 집는다. 마지막까지 팀에 남아 있었던 앨런 스미스가 골키퍼인 로빈슨의 어깨에 손을 얹고 눈물을 흘리고 있다. '우리의 사랑까지 팔지 말아줘요!' 앨런 스미스의 눈물 사진 아래에는 구단에게 보내는 서포터들의 피케팅 문구가 박혀 있다. 구단의 부채를 갚기 위해 리오 퍼디낸드, 로비 킨, 조나단 우드게이트, 로비 파울러까지 팔아버렸으니 강등이 확정되는 것은 시간문제였다. 앨런 스미스는 뭘 믿고 끝까지 리그에 참여했을까. 그는 앨런 스미스의 눈물을 볼 때마다 덜 깬 잠이 사라진다. 염병할 리즈! 꼭 속을 뒤집어놓고 제자리로 돌아오게 한단 말이야. 그는 잡지를 엉덩이 밑에 깔고 방석으로 덮으며 표지에 실린 서포터의 구호를 외친다.

>You can take our money.
>You can $ell our players.
>But the fans will always be Leeds United!

시동이 걸릴 것 같지 않은 늙은 코끼리는 걸어서 한 시간 걸리는 거리를 십 분 만에 도착한다. 출근길이 한 시간 걸리는 사람들은 열 시간을 걸어야 한다. 그는 서울은 넓다고 생각하며 정릉천 위에 자리 잡은 까대기 장소에 코끼리를 세운다. 주차장을 빠져나간 승용차 대신 자사 로고를 단 노란 탑차들이 줄지어 서 있다. 밤사이 지방에서 올라온 10톤짜리 십발이에서 내려진 물건들은 면목동, 장안동, 보문동, 제기동, 미아동, 전농동으로 출발할 탑차로 나누어 실린다. 먼저 도착한 동수와 문석이 십발이에서 내려진 물건들을 주소별로 까고 있다.

"너 오늘 죽었다. 쌀 포대 좀 봐. 다 니 거야. 작년에는 추석 지나 아예 노가다 하지 않았었냐?"

"이노무 전농동은 굶어 죽은 귀신이 붙었나, 맨날 먹는 거만 들어오니 못살겠어."

"쫄다구가 들어와야 너도 다른 동네로 가는 거야. 까대기 아르바이트만이라도 좀 쓰자니까, 쟤들 하는 짓 좀 봐라. 실장이 며칠이나 저걸 해준다고."

십발이 위에서 손짓으로 지시만 해대는 사장의 처남을 흘겨보며 동수가 말한다.

"시골에 연고지라도 있으니 웰빙 동네야."

실장이 쳐다보는 것을 눈치챘는지 문석이 쌀 포대를 번쩍 들며 발림수를 쓴다.

"아파트가 들어서면 편하긴 할 거야. 형들, 축구 좋아해? 내가 응원하는 리즈 유나이티드가 강등될 때 서포터들이 뭐라고 그랬는지 알아?"

그는 앨런 스미스가 끝까지 팀에 남아 있었던 것을 설명하기 위해 스포츠 정신, 리즈의 역사, 훌리건이 없기로 유명한 셀틱의 연대에 관해 침을 튀기며 말한다. 이쯤 되면 그런 팀도 있느냐고 감탄할 만도 하지만 이는 서포터들이 나누는 가치일 뿐이다. 환상은 가치와 만나지 않으려고 피해 다닌 지 오래다.

"박지성이 있는 맨유가 더 낫지, 키도 짤막한 게 공은 잘 몰지 않냐? 강등된 팀이 뭐가 좋다고 그러냐?"

그 자신도 앨런 스미스가 왜 끝까지 팀에 남았는지 이해할 수 없다. 선수 인생은 짧은 만큼 몸값이 최고조에 달했을 때 퇴직금을 벌어야 한다. 그걸 번번이 깨뜨리는 리즈의 역사를 설명한다는 것은 생각만큼 쉬운 일이 아니다. 그러려면 '염병할' 리즈에 대해 설명해야 한다.

"우리의 사랑까지 팔지 말아줘요! 멋지지 않아?"

리그가 끝날 때면 지랄병에 걸린 듯 욕하면서도 다음날이 되면 자기도 모르게 리즈 유나이티드를 응원하고 있는 것을 발견할 때마다 그는 이건 병이라고 생각했다. 팀의 성적이 떨어질수록 서포터들이 더 늘어나는 걸 보면 이건 전염병임이 틀림없다.

"축구팀이 처음 만들어졌을 땐 그럴싸했을지 몰라도 지금은 비싼 선수들이 뛰는 팀이 이길 수밖에 없지. 앨런인가 애넌인가 그놈도 결국엔 다른 데로 옮겼잖아. 뛰는 만큼 버는 건 옛날 얘기야. 지금은 살아남은 놈들만 뛸 자격을 준다고. 거기 구단주가 선수들 몸값을 똥값으로 쳐서 구단 부채를 갚았다며? 축구나 택배나 뛰는 놈은 좆나 뛰고 돈 버는 놈은 따로 있는 거야."

문석이 형이 쌀 포대를 건네주며 일장 연설을 한다. 그는 십발이에서 내려진 전농동의 물건들을 코끼리에 싣는다.

"그건 그렇지. 우리가 개인 사업자로 등록돼 있다고 어디 사장님인가, 비정규직도 아니지. 근데 형, 리즈도 없었으면 이 답답하고 느려터진 전농동에서 못 버텼을 거야. 패배하는 팀을 보면 이상하게 기운이 나거든. 왜 그런지 모르겠어. 형들은 그렇지 않아?"

"지랄을 박카스로 하네. 싱거운 놈! 뻥튀기 말고 다른 건은 안 들어왔냐?"

"아, 좀 전에 웃긴 물건이 들어왔어. 눈치로 봐선 인터넷에 쇼핑몰 하나 올려놓고, 섹스기구 같은 거 있잖아, 그런 거 파는 거 같아. 전화 거는 여자는 한 번도 못 봤고 벙어리 같은 여자애가 그걸 건네주는데, 그럴 때마다…… 아무튼 이런 거라도 좀 많이 팔려야 나도 올해는 앨런로드에 갈 텐데."

더블린에서 에딘버러로 노동자들의 도시인 글라스고를 거쳐 리즈의 홈구장이었던 앨런로드로 들어서는 그의 옆에 고개를 숙이고 울고 있던 여자아이가 끼어든다.

"거기까지 니 빚을 끌고 갈래? 대학 나와 남은 건 빚뿐이라더니. 하긴 딸린 식구가 없으니까 하고 싶은 건 하고 살아야지. 나는 애들이 아플 때마다 덜컥 겁이 나. 패배하는 팀을 보면 기운이 난다고? 지랄하고 있네."

으으윽, 찬바람이 아랫배를 날카롭게 찌르는 것 같다. 그는 오줌이 빠져나갔을 때처럼 몸을 털고는 스캐너로 전표를 찍는다. 전표를 동네별로 나눠놓고 까대기 할 때 접어놓았던 물건들의 임자에게 전화를 건다.

"택밴데요. 거기 위치가 13번지 몇 호예요? 17호 아니에요? 7호는 이사 갔어요. 17호 맞죠? 에이, 주소 좀 잘 쓰라고 하세요. 저번에도 그러더니 또 그러네. 고춧가루 두 개요. 팔천 원 착불이요. 안 돼요. 열한시쯤 가요. 안 된다니까요."

그는 면장갑에 알코올을 묻혀 코팅된 전농동 지도를 닦는다. 유성펜으로 표시해둔 엑스자만 남는다. 그는 수성펜으로 17호에 동그라미를 그린다. 세계지도가 풍경화라면 전농동의 지도는 작전판이다. 그는 칠십 평생 후지산을 배경으로 날씨 지도를 그렸다는 노인처럼 전농동의 변화를 작전판 위에 그리는 중이다. 사람이 살고 있는 집들은 하루 지나면 그의 작전판에서 지워지지만 유성펜으로 표시한 매일 늘어나는 빈집들은 그의 경력을 말해준다. 전농동은 수성의 동네다. 전농동에서 확실한 것은 사라진 것들뿐이다. 그는 부재를 확인하듯 핸드폰으로 그들의 위치를 확인한다.

"택밴데요. 27번지 32호 몇 층이죠? 사층이요? 쌀이거든요. 거기 옥탑이죠? 사층이라고요? 집에 계시죠? 열한시에 갈 거예요."

사층인 경우는 십중팔구 옥탑이다. 27번지 아줌마는 경기 시작 전 몸을 푸는 선수들처럼 의기양양하다. 정릉천으로 새들이 날아든다. 머리 위 고가에서 자동차들이 지날 때마다 새들이 날개를 퍼덕이다 다시 내려앉는다. 출차 준비를 마치고 사무실에 들러 주유할인카드를 들고 나오자 뱃속이 허전하다. 목요일이라 그나마 물건이 많지 않은 편이지만 밥 먹을 시간도 없는 건 마찬가지다. 핸드폰이 울린다. 칼질해놓은 토막 난 목소리다. 오후에 물건을 가져가라는 여자는 고개 숙이고 울던 소녀의 엄마일까 언니일까. 메떨어진 모습의 소녀도 여자의 나이가 되면 저런 목소리를 낼까. 그는 신호 대기 중인 동수의 탑차를 향해 빠밤빠 빰빠, 클랙슨을 누른다. 가, 가지 마, 가, 가지 마. 횡단보도를 건너는 사람이 없는데도 신호등은 깜빡인다. 십 년 전 그는 술에 취해 방바닥에 널브러져 있는 아버지의 엉덩이를 걷어차고 집을 빠져나왔다. 어머니가 대학 등록금으로 모아놓은 돈을 한 방에 날려버린 아버지의 엉덩이는 바위처럼 단단할 줄 알았다. 더 세게 걷어찰 걸 그랬어. 헐떡이며 따라오는 것은 빈 바람뿐이었다. 그는 쓰윽 한번 뒤를 돌아보고는 꺾어 신은 운동화를 끌며 건널목을 건넜다. 건널목을 다 건넜을 때 그는 운동화를 바로 신고 뛸 준비를 하고 있었다. 코끼리 앞으로 승용차가 한 대 끼어든다. 동수의 탑차가 뿌우 뿡, 클랙슨을 누른다.

전농 3동으로 들어가는 입구 반대편에 노인들이 줄지어 서 있다. 청량리에서 자기 옆에 쓰러져 있는 노숙자에게 밥 한 끼 사주지 못한 것이 부끄러워 노숙자들의 아버지를 자처하며 무료 배식을 시작했다는 신부가 운영하는 시설이다. 점심을 먹기 위해선 아침부터 줄을 서야 한다. 세계 곳곳의 굶주린 사람들을 도와주는 사회복지재단으로 성장한 이곳은 지금은 노숙자보다는 동네 노인들의 고정 코스가 되었다. 길 건너편에 지어진 사회복지법인 병원 벽에는 'I will be with you always'라는 성경 구절이 커다랗게 박혀 있다. 하늘에 계신 양반은 전 세계 시민들을 선수로 몰아넣은 장본인이 아닐까. 경쟁과 반칙, 성공과 실패를 거듭하는 선수들을 보며 '나는 너희와 늘 함께할 거니까 너희들은 계속 뛰어'라고 말하고 있다. 신은 처음으로 나와 너를 구분 지은 전 세계 단 한 명밖에 없는 서포터다.

"나도 항상 가고 있어. 그것도 뛰어서."

코끼리는 커브를 돌아 골목으로 들어선다. 코끼리는 하루 동안 제 몸무게의 절반은 되는 풀과 열매를 먹어야 산다. 그의 코끼리는 오늘 70여 곳에 들러 물건들을 건네주어야 몸값을 벌 수 있다. 가죽 공장에서 맡을 수 있는 동물의 젖은 털 냄새가 슬그머니 밀려온다. 냄새의 주인공들인 끈 풀어진 개들이 두셋씩 몰려다니는 것이 보인다. 고속도로와 시골길을 오가며 소파 가죽을 실어 나르던 아버지도 이때쯤 담배를 한 대 꺼내 물었겠지. 그는 담배를 꺼내려다 도로 집어넣는다. 코끼리는 대형면허를 딸 때만 해도 서울에 없었다. 아버지의 술주정 같은 전화를 받고 집을 찾았을 때, 빚만 얹어주고 고향 집 마당에 감금당해 있는 코끼리를 보며 그는 흥분했다.

"엄마, 저거 움직여?"

"왐마, 밭 이백 평을 잡아먹은 애물인디 안 움직이면 저게 사람으로 보이는갑제."

"아버지가 저걸로 뭐한대?"

"살 사람 나타나믄 밑구녕 닦드끼 팔아치운다고 그라지."

"그럼, 저거 내가 타도 되는 거야?"

"탈 놈이 빚도 먹어야 쓰는디, 니가 뭔 수로 갚을라고?"

"저걸로 갚으면 되지. 얼마 전에 대형면허도 따놨단 말이야. 열쇠는?"

그는 앞뒤 생각할 것도 없이 그길로 코끼리를 몰고 서울로 왔다. 서울은 야생보호구역처럼 독신인 수컷 코끼리들이 맘껏 뛰어다니는 곳이다. 일 년 넘게 코끼리의 몸값을 아버지에게 부치고 있기는 하지만 큰 것들은 시간을 잡아먹는 속성이 있다. 월세를 받아 생활하던 노인네들이 하나둘씩 집을 팔기 시작하면 남는 것은 개들뿐이다. 그 개들처럼 이자는 어떻게든 살아 새끼를 친다. 전농동에는 고양이보다 그런 개들이 더 많다. 개들이 활보하는 거리에는 집집마다 고무 화분이 네다섯 개씩은 밖으로 나와 있다. 파를 심어놓은 궤짝도 있고 부추꽃, 분꽃, 과꽃, 족두리꽃까지 대부분 시골집 마당에서 보았던 꽃들이다. 그래서 그런지 전농동에는 꽃집이 없다. 꽃집이 없는 대신 오색 깃발이 만국기처럼 듬성듬성 꽂혀 있다. 선녀보살, 천지보살, 무녀천신보살, 천신백마장군보살, 보현보살…… 이층에 깃발이 꽂혀 있으면 주변에는 어김없이 부동산이 있다. 사람들은 선녀보살에게 어디로 갈까요, 언제 갈까요를 묻고 부동산에 가서는 얼마나 받는대, 언제가 좋겠어를 묻는다. 보살과 부동산에서 일러주는 날짜가 맞아떨어질 때가 사람들이 떠나는 시점이다. 깃발과 부동산을 끼고 있는 골목에는 감나무나 느티나무가 서 있다. 처음 이곳에 아스팔트를 깔았던 사람들은 어떻게 그 나무들을 베지 않았을까. 전농동에서는 차들이 나무를 피해 가야 한다. 나무 옆에는 평상이 펼쳐져 있고 시골 초입에서나 볼 수 있는 감나무집, 느티나무집 같은 동네 슈퍼들이 자리하고 있다. 그는 까나리액젓 통을 들고 골목 막다른 곳으로 뛴다. 골목에 들어서면서부터 한말숙 씨를 부른다. 개들이 할 일이 생겼다는 듯 컹컹 짖으며 그를 따라온다.

"한말숙 씨 택배요."

그는 금방 뛰어갈 자세로 엉덩이를 빼고 영수증을 내민다.

"까나리잖여. 아녀, 내 꺼는 새우젓갈이라니께. 이거 아녀."

할머니는 영수증은 거들떠보지도 않고 젓갈통이 바뀌었다며 설레발을 친다.

"그건 모르겠고요, 여기 사인해주세요. 한말숙, 할머니 이름 맞잖아요?"

"그려, 내가 한말숙인 건 맞당께. 그라믄 새우젓갈을 줘야지. 눈깔을 어디다 달고 다니는 거여?"

"제가 잘못한 게 아니라니깐요. 여기로 전화를 해보세요. 얼른 영수증이나 주세요."

"젊은 놈이, 니가 전화를 해야지 왜 나보고 하라는겨! 새우젓 통을 까나리 통으로 바꿔놓고 어디서 행패여?"

"할머니, 나는 이거 배달만 하는 사람이라고. 여기, 보내는 데서 잘못 보냈나봐. 그러니까 여기로 전화하라니까."

"이놈이 김장 망쳐놓을 놈. 이놈아, 내가 새우젓이랑 까나리도 구분 못하는 빙추로 아는겨!"

뒷덜미를 잡아채는 할머니의 욕을 들으며 그의 첫 배달은 시작된다. 경기 시작과 함께 전개되는 이 기싸움에서 밀리면 대부분 끝이 좋지 않다. 우기다 보면 까나리젓을 새우젓으로 바꿀 수 있다고 할머니는 믿고 있다. 할머니는 그렇게 평생 모은 집 한 채를 빼앗기지 않기 위해 재개발업자와 싸우고 있을 것이다. 골목을 나오려는데 고무 화분에 담긴 흰 꽃무리가 힐끗 눈가로 스친다. 그는 큰길가에 있는 공업사로 뛴다. 공업사에 물건을 건네주고 옆 식당에 감자 한 박스를 내려놓는다. 고춧가루 두 포대를 양 어깨에 짊어진 그는 17호 할아버지의 이름을 부른다. 할아버지는 착불비를 깎고는 물이라도 먹고 가라고 그를 붙잡는다.

"물값이 천 원이나 해요?"

할아버지도 그도 멋쩍게 웃고 만다. 넘어진 선수를 일으켜 주고 서로 등을 쳐주며 숨을 돌리는 것은 선수들이 쉬고 싶을 때 하는 플레이다. 물론 이때도 억울한 놈은 있기 마련이다. 이런 전술은 경기에서 딱 한 번만 먹힌다. 두 번 써먹었다간 등이 아니라 멱살을 잡게 된다. 그는 억울한 놈이 없게 하기 위해 착불비를 올려 불렀다. 할아버지는 젊은 사람이 부지런

하다며 칭찬을 얹어준다. 막혀 있는 골목 끝에서 할머니들이 나와 앉아 수다를 떨고 있다. 할머니들 옆에는 유모차가 서 있다. 할아버지들이 길 건너로 배식을 받으러 간 사이 할머니들은 골목마다 고추를 널어놓고 아이들을 말리고 있다. 젓갈통을 받아든 할머니는 그를 붙잡고 전구 좀 갈아달라고 말한다.

"할머니, 나 바빠."

할머니는 그의 등을 쓸며 어지러워서 전구를 갈 수가 없다고 잡아끈다. 아이들은 어리고 어른들은 늙었다. 이곳에서 전구를 갈아줄 사람은 그밖에 없다. 핸드폰이 울린다. 열한시까지 오기로 해놓고 왜 아직도 안 오느냐고 27번지 아줌마가 전화기에 대고 호통을 친다. 늦게 오는 남편을 다그치는 것 같다. 그는 열두시에는 간다고 말했지만 그 시간 안에 도착하지 못하리라는 것을 안다. 그런데도 꼭 이렇게 시간을 당겨놓게 된다. 문석이 형은 이것도 일종의 직업병이라고 했다. 일찍 도착해서 사람이 없으면 돈 받기가 쉽지 않다. 특히 전농동은 노인들에게 통장 번호를 알려준다 해도 그때뿐이다. 빚 독촉하듯 귀찮게 해봐야 전화비가 더 나온다. 악착같이 착불비를 받아내려고 전화를 해댈 때면 몰락한 팀을 응원하는 서포터인 자신이 우스워지곤 한다. 1992년 이후 딱 한 번, 레알 마드리드를 박살 내고 챔스 4강에 오른 리즈 유나이티드를 응원하는 그를 조롱하듯, 상대방은 일방적으로 전화를 끊거나 받으러 오라고 소리를 지르고는 집을 비운다. 왜 하필 몰락하는 팀일까, 반복되는 패배는 절정의 희열보다 강한 무언가가 있다.

 그는 얼마 전 보았던 영화에 나오는 「크리스마스에는 모두 다 같이」를 휘파람 불며 감나무 한 그루가 마당에 서 있는 아담한 집 앞에 멈춘다. 방 하나를 개조해 길 쪽으로 문을 낸 전파상이 딸려 있다. 대문을 두드려도 사람이 나오지 않자 그는 마당을 향해 박스를 던진다. 출발하려는데 전파상에서 할아버지가 나온다. 아차 싶다. 열두시 전까지 들어가겠다는 가장들이 막잔이라 생각하고 술잔을 돌릴 때도 이런 심정일까. 그는 전표에 찍힌 번호를 누른다. 중년의 목소리다. 사람이 없어서 물건을 마당에 던져놨다고 말한다. 남자는 부하 직원의 실수를 덮어주듯 괜찮다고 말한다.
 "비가 올 것 같은데 괜찮겠어요?"
 나중에 물건이 젖었다며 시비 거는 일을 막기 위한 방편이지만, 그는 자신이 말해놓고 금세 후회한다. 이런 아마추어적인 친절은 상대에게 틈을 보여준다.
 "젖으면 안 되는데, 벌써 던졌다면서. 어쩔 수 없지 뭐."
 중년의 남자는 그 틈을 비집고 들어와 상대를 깔아뭉개며 적당히 타협할 줄 아는 인물이다. 반칙을 하고 나서 쓰러진 상대에게 손을 내미는 치들이 대부분 그렇다. 적당히 여유롭고 적당히 바쁜 그의 일과는 그를 눈치껏 치고 빠지도록 만들었을 것이다. 그는 하늘을 올려다본다. 괜찮을까. 에이, 왜 아무 생각 없이 물건을 던진 거지. 그는 될 대로 되라는 심정으로 시동을 건다. 떡방앗간과 형제이발소, 재개발전문상담소를 돌아 나오는데 차창에 빗방울이 떨어진다. 할머니들이 골목에 깔아놓았던 고추를 걷고 있다. 코끼리는 다시 감나무 집 앞에 멈춘다. 그는 녹슨 대문을 타고 넘어가 상자를 밖으로 던진다. 감또개가 떨어진 감나무 주변에는 흙을 두둑하게 쌓아 정성껏 가꾼 꽃밭이 있다. 그는 대문을 넘으려다 고개를 돌려 꽃밭을 쳐다본다. 앞서 골목에서도 봤던 흰 꽃들이 할랑할랑 흔들린다. 꽃구경도 하지 말라는 듯 묶여 있던 똥개가 그의 똥구멍에 대고 짖어댄다. 그는 전파상으로 들어가 책을 맡긴다. 점심을 먹으러 갔는지 남자는 전화를 받지 않는다. 그는 전파상에 책을 맡겨놨다고 문자를 찍는다. 어디서 봤더라. 그는 오래전 스치고 지났던 얼굴을 끄집어내듯 잡힐 듯 잡히지 않는 흰 꽃들의 냄새를 떠올린다.

코끼리는 전농시장 입구에서 더 들어가지 못한다. 그는 뒤 칸에서 카트를 꺼내 손잡이를 편다. 40킬로그램의 쌀을 싣고 시장 안으로 들어간다. 큰 대자 모양의 얼굴을 하고 바람 따라 흔들리는 그 꽃들을 본 적이 있었다. 그는 빈 카트에 다시 40킬로그램의 쌀을 싣고 시장 안으로 들어간다. 작년에 40킬로그램의 쌀 포대를 문석이 형 나이만큼의 묶음으로 배달했던 집이다. 주인아저씨 말로는 주변 사람들한테 직불로 팔아 그 돈을 고향으로 부친다고 했다. 그는 고향 집 담벼락에 붙어 있던 하얀 꽃무리를 떠올렸다.

 감기 끝에 귀에서 고름이 나올 때면 엄마는 개구리밥을 확대해놓은 것처럼 생긴 솜털 난 통통한 잎을 여러 장 따다 손으로 꾸욱 눌러 그 진액을 귀에 넣어주곤 했다. 열이 나 학교를 빠진 날은 동생에게 지렁이를 잡아 오라고 시키고 담벼락에 붙은 잎사귀를 뜯어다 끓인 물을 입에 떠 넣기도 했다. 수챗구멍에서 나는 쿰쿰한 냄새에 질려 안 먹겠다고 떼를 쓰면 엄마는 그의 코를 비틀어지게 꽉 쥐고는 억지로 그 물을 입에 처넣었다. 그는 입에서 미끄덩거리는 것이 지렁이의 내장이라며 재떨이에 연신 침을 뱉었다. 그럴 때면 엄마는 잎사귀와 함께 꺾어 온 꽃을 다발로 만들어 그의 코에 갖다 댔다.

 "야야, 이게 꽃잎이 몇 갠가 세다 보면 열이 똑 떨어질 거구마. 이게 냄새만 맡아도 병이 낫는 약꽃인 기라. 거시락이는 안 넣었다. 참말이다."

 "거짓말 마. 수미가 아플 때도 나보고 거시락이 잡아 오라고 시켰잖아."

 "니도 거시락이 먹기 싫제? 그라니까네 아프지 말고 싸게 일어나그라."

 그는 다시는 아프지 않을 테다, 속으로 아구창을 내던 기억을 떠올린다. 식물 관찰 숙제로 꽃잎을 그려 넣고 범의 귀가 아니라 토끼 귀 같은데 이름이 이상하다고 적었던 기억도 떠올랐다. 그때 담임선생은 범의귀가 따뜻한 지역에서도 자라지만 아주 추운 곳에서도 자라는 이상한 온도의 꽃이라고 했다. 영하 20도 혹한의 땅에서 얼음을 뚫고 자라기도 하고 눈들의 집에서 여름을 나기도 하며 바위를 뚫고 자라기도 하지만, 무엇보다 모래밭에서도 자라는 걸 보며 서양인들은 이 꽃을 '수천의 어머니'라고 부른다고 했다. 땅의 온도에 따라 자신의 온도를 바꾸는 꽃, 땅을 선택하는 것이 아니라 있는 땅에서 자신의 온도를 생성하는 어머니들을 닮지 않았냐고 말하며 선생은 마늘꽃처럼 웃었다. 선생의 설명 때문이었을까. 꽃잎을 세다 잠든 날은 꿈에서도 꽃향기가 났다. 꽃향기를 따라 벽에 붙여놓은 세계지도 속으로 걸어 들어가면 히말라야가 나오고 지브롤터 해협이 나오고 그린란드가 나오고 솔트레이크가 나오고 다시 그의 방이 나왔다. 그는 꿈속에서 쉬지 않고 걸었다. 빠르지도 느리지도 않은 보폭으로 한 걸음 한 걸음 나아가는 바람이 된 것 같았다. 바람에 실린 나비가 된 것 같았다. 꽃밭에 앉아 쉬면서도 나른한 몸은 계속해서 서쪽을 향해 걸어갔다. 마치 어딘지 모를 저 끝에서 그와 똑같이 생긴 그가 자신의 몸을 풀어 그를 만들고 있는 것과 같은 나른한 균형감. 그는 풀렸다 감겼다 하며 서쪽 끝까지 갔다가 돌아오고 왔다가 돌아가는 반복을 즐겼다. 그의 몸이 풀렸다 감길 때면 솔트레이크 소금의 냄새, 북위 83도의 그린란드에서 실려 온 얼음의 냄새, 서리 품은 아일랜드 풀들의 냄새, 지브롤터의 부에나비스타 언덕을 지나온 바위의 냄새, 히말라야를 건너온 눈들의 냄새가 섞였다. 그가 눈을 떴을 때 엄마는 그의 머리맡에 앉아 꽃다발로 부채질을 하고 있었다. 몸은 땀으로 흠뻑 젖어 있었다. 엄마 옆에는 술 취한 아버지가 코를 골고 있었다. 그는 그 꽃들의 냄새가 자기 땀냄새인지 아니면 아버지가 뱉어내는 술냄새인지 알 수 없었다. 다만 그것은 그의 눈자위를 누르며 내가 너라고 속삭이는 나른한 냄새였던 것만은 분명했다.

 그는 다시 40킬로그램의 쌀을 싣고 시장 안으로 들어간다. 올해는 농작이 안 좋다고 아저씨가 말한다. 그는 잘됐다고 생각하며 손부채질을 한다. 그는 큼큼, 자기 살냄새를 맡는다. 땀도 유전이 되는 걸까. 그는 목에 차고 있던 수건으로 땀을 닦아낸다. 아저씨는 또 착불비를 깎는다. 이번에는 안 된다고 그도 언성을 높인다. 아저씨는 젊은 사람이 돈독이 올랐다며 쌀 포대 하나를 가리킨다. 그는 착불비를 달라고 손을 내민다. 아저씨는 먼저 생선 가게에 가져다 놓고 오라고 말한다. 욕 대신 노래를 부르려면 얼마나 더 이 일을 해야 하는 걸까. 영원한 준우승팀으로 매번 이길지도 모른다는 꿈을 갖게 하는 리즈 유나이티드에서 뛰는 선수들도 그랬을까. 그는 출전하지 못하고 몸만 풀고 있는 선수들을 볼 때 승패를 떠난 야릇한 동류의식을 느끼곤 했다. 굳이 티켓을 사서 구장을 돌아다니며 관람을 하는 이유 중 하나는 이런 대기선수들을 보는 재미 때문인지도 몰랐다. 그는 욕이 튀어나오는 것을 참으며 쌀 포대 하나를 카트에 싣고 골을 몰듯 생선 가게에 들여다 놓는다. 핸드폰이 울린다. 27번지 아줌마다. 그는 금방 갈 거라고 소리친다.

"외로워서 그래."
공터에 차를 세워두고 옆 건물 화장실로 뛰어간 그는 담배를 한 대 피워 문다. 문밖에서 두 사람의 목소리가 들린다.
"돈이라도 듬뿍 벌어다주면 찍소리도 못하겠지만, 애들은 크고 할 수 있는 일은 없고, 그러니 어쩌겠어."
그래서 아내가 바람이 났다는 건지, 못살겠다고 집을 나갔다는 건지, 그만그만하게 부부 싸움하며 산다는 건지 알 수가 없다.
"외롭긴, 지가 외로울 게 뭐 있어. 남들 다 맞벌이해서 벌어들일 때 몸 아프다고 자꾸 꼬꾸라져서 그 뒷바라지하느라 버젓한 집도 못 만들었잖아. 그럼 지도 염치가 있어야지. 뭐 해달라는 게 그렇게 많으냐고."
그는 개수대에서 손을 씻고 벽걸이 휴지를 뜯어 손을 닦는다. 청소 아줌마가 들어오며 소리친다.
"화장실에서 담배 피지 마, 이놈아!"
27번지 아줌마에게 소리치던 그의 목소리 같다. 그는 장난스럽게 대답한다.
"외로워서 그래요."

아줌마의 고무장갑이 그의 등짝을 후려친다. 아줌마는 주머니에서 요구르트를 꺼내 건넨다.
　"싱겁기는, 고드름장아찌처럼 생겨가지곤. 이거나 먹어."
　그는 같은 팀을 응원하는 동지를 만난 듯 찡긋 웃어 보인다. 누가 등을 떠미는 것도 아닌데 그는 그 자리에서 요구르트를 꿀꺽 한 모금에 마시고는 다시 뛴다. 고물상 마당에 개들이 모여 있다. 개들도 그곳이 놀이터로 적당하다는 것을 알고 있는 모양이다. 일층에 맡겨달라는 메모대로 연의상실에 박스를 하나 내려놓는다. 그는 전화를 걸어 착불비는 통장으로 넣어달라고 말한다. 여자는 자신이 거래하는 은행은 없느냐고 묻는다. 그는 거기는 없다고 말하고 문자를 찍는다. 한시 반, 언덕 위의 사층집이다. 계단을 오르자 사층은 전망이 탁 트인 옥탑이다. 아줌마는 전화할 때와는 달리 하루 종일 나가지도 못하고 이게 뭐냐고 구두덜거린다. 경기가 끝난 후 패배할 수밖에 없는 팀에 속해 있는 실력 없는 선수의 변명 같다. 곧 이곳도 헐리겠구나. 계단 위에서 둘러본 동네의 한쪽은 이미 공가(空家)로 붉은색의 엑스자가 부적처럼 붙어 있다. 그는 서쪽의 하얀 대문에 눈이 간다. 왜 대문을 하얗게 칠했을까. 생애 처음으로 구입한 집이었을까. 하얀 대문에 박혀 있는 붉은 엑스자가 서울을 한눈에 굽어보고 있다.
　쌀 포대를 내려놓고 나오는데 김학자 아줌마가 고물을 실은 리어카를 끌고 지나가는 것이 보인다. 오공과 찌찌 만화방에 물건을 내려놓고 문자를 확인한다. 전파상에 맡겨놓은 물건의 임자다. 비 맞을까 봐 신경질이 났었는데, 고맙다는 인사다. 비가 오지 않았다면 듣지 못했을 말이다. 그는 또 다른 문자를 확인한다. 착불비를 보냈는데 거래 은행이 아니라서 오백 원은 빼고 보냈다는 문자다. 그는 빠른 손놀림으로 '부자 되세요'라고 치고는 전송을 누르려다 김학자 아줌마와 마주친다.

"시골서 물건을 부쳤다고 하던데 없는가?"

그는 무거운데 집 앞에 갖다 놓겠다고 말한다.

"아냐, 여기다 실어."

아줌마는 폐지와 고물이 엉킨 자기 리어카에 택배 물건을 실으라고 막무가내다. 그는 27번지 앞에 이사 간 집이 있다고 알려준다.

"근데 맨날 시골서 물건이 같이 배달되더니 김학래 아줌마 거는 왜 없어요?"

"이 동네서 삼십 년을 같이 살았는데 언니네가 먼저 이사 갔네. 물건을 하나 안 버리고 그대로 다 가져가는 거 보니 안됐지 뭐. 아직 남아 있는 집들은 새 집으로 새 물건 들여 이사 갈랑가 모르지. 좀 버리는 게 있어야 나도 그거 팔아 푼돈이라도 만지겠는데. 버릴 게 없으니 좋은 건가 나쁜 건가 나도 모르겠네. 고생해잉."

언니가 이사 갔다고 말하는 아줌마에게서 핏줄보다 진한

삼십 년 지기 이웃을 잃은 쓸쓸함이 묻어난다. 이길 수 없다는 것은 알고 있었지만 경기까지 최악으로 흐를 때는 아쉽거나 화가 나는 것이 아니라 쓸쓸하다. 더 있어야 하나 말아야 하나, 가면 어디로 가나, 받아주는 곳이나 있나, 떠나려면 몸값이 잘나갈 때 떠났어야 했는데. 리그가 끝날 때마다 선수들의 표정에는 고민의 흔적이 역력했다. 앨런 스미스를 위로하듯 달려 나온 로빈슨처럼 아줌마는 그가 왔던 방향으로 리어카를 끌고 간다.

에덴슈퍼 앞으로 책가방을 멘 아이들이 몰려온다. 소녀도 학교에서 돌아왔을까. 그는 아침에 전화가 온 35번지에 전화를 넣는다. 아이들이 골목을 돌아 사라진다. 이번에는 신호음이 울리기도 전에 전화를 받는다. 며칠 전 처음 택배물을 받으러 갈 때 아이는 전화를 그냥 끊었었다.

"거기 몇 층이에요? 일층? 지하?"

아무 대답 없이 전화가 끊어졌다. 그는 다시 전화를 걸었다.

"어딘지 알아야 물건을 가지러 갈 거 아니에요. 택배거든요."

한참 듣고 있던 저쪽에서 또 전화를 끊었다.

"야, 왜 전화를 끊고 지랄이야! 지금 장난하는 거야? 물건 가져가라면서!"

그는 반지하의 문들을 발로 차며 화풀이를 했다. 조금 있어 맨 끝에 달린 문이 열리며 여자아이가 나왔다.

"니가 전화 끊었어?"

아이는 아무 말도 않고 가만히 듣고만 있었다. 단발머리가 흘러내려 아이의 얼굴을 가리고 있었다.

"왜 전화를 그냥 끊어, 씨팔년아! 물건 가져가랄 때는 언제고. 너 내가 그렇게 우습게 보여? 바빠 죽겠는데 장난을 하고 지랄이야. 에이, 퉤!"

아이의 슬리퍼 사이 발가락 위로 가래침이 떨어졌다. 아이는 여전히 고개를 들지 않았다. 방에서 남자아이가 누나를 불렀다. 여자아이는 박스를 세 개 들고 나와 그에게 주었다. 여자아이 뒤로 몸을 숨기던 남자아이의 손가락에 고무풍선 같은 것이 끼어 있었다. 여자아이는 동생의 손가락을 부러뜨릴 듯이 손바닥으로 감추었다. 그는 어른이 나올까 봐 얼른 자리를 피했다. 전농교회에 포도즙을 가져다 놓고 부근당, 재산분배위원회를 지나 부흥술집을 돌아 다시 에덴슈퍼 앞을 지나던 코끼리는 받아먹을 것도 없는 그곳에 멈추었다. 화분 하나 없는 문 앞에서는 화장실의 지린 냄새가 풍겼다. 문을 두드리자 여자아이는 좀 전과 같은 모양으로 고개를 숙이고 아무 말이 없었다.

"니가 장난치는 줄 알고 열 받아서. 내가 바쁘거든."

그는 미안과 열심을 섞은 목소리로 아이스크림이 든 검은 봉지를 내밀며 문 안쪽을 들여다보았다. 여자아이는 이번에는 그의 시선을 급하게 몸으로 막았다. 컴컴한 동굴 속에는 담배 연기가 빠져나간 정적이 고여 있었다. 여자아이는 나사 풀린 인형처럼 문 앞에서 꿈쩍을 안 했다. 문을 닫아버리면 될 걸 뭐하러 저렇게 힘들게 막고 있을까. 소녀는 골키퍼가 되어 그와 정면대결을 하고 있었다.

"아까 욕…… 그러니까 왜 전화를 그냥 끊고, 지랄이야."

레드카드를 받고 퇴장하는 선수들은 경기가 끝날 때까진 반성하는 자세를 보이면 안 된다. 경기 결과에 따라 레드카드는 히든카드가 될 수도 있다. 그는 이웃집으로 뻗은 오동나무 가지처럼 뻣뻣드름하게 들고 있던 봉지를 여자아이의 손에 쥐여주었다. 대문을 나서려는데 나사를 되감듯 여자아이가 슬리퍼를 끌며 따라 나왔다.

"욕, 해서, 아니, 침 뱉은 거, 미……"

그는 아이가 따라 나오는 것을 보고 차마 나오지 않을 것 같던 말을 뱉었다. 골이 들어가지 않았다고 해서 상대편 골대에서 어정쩡하게 서 있을 수는 없다. 그때 헛발질하듯 허둥대며 문을 나서던 그를 멈춰 세우는 목소리가 들렸다.

"부, 부끄러워서…… 그래서, 그랬어요."

꾹꾹 눌러놓았던 목소리가 터질 때는 왜 가슴이 철렁 내려앉을까. 그는 뒤돌아서 아이를 바라보았다. 술 취한 아버지의 엉덩이를 걷어차고 나와 운동화를 꺾어 신고 건널목에서 뒤를 돌아보던 그가, 거기 서 있었다. 나른한 꽃들이 피어 있는 세계 곳곳을 돌아다니던 소녀가 자신의 몸을 풀어 그를 만들고 있었다. 다행이다. 울어버릴 수 있어서. 그는 어른 앞에서 저렇게 울어본 적이 없었다. 욱하고 욕이 먼저 튀어나오는 아버지의 성정을 그대로 본받은 자신을 발견할 때마다 그도 얼마나 그것을 숨기고 싶었던가. 그는 아이에게 손을 흔들며 귀여운 웃음을 지어 보였다. 도시의 아이들은 저렇게 짓눌려 있었구나. 없이 지내는 것은 다들 마찬가지여서 어린 시절을 보낸 시골에서는 저 아이처럼 주눅들지 않아도 되었다. 다 쓰러져가는 집이라 해도 마당이 있고 농기구가 있고 집 지키는 개들이 있었다. 지하도 옥상도 없었다. 맨 아래층이나 꼭대기에 사는 아이들은 저렇게 처음부터 주눅들어 살 수밖에 없는 거였다. 아이는 그날 그렇게 울어버린 후에도 좀처럼 그 앞에서 고개를 들지 않았다.

"오늘도 네 개밖에 없네. 엄마보고 장사 좀 잘하라고 그래. 아니, 언닌가?"

고개만 끄덕일 뿐, 아이는 말이 없다. 언니라는 소린지 장사 좀 잘하라는 걸 전달하겠다는 뜻인지 알 수가 없다. 아이는 끝까지 자신이 지켜야 할 것이 무엇인지 알고 있는 듯 보였다. 그는 아이를 보며 선수들의 삶과 서포터들의 삶, 인생에는 두 가지 길이 있는 것은 아닐까 생각했다. 아이는 처음부터 선수의 삶을 선택한 듯 보였다. 아이가 지키고 있는 완강한 침묵이 해체되지 않는 한, 아이는 선수 생활을 계속할 수 있을 것이다. 아이가 울어버렸을 때, 그는 자신이 선수가 아니라 아이를 이해할 수 있는 서포터가 되었다는 것을 깨달았다. 지는 팀을 응원하는 서포터의 삶, 그것은 선수가 될 수 없는 자들의 나른한 복귀 아닐까. 그는 이미 공가가 된 언덕 위의 집들을 떠올렸다. 아이들은 하나같이 말귀를 못 알아듣는 것처럼 우물쭈물하거나 집의 위치를 설명하는 데 서툴렀다. 차가 들어갈 수 없어 골목 앞에서부터 짐을 짊어지고 계단을 오르다 보면 돈을 받고도 욕이 튀어나왔다. 골목이 갈라지는 곳에 있었던 가게 아줌마도 며칠 전에 온다 간다 말도 없이 이사를 가버렸다. 골목 위쪽의 짐들을 군말 없이 잘 맡아주곤 했는데, 지금은 어디로 갔을까. 가게 팔아 다른 곳에선 전세도 못 얻는다며 푸념을 늘어놓았었는데. 그 아줌마도 저 여자아이처럼 울어본 적이 있을까. 그는 고개를 저었다. 돌아야 할 곳이 남아 있었다. 코끼리 앞으로 개들이 느릿느릿 걷고 있다. 그는 클랙슨을 누른다.

공가들 사이 아직 사람이 사는 곳이 있는 모양이다. 3번지 57호. 벽에는 주소가 커다랗게 그려져 있다. 그는 안을 들여다본다. 개밥그릇만 덩그러니 남아 있는 마당은 깨끗하게 치워져 있다. 시골에 있는 부모나 형제들은 그들이 이사 갔다는 것을 모른다. 그는 엑스자가 쳐져 있는 대문 앞에 쪼그리고 앉아 담배를 하나 꺼내 물었다. 이런 식으로 잠깐 엉덩이를 붙일 때마다 밀려오는 이것이 그는 싫었다. 어깨를 내리누르며 다리에 힘이 빠지게 하는 이것. 27번지 아줌마처럼 언제 올 거냐고 닦달하며 기다려주는 사람도 없을 때 생기는 이것. 그는 후우 연기를 내뿜었다. 일이 년 사이 이곳에 뉴타운이 들어서겠지. 아파트가 들어서고 대형 마트가 들어서고, 후우, 그때까지도 이 일을 하고 있어야 하나. 다가올 12월 24일, 그는 리즈의 홈구장이었으나 구단의 부채로 팔려버린 앨런로드, 언젠가는 되찾아야 할 리즈의 집에 있어야 했다. 팀의 스카프를 사고 기네스 맥주를 한 잔 마신 후 대한민국의 택배 청년이 당신들을 응원하기 위해 이곳에 왔다고, 구단은 선수들을 샀고 또 선수들을 팔 수도 있지만 우리들은 영원한 리즈의 팬이라고, 우리의 사랑까지 팔진 말아달라고, 아무도 알아들을 수 없지만 누군가는 알아들을 수도 있는 소리를 맘껏 내지르고 있어야 했다. 리즈 유나이티드가 질 경우를 대비해 여행자 정보에서는 한 번도 본 적 없는 새로운 놀거리도 준비해야 했다. 샌디마운트 해변에서 스티븐이 1904년 6월 16일 바위에 붙여놓은 코딱지를 찾아보는 건 어떨까. 그곳에 가면 같은 시간 그를 스쳐가는 블룸들이 있을 것이다. 후우, 그는 한숨을 내쉬었다. 대학 등록금 때문에 받은 대출이자로 신용불량자가 된 그를 비웃기라도 하듯 대문의 붉은 엑스자가 그에게 경고를 하고 있었다. 그는 담배를 비벼 끄고 흰 대문에 코딱지를 붙였다.

"서울이 내 손바닥 안에 있구나."

그는 핸드폰을 들어 집들이 바라보는 서울 시내를 향해 손을 뻗었다. 핸드폰 각도를 바꾸자 서쪽 끝에 붙어 있는 하얀 꽃무리가 잡혔다. 그는 일어나 아래를 내려다보았다. 그곳에도 나른한 꽃들이 바람 찬 언덕을 지키며 무리 지어 피어 있었다. 한번 눈에 보이기 시작한 꽃들은 비어 있는 집들의 담벼락마다 낙서처럼 붙어 있었다. 그는 집 바깥을 잠가놓은 하얀 대문의 담을 뛰어넘었다. 개밥그릇만 바람을 잡아채며 칭칭 울어댔다. 공가로 변해버린 언덕을 내려오는 그의 손에는 한 묶음의 꽃이 개밥그릇에 담겨 들려 있었다.

코끼리는 예전에도 와본 적 있는 반지하의 한상훈 씨 집 앞에 멈춘다. 문을 두드리고 문틈으로 들여다봐도 인기척이 없다. 그는 소녀의 집 앞에 가져다 놓으려고 한 개밥그릇 꽃을 계단 입구에 내려놓는다. 여기도 사람이 살아요, 개밥그릇 꽃은 그렇게 말하고 있다. 그는 한상훈 씨를 몇 번 더 부르다 전농동을 빠져나와 청량리로 향한다. 한신아파트 주차장에 차를 세우고 물건을 내리는데 핸드폰이 울린다.

"나, 있어. 나, 여기."

더듬거리는 말투로 봐서 한상훈 씨인 모양이다.

"안 계셔서 그냥 왔는데, 내일 들를게요."

"삼촌이 쌀, 줬어. 배 아파."

한상훈 씨가 어떻게 그의 전화번호를 기억하고 있는지 모를 일이다. 설마 석 달 전에 그가 했던 전화가 마지막으로 저장된 번호일까. 문 앞에서 자신을 부르는 것을 듣고도 일어날 기운이 없었던 걸까. 배가 아프다는 걸까, 고프다는 걸까. 그는 주차장에서 차를 돌려 전농동으로 향한다. 그는 이번에 가면 굴다리 앞 무료 급식소 위치라도 알려줘야겠다고 생각했다. 그러면서도 지렁이 내장을 삼켰을 때와 같은 쓰고 찝찔한 기분에 창밖으로 연신 침을 뱉었다. 지금 도착한다면 개밥그릇을 걷어차며 성을 내야 직성이 풀릴 것 같았다. 종일 한 끼도 못 먹어 배가 고프긴 그도 마찬가지다. 아직 돌아야 할 곳이 남아 있는데 꼭 이런 식으로 발목 잡히고 만다. 개밥그릇에 담긴 나른한 꽃도 그런 걸까. 발목 잡혀 그 언덕에 뿌리를 내린 걸까. 발목 잡힐 만한 흙이 있는 곳이 고작 공가가 될 언덕이었을까. 그래서 그렇게 흐느적거리며 바람을 걷어차는 술 취한 아버지의 입냄새를 뿜어낸 것일까.

어디서 굴렀는지 다리를 절뚝거리며 문을 연 아저씨는 그새 무척 수척해져 있다. 쌀을 들여놓고 나오려는데 자꾸 무언가가 뒷덜미를 잡아당긴다. 아저씨는 어느새 쌀 포대를 뜯어 생쌀을 씹어 먹고 있다. 젠장, 이걸 착불로 보내는 놈은 어떤 놈이야. 욕이 튀어나온다. 아저씨는 그가 쳐다보는 것을 느꼈는지 방바닥에 깔아놓은 빳빳한 만 원짜리 지폐를 내민다. 처음 물건을 가져다줄 때 거스름돈을 건네주지 않은 이후 아저씨는 그에게 매번 착불비로 만 원을 준다. 쓰러져 있는 상대 선수의 손가락을 슬쩍 밟고 지나간 선수들도 그랬을까. 부끄러워서 그랬다는 여자아이처럼 그는 고개를 들 수가 없다. 코끼리는 그를 감춰주듯 급하게 골목을 빠져나간다.

굴다리 앞에 노인들이 줄지어 서 있다. 일곱시부터 시작되는 저녁 배식을 위해 점심때부터 와 있었을 것이다. 그는 청량리 재래시장에 들러 뻥튀기를 싣는다. 생활의 달인에 나온 이후 매상이 배로 늘었다는 뻥튀기가 속이 빈 트럭을 채운다. 코끼리는 평소보다 늦게 까대기 장소에 도착한다. 앞서 도착한 탑차에서 5톤짜리 오발이에 물건들을 싣고 있다. 그는 코끼리를 세워놓고 오발이에 올라가 집하를 돕는다. 대부분 네모반듯한 물건들이 밤사이 지방으로 배달될 것이다. 그곳에서는 또 다른 그들이 아침부터 물건들을 주소별로 나누어 싣고 어딘가로 가져갈 것이다. 그곳에서도 착불로 보내진 물건값을 받느라 실랑이가 벌어질 것이고, 까대기 인원을 더 쓰라고 인상을 쓰고, 가끔은 고맙다고 물잔을 건네는 그들이 있을 것이다. 앞차의 물건이 다 빠지자 그는 할 일을 마친 코끼리에 올라타 오발이 앞에 차를 댄다. 배가, 어지럽다. 엄마가 부채질해주던 꽃향기가 정릉천의 공기와 섞여 밀려온다.

마흔 개의 박스에 담긴 뻥튀기를 빼내고 대구, 경기, 부산, 천안으로 가는 섹스기구들과 사과, 배, 감이 들어 있던 박스에 옷, 책, 전자 제품을 담은 시골로 가는 용품들을 오발이에 싣는다. 러닝을 적신 땀이 마를 새도 없이 눈가에 맺혀 떨어진다. 허리를 펴고 몸을 풀고 있는 문석이 형에게서도, 연신 땀을 닦아대는 동수 형에게서도, 공가의 언덕에 발목 잡힌 나른한 꽃들의 냄새가 난다. 소금의 냄새가 난다. 바위의 냄새가 난다. 얼음의 냄새가 난다. 눈들의 냄새가 난다. 히말라야를 지나 부에나비스타 언덕을 지나 샌디마운트 해변을 지나 얼음산을 지나 지중해를 건너온 바람은 소금 호수를 지나 태평양을 건너 이곳, 서울의 정릉천변을 휘돌며 그들의 땀냄새를 실어 나른다. 그는 큼큼, 자기 살냄새를 맡는다. 그의 몸에서도 나른한 꽃들의 냄새가 풍겼다. 그는 발이 뽑힌 꽃들이 어떻게 자신을 치료했는지 알아낸 것 같았다. 나른한 향기는 꽃들이 바람 따라 흔들리며 흘리는 땀이 아니었을까. 그러고 보면 공가에 핀 꽃들은 땀을 흘리며 사람들을 부르고 있는 것일지도 모른다. 코끼리가 빠진 뒤쪽으로 노란 탑차들이 배식을 기다리듯 차례로 줄 서 있다. 집하를 마친 차들 위로 정릉천에서 발을 담그고 놀던 새들이 내려와 앉는다. 고가 위로 차들이 달리며 덜컹거릴 때마다 퍼덕이며 날았다 발밤발밤 다시 내려앉는다. 아침에 나갔던 자가용들이 노란 탑차들이 빠진 주차장에 하나둘 차를 세운다. 앞서 나가던 문석이 형이 창밖으로 고개를 빼고 그를 부른다.

"아침 먹으러 가자."

그의 코끼리가 긴 코를 흔들며 빠밤빠 뺨빠 길게 답한다.

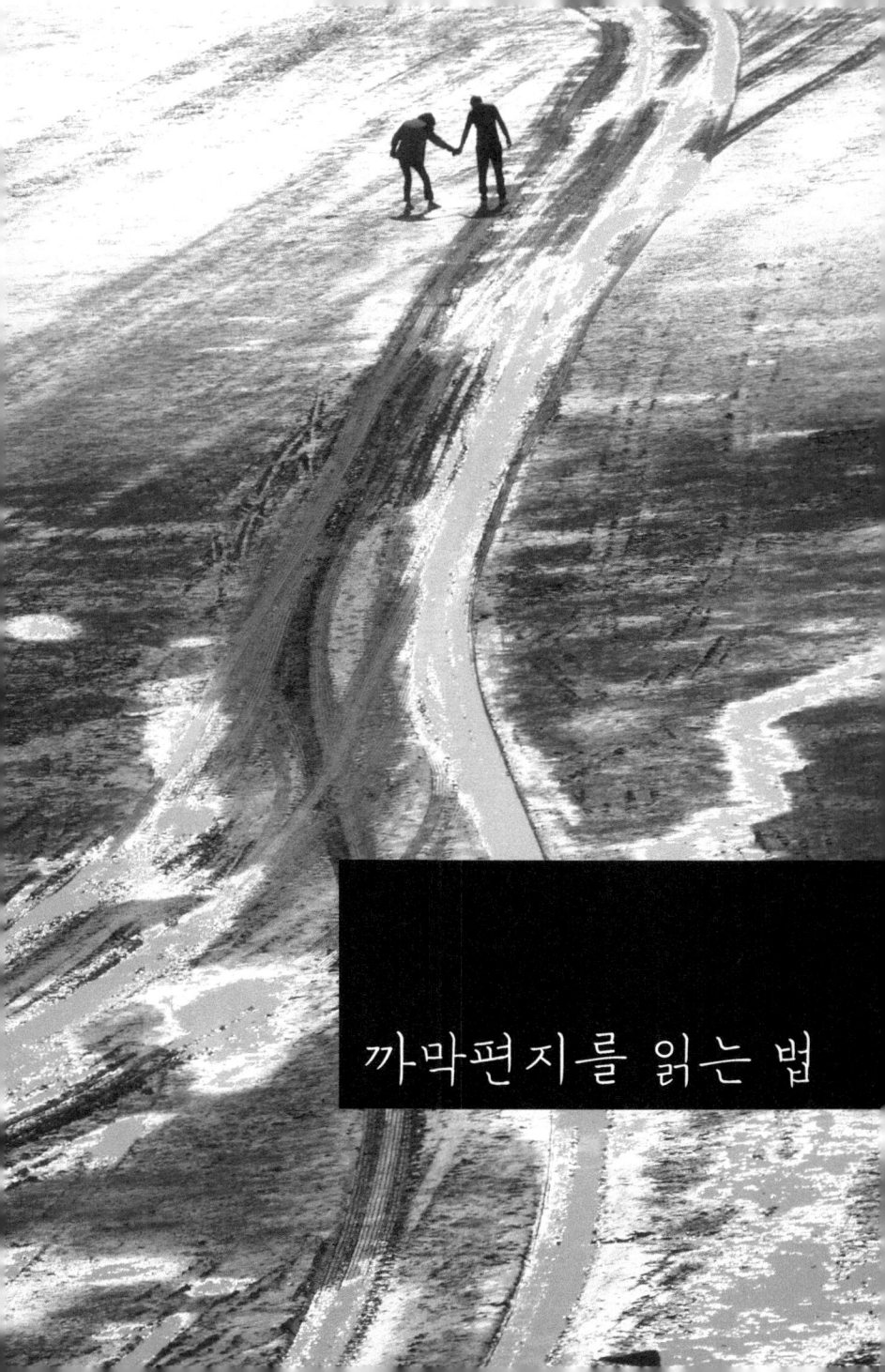

그가 처음 병실에 들어선 것은 동수와 할아버지가 막 저녁 식사를 시작할 무렵이었다. 그는 화산재를 뒤집어쓴 눈사람처럼 뚱한 표정으로 병실을 둘러보고는 소리 없이 다시 나갔다. 저녁 식사 시간에 맞춰 틀어놓은 텔레비전에서는 입맛을 돋우는 맛집을 찾아 카메라가 호수 건너편을 비추고 있었다.
 "여기서 벨을 누르면 호수 건너편에서 배가 옵니다."
 아나운서의 설명대로 저녁 햇살을 낚아채는 물고기들을 쫓으며 안개 자오록한 호수면을 뚫고 배 한 척이 오고 있었다.
 "밥 먹으러 저기까지 가? 배까지 타고?"
 배춧국을 뜨는 할아버지의 떨리는 손을 잡으며 동수가 말끝을 뭉갰다.
 "바다도 건너지 않냐? 좋은 거 먹으려니. 니 에미도 그러니 왔지."

햇살을 삼킨 물고기처럼 할아버지는 공갈만 잔뜩 입에 넣고 우물거렸다. 동수는 씨그둥한 표정으로 할아버지 손을 받치고 있던 오른손을 턱 하고 놓았다. 할아버지는 숟가락을 입으로 가져가려다 말고 허리를 당겨 입을 숟가락으로 가져갔다. 그것은 작정을 하고 공격하는 사람에게는 굽은 등을 더 둥글게 말아 굽신거리는 할아버지의 습관이었다.

"왔으면 먹어야지, 먹었대? 먹을 걸 주긴 했대?"

"자기 먹을 건 타고나는 법이여, 누가 주고 말고 할 것도 없는겨."

이럴 때 할아버지는 벼려놓은 칼로 허공을 가르는 욕쟁이 늙은이였다. 할아버지가 엄마에 대한 얘기를 할 때면 동수는 아랫배가 딴딴해졌다. 한마디만 더 들으면 오줌발이 터질 것 같았다. 할아버지가 다른 말을 꺼내기 전에 먼저 입을 틀어막아야 한다. 이럴 때는 욕이 최고다. 하지만 욕은 생각처럼 쉽게 튀어나오지 않았다. 욕을 뱉으려 할 때마다 알 수 없는 장면들이 뒤섞였다. 알아들을 수 없는 욕들이 쏟아졌고, 거대한 발부리가 여자의 배를 걷어차고 머리를 짓이겼다. 비명이 사방의 벽면을 차며 서로 부딪혔고, 깨진 밥상 밑으로 기어 들어간 아이를 찾아내 온몸을 찔러댔다. 동수는 바늘에 찔린 듯 몸을 움찔거렸다. 김치 국물과 멸치가 뒤엉킨 방바닥에 코를 박고 컥컥 동물의 울음소리를 내던 아이가 어른거렸다. 움직이지 않는 여자의 몸에 올라타고 젖가슴을 파고들어도 여자는 잠만 자고 일어나지 않았다. 방바닥에 붙은 밥알을 떼어 자기 입에 넣고 여자의 입에 넣어도 여자는 말이 없었다.

"씨, 손가락도 없으면서……"

닳아 없어진 것처럼 두 마디가 잘려나간 할아버지의 몽당손이 걸려들었다. 동수는 작은 소리로 '병신'이라고 내뱉으려다 혓바닥을 말았다. 흘릴세라 얼른 숟가락을 핥은 할아버지는 이불에 국물을 다 쏟고 공깔만 잔뜩 입에 집어넣으며 말했다.

"그놈이 밉쟈? 그놈 죄를 내가 다 기침으로 쏟아내지 않냐. 원래 그런 놈이 아니었어. 참말로 착한 놈이었어. 니가 그놈을 그대로 박지 않았냐."

터질 것 같던 아랫배가 할아버지의 자지처럼 오그라들었다. 왜 하필 닮을 게 없어서 그놈을 닮아버렸다는 걸까. 동수는 할아버지가 욕을 할 때보다 이렇게 기운 빠진 말을 던질 때가 더 싫었다. 아무 말도 못하게 동수를 찔러대는 저 말, 그놈을 그대로 박았다는 말은 할아버지가 죽어야 사라질 것 같아서 더 싫었다.

그때 남자가 다시 들어왔다. 움츠린 어깨 위에 축구공이 하나 얹힌 것처럼 땅딸막한 키에 자기 그림자를 돌돌 말아 붙여놓은 짙은 눈썹의 남자는 스르륵 스르륵 바닥을 쓸며 걸어왔다. 남자는 누구든 눈이 마주치면 말을 걸 것처럼 가만 기다리고 있었다. 텔레비전 화면이 바뀌자 사람들은 아직도 안 나가고 그대로 있는 남자를 위아래로 훑었다. 동수와 눈이 마주치자 그는 하얀 종이를 꺼내 동수에게 내밀었다. 동수는 종이를 힐끗 보고는 옆 침상의 할아버지를 고갯짓으로 가리켰다. 옆 침상의 할아버지는 잘린 나무 등걸에 이불을 덮어놓은 것처럼 아무런 움직임이 없었다. 텔레비전에서는 호수가 내려다보이는 평상에 자리를 잡은 취재진의 밥상을 보여주고 있었다.

"내가 그년이 차려준 밥상을 한 번이라도 받아봤으면 이러진 않지!"

할아버지는 곤두기침을 내뱉으며 머리맡의 휴지를 달라고 손짓했다. 동수는 천천히 일어나 머리맡으로 손을 뻗었다. 할아버지의 목구멍에는 간지라기라도 살고 있는지 조금 있어 본격적인 기침이 쏟아졌다. 할아버지의 얼굴은 벌겋다 못해 까맣게 타들어갔다. 쿨럭이며 한참 동안 기침을 뽑아내던 할아버지는 숟가락으로 가래를 떠서 반찬 뚜껑에 건져놓고는 시원하다는 표정으로 옆 침대 앞에 멀뚱히 서 있는 검은 눈썹의 남자를 향해 말했다.

"저 양반, 찾아왔어?"

남자는 다시 확인하려는 듯 얼른 쪽지를 할아버지 앞으로 내밀었다. 할아버지는 숟가락을 들던 손으로 읽지도 못하는 쪽지를 받아들었다. 동수는 쪽지를 가로채며 비뚤비뚤 쓰인 글자를 한 글자씩 또박또박 발음했다.

"김찬수! 여기 있다고."

동수는 손가락으로 옆을 가리켰다. 옆 침상의 할아버지가 관 뚜껑을 열듯 천천히 이불을 젖혔다. 검은 눈썹의 남자를 위아래로 훑어보던 김찬수 할아버지는 인상을 찌푸렸다.

"어디서 왔는가, 자네는?"

누구냐고 묻지 않는 걸로 봐서는 미리 연락을 받은 모양이었다.

"기차슈, 찾아요. 왔어요."

"웨어 아 유 컴잉! 웨어!"

찬수 할아버지의 목소리는 답답한 듯 짜증이 묻어났다.

"웨어? ……아, 지하철 타고 706호실, 기차슈!"

남자는 할아버지의 침상에 꽂혀 있는 이름표에 자신의 쪽지를 맞대어 보여주며 말했다.

"아! 기. 차. 슈!"

병실에 있던 사람들이 한바탕 웃음을 쏟아냈다. 김찬수 할아버지는 이맛살을 찌푸리며 창가를 가리켰다. 남자는 할아버지의 손가락을 따라 창가로 움직였다. 그러고는 다시 할아버지의 얼굴을 뚫어져라 쳐다봤다.

"그거 가져오라고! 식판 말이야."

남자는 창턱에 있는 것들을 하나씩 들어 보였다. 물통을 들었다가 놓고, 남의 반찬통을 들었다가 놓으며 할아버지와 눈을 맞추었다.

"아따, 생짠가 보네. 간병인 하긴 글렀어. 식판도 모르는 놈을 무슨 간병인으로 보냈대?"

류 할아버지가 말했다.

"어떻게 말도 안 통하는 사람을 보내는지. 우리가 아무리 잘하면 무슨 소용이냐구요. 저런 인간들 때문에 일자리도 뺏기고 싸잡아서 욕까지 얻어먹는다니까요. 개나 소나 아무나 간병인 하나. 간병인 교육도 안 받은 것 같은데, 돌려보네요. 제가 저희 연락처 드릴게요."

류 할아버지의 간병인이 혀를 차며 말했다. 어른들의 얘기를 듣고 있던 동수가 식판을 들어 김찬수 할아버지 앞에 가져다 놓았다. 남자는 그제야 김찬수 할아버지가 말한 식판이 무엇인지 알았다는 표정으로 동수에게 눈인사를 건넸다.

"아기를 찾아왔슈? 여긴 죄다 늙은 것들뿐인디, 어쩐대."

동수의 할아버지가 분위기를 바꾸며 남자에게 말을 걸었다. 남자는 사람들이 자기 말에 웃어주는 것이 좋은지 "아기차슈, 아기차슈" 하며 몇 번을 반복했다. 웃을 것 없는 병실에는 왁자한 웃음이 터졌다. 류 할아버지의 간병인은 칵칵대며 가장 크게 웃었다.

그가 온 이후로 병실은 조금씩 변해갔다. 처음에는 그것이 무엇인지 눈치챌 수 없었다. 제일 먼저 변화의 조짐을 눈치챈 것은 동수였다. 그는 할아버지가 누워 있는 침상 옆에서 새벽 네시 반이면 눈을 떴다. 간호사들이 오기 전인 다섯시면 침상 복도의 불을 켜놓는 것도 그였다. 칸막이용 커튼이 가장 먼저 젖혀지는 것도 김찬수 할아버지의 침대였다. 처음에는 그러거나 말거나 신경도 안 쓰고 누워 있던 김찬수 할아버지도 조금씩 몸속 시계를 앞당기고 있었다. 그가 온 첫날에는 이십 분, 두번째 날에는 삼십 분, 그리고 세번째 날에는 한 시간이나 일찍 일어나 다른 사람들과 아침 식사를 같이하게 되었다. 사람들이 무언가 변하기 시작했다는 것을 알게 된 것은 이 셋째 날부터였다. 젓가락질을 할 때마다 손이 떨려 숟가락으로 반찬을 떠먹거나 숟가락으로 뜰 수 없는 것은 먹기를 포기하며 입술만 가무리던 김찬수 할아버지의 숟가락에는 골고루 반찬이 올려지기 시작했다. 기운을 차려서 그런 건지 김찬수 할아버지는 침상을 돌며 다른 사람들에게 말을 걸기 시작했다. 무슨 일을 하느냐, 어디에 사느냐, 자식은 몇이냐, 의사가 뭐라고 하느냐는 식으로 자꾸 말을 걸었다. 김찬수 할아버지의 물음에 답하지 않는 것은 박 할아버지뿐이었다. 그사이 정 할아버지가 처치실에서 중환자실로 실려 갔고, 동수가 학교에서 돌아왔을 때는 새 시트가 깔려 있었다. 정 할아버지의 고로롱거리는 숨소리가 빠져나간 병실은 벌레 먹은 나무속처럼 휘휘했다. 할아버지들이 평생 먹었던 음식들을 숨으로 뿜어내는 기침이 멈추지 않는 한 제7병동의 쿠더분한 냄새는 사라지지 않을 듯 보였다.

고작 사흘 만에 김찬수 할아버지를 바꿔놓은 그는, 자신의 이름이 비투루 알림이라고 했다. 동수는 그를 알림이라고 불렀다. 병실 사람들도 그가 온 지 사흘째 되는 날부터 "알람, 창문 열어!" "침대 머리 좀 올려, 알람!" "알람, 가는 김에 내 것도 따뜻한 물로 바꿔줘!" "텔레비전 좀 켜봐, 알람!" 하며 자리를 비운 자기 간병인에게 하듯 막보기 시작했다. 사람들이 알람에게 말을 놓은 것은 당연했다. 알람은 간호사나 의사에게도 꼭 필요한 단어만 골라 강조했다. "이 할아버지, 손 떨려, 많이!" "맛있는 거 먹어야 돼. 병원, 맛없어." "침대옷, 어디 가?" 알람이 입을 열 때마다 병실은 웃음바다가 되곤 했다.

침대로 올라와 동그랗게 몸을 말며 잠을 청하던 동수는 할아버지에게 물었다.

"내가 제일 처음 한 말은 뭐야?"

할아버지는 늘 몸을 오그리고 자는 동수의 다리를 펴주며 기억을 되돌렸다. 동수가 할아버지와 같이 살게 된 것은 동수가 네 살 때부터라고 했다. 십 년 만에 돌아온 아들은 마주앉아 밥 한 번 먹어보지도 못하고, 할아버지의 통장이며 잔돈까지 다 챙겨 아침 일찍 떠나버렸고, 아들이 떠난 며칠 뒤 처음 보는 아이가 누군가의 손을 잡고 집 앞에 서 있었다고 했다. 할아버지는 동수의 얼굴을 지긋이 내려다보았다. 할아버지는 그때까지도 아들이 베트남 여자와 살림을 차렸다는 것조차 모르고 있었다. 살림을 차린 것뿐 아니라 집으로 돌아가겠다는 아내를 폭행해 죽음에 이르게 한, 뉴스에 나온 후레자

식이 자신의 아들이라는 것조차 모르고 있었다. 사회복지사는 잠깐 이야기를 하자며 할아버지를 골목 끝으로 데리고 갔다. 할아버지는 그럴 리가 없다며 그가 높은 양반이라도 되는 양 애원했다. 못된 놈들이랑 어울려서 그렇지 심성만은 착한 놈이라고 신세타령을 늘어놓았다. 자기한테 그런 얘기 해봐야 소용이 없다고 말해도 막무가내로 빌었다. 사회복지사가 아이를 맡기려고 하자 할아버지는 빌던 손을 거두고 이번에는 강하게 나갔다. 나 하나도 어쩌지 못하는데 어떻게 애를 맡아 기르냐고 문을 쾅 닫고 들어갔다. 문은 닫았지만 한번 눈에 담은 아이의 모습은 닫히지가 않았다. 담배를 꺼내 물고, 찬물을 들이켜고, 그럴 리가 없다고 눈을 질끈 감아도 아이의 모습은 닫히지가 않았다. 할아버지는 다시 문을 열었다. 밤벌레처럼 가슴에 코를 박고 문 앞에 서 있는 녀석은 아들놈의 어린 모습과 똑 닮아 있었다. 아이는 아들의 죄를 뒤집어 쓴 것처럼 고개를 꽉 수그리고 잔뜩 주눅이 들어 있었다.

"야, 이놈아, 고개 안 들어?"

할아버지가 동수에게 처음 한 말이었다. 아이는 고개를 들지도 못하고 컥컥 하고 동물의 울음소리만 뱉어내고 있었다. 사회복지사는 부모의 싸움과 사건을 다 보았으니 아이의 충격이 컸을 거라고 말했다. 그는 집에서 챙겨 올 것은 이것밖에 없었다면서 아이의 가방을 열어 편지를 건네주었다. 아이 엄마가 생전에 남편에게 쓴 편지라고 했다.

"그럼 그때는 무슨 말을 했는데?"

잠든 줄 알았던 동수가 눈을 감고 말했다. 할아버지는 동수가 처음으로 자신을 불렀을 때를 떠올렸다. 종일 껌딱지처럼 찰싹 붙어 있다 말문이 트인 것은 학교에 들어가기 전이었다. 하도 답답해서 동수를 걷어차니까 말이라기보다는 "할아버지"라는 단어가 튀어나왔다. 그때부터 할아버지는 동수의 목소리가 듣고 싶을 때마다 욕을 하고 머리를 쥐어박았다. 그러면 수그리고 있던 고개가 펴지고 "할아버지"가 튀어나왔다.

"그래도 말은 하나 부다 했지. 하도 밥만 처먹고 말을 안 하길래 속이 터져서 발로 툭 찼더니 그때서야 '할버지' 하고 부르대. 십 년 먹은 체기가 뚫리더라고. 이제 이놈이 사람 새끼는 되겠구나 싶었지."

'할아버지'라는 말에는 동수가 필요로 했던 것들, 동수가 가지고 싶었던 것들, 어떻게 말해야 할지 알 수 없었던 것들이 들어 있었다. 할아버지가 그것을 알아주기를 기다리다 포기해버렸을 때, 동수의 눈이 트였다. 할아버지의 리어카에는 날짜 지난 신문지, 우유 없는 우유갑, 초코파이가 들어 있던 빈 상자, 나이키 신발 없는 신발 박스가 실려 있었다. 동수는 그것들을 보며 글자를 익혔다. 초코파이를 먹고 싶으면 초코파이라는 글자를 신문지 위에 그렸다. 젖이 먹고 싶으면 나이키 신발 상자에 우유라는 글자를 들이부었다. 글자는 쓰기 위한 것이었지 말하기 위한 것이 아니었다. 그러나 알람은 달랐다.

알람은 병실 할아버지나 간병인에게 묻고 싶은 것이 있으면 정확하게 말했다. "이건 뭐야?" "물 떠줄까?" "2인분이 뭐야?" "동수 학생, 학교 가?" "이거 나 먹어!" 그렇게 말하는 알람은 병실에서 꼭 필요한 사람이 되고 있었다.

 그가 온 이후 나타난 변화는 또 있었다. 알람은 병실에서 동수 다음으로 동전을 많이 가지고 있었다. 처음 알람에게 동전을 준 사람은 말수가 적은 박 할아버지의 셋째 딸이었다. 박 할아버지에게는 네 명의 딸이 있었다. 아침이면 밤에 잠을 잔 셋째 딸 대신 첫째 딸이 왔다. 점심을 먹은 후에는 둘째 딸이 첫째 딸과 교대를 했고, 저녁에는 셋째 딸이 옥상에서 키운 야채와 반찬거리를 들고 왔다. 나머지 한 명은 지방에 사는지 주말이면 잠을 자고 일요일 저녁에 돌아갔다. 네 명의 딸들은 자기들이 없을 때 간식거리라도 사달라고 알람에게 잔돈을 주었다. 천 원, 이천 원, 알람이 움직일 때마다 동전이 출렁이는 소리가 났다. 간병인 조끼에 달린 그의 주머니는 요술 주머니처럼 동전이 나올 때마다 더 많은 동전으로 채워지는 것 같았다.

 동수는 할아버지가 동네를 한 바퀴 돌 때마다 생긴 돈을 장판 밑에 모아놓는다는 것을 알고 있었다. 동네 피시방을 들락거리기 시작하던 아홉 살 때부터 동수는 할아버지의 리어카에 올라타는 대신 집에 남아 장판 속에서 돈을 꺼냈다. 할아버지는 동수가 학교 들어가더니 어른스러워졌다고 했지만,

더 이상 할아버지를 부르지 않고 있다는 것은 모르고 있었다. 할아버지의 기침이 시작된 것도 그 무렵부터였다. 같은 반 녀석들이 연필로 손등을 찍었을 때, 철봉에서 밀쳐 떨어졌을 때, 문방구에서 조립 모형을 훔치다 들켰을 때도 동수는 할아버지를 부르지 않았다. 할아버지는 남들 앞에서는 자기처럼 더 굽신거리라고 큰 손바닥으로 동수의 머리를 내리누를 게 뻔했다. 필요한 것들을 가지려면 간단하게 다른 사람들의 눈을 피하면 된다. 그게 더 빠른 방법이었다. 3학년이 되어 기찬이와 같은 반이 되기 전까지는 딱히 신경 쓸 일도 없었다. 실내화가 없어졌을 때 교실 휴지통에서 동수의 실내화를 찾았다고 소리치던 기찬이의 표정이 떠올랐다.

"이게 왜 여기 있지?"

기찬이는 실내화에 붙은 먼지를 터는 척하다가 굴타리먹은 호박처럼 버짐 핀 동수의 얼굴을 향해 던졌다.

"니네 나라로 돌아가!"

동수는 기찬이의 웃음이 그렇게 들렸다. 류 할아버지의 간병인이 자기 할 일을 알람에게 맡기고 등을 탁탁 치며 짓는 웃음이었다. 알람은 그럴 때면 자기가 할 일이 있다는 게 좋은지 더 친절해졌지만 동수는 류 할아버지의 간병인을 쏘아보게 되었다. 동수는 친구들이 자신을 막 대하지 않게 하기 위해 사람들의 눈을 피하는 방법을 택했다. 꼭 필요한 말만 할 것, 괜히 다른 친구들에게 관심 있는 척하지 말 것, 숙제는 꼭 할 것, 일기장에는 영어 단어를 하나씩 집어넣을 것, 너무 어려운 문제는 풀지 말 것, 야단맞을 일은 하지 말 것, 칭찬받을 일도 하지 말 것, 청소를 열심히 할 것, 먹는 것에 집착하지 말 것, 옷을 깨끗하게 입을 것. 기찬이의 닌텐도를 보기 전까지 동수는 할아버지가 어른스럽다고 인정한 자기가 세워놓은 학교생활의 원칙을 잘 지켜나가고 있었다.

  기찬이가 닌텐도를 가져오자 자연이도 민이도 화랑이도 나중에는 수철이까지 닌텐도를 가져왔다. 모두들 닌텐도를 가지고 있었다니, 그래놓고 자랑도 하지 않고 있었다니. 동수에게 냄새가 난다며 코를 막는 친구들 대신 짝지가 돼주겠다며 손을 든 민이도, 처음으로 생일잔치에 초대한 화랑이도, 수업시간에 친구들끼리 보내는 쪽지에 동수까지 끼워준 수철이, 동수의 손등을 연필로 찔러대던 자연이까지 닌텐도를 갖고 있었다니. 동수는 친구들이, 할아버지가, 선생님도 모두들 무언가 자기를 속이는 것 같았다. 그게 뭔지는 닌텐도를 갖게 된다면 알 수 있을 것 같았다. 아이들은 4학년으로 올라가면서 더 이상 닌텐도를 갖고 다니지 않았다. 스마트폰을 가진 아이들이 하나둘씩 눈에 띄더니 여름방학이 시작될 즈음에는 대부분의 애들이 쉬는 시간마다 스마트폰 게임 아이템에 대해 얘기했다. 동수는 여전히 스마트폰보다 닌텐도를 더 가지고 싶었다. 닌텐도를 가지게 된다면 그걸 아이들이 보는 앞에서 쓰레기통에 던져버리고 싶었다. 자기도 닌텐도를 버릴 수 있다는 걸 알려주고 싶었다. 어쩌면 그렇게 해서 내가 돌아갈 나라는 바로 여기라고 말하고 싶었던 걸지도 몰랐다. 동수는 닌텐도를 사기 위해 간병인과 할아버지들이 같이 화장실을 가는 아침 시간이면 사물함에 있는 지갑에서 티가 안 날 정도의 동전을 꺼냈었다. 그런데 알람은 며칠 사이 동수보다 더 많은 동전을 갖고 있었다.

알람의 동전이 늘어가면서 환자의 가족들은 병원에 오기보다는 병실 전화로 알람을 찾는 일이 더 잦아졌다. 알람은 전화가 올 때마다 병실의 침상을 살피며 뭐 필요한 것이 없는가 물었다. 할 일 없는 할아버지들을 위해 텔레비전에 동전을 넣는 것도 그가 해야 할 일들 중 하나였다. 어느 날부턴가 휴대 전화보다는 병실 전화기가 더 자주 울렸다. 환자의 가족들은 알람에게 할아버지들을 부탁했다. 화장실을 갈 때, 머리를 감을 때, 이빨을 닦을 때 할아버지들 옆에는 알람이 있었다. 알람은 그것이 당연히 자기가 해야 할 일이라고 생각하는 듯, 반말을 하면서도 늘 친절했다. 명령을 받으면서도 항상 웃고 있었다. 그럴수록 알람의 주머니는 더 불룩해졌다. 동수는 자신의 원칙을 하나 더 추가했다. 그것은 그동안 동수가 만들어 놓은 원칙을 한꺼번에 바꿔야 하는 일이었고, 그가 온 이후 생긴 가장 큰 변화였다.

학교에 갔다 오면 동수는 할아버지에게 그랬던 것처럼 알람에게 딱 달라붙어 그의 뒤만 졸졸 따라다녔다. 급수실에 갈 때도 차근대며 앞선 알람을 따라가는 것은 동수였다. 더군다나 동수는 알람에게 말을 걸고 있었다. 더 정확하게는 대화를 하고 있었다. 그것을 모르는 것은 동수뿐인 듯 김찬수 할아버지도 알람이 병실을 잠깐씩 비울 때면 동수가 알람을 잘 따른다며 동수 할아버지와 이야기를 나누었다.

"벗을 튼 모양이오."

찬수 할아버지가 말했다.

"……죽는 건 하나도 무섭지 않은데 죄지은 것은 겁이 나."

알람의 꽁무니에 붙어 발탄강아지마냥 깝죽대는 동수의 뒷모습을 보며 동수 할아버지는 중얼거렸다.

"죄 없는 사람이 어디 있소? 이 나이나 되니 보이는 게 다 죄요. 젊어서는 그게 안 보이지. 늙으면 왜 병이 들겠소? 죗값이 크니 병이라도 들어서 그걸 치르라는 거 아니요? 세상에 공짜는 없는 법이요…… 그렇다 해도 죄를 너무 오래 지고 있으면 값을 치를 길이 없어요. 그러니 이제 그만 놔버려요."

평생 사귄 벗에게서나 들을 수 있는 따뜻한 격려였다. 동수 할아버지는 칠층 창을 바라보며 담배나 한 대 물었으면 좋겠다고 생각했다. 비거스렁이를 하려는지 매서운 바람이 창을 흔들어댔다. 장 깊은 곳을 돌아 배꼽 근처를 싸아하게 적시며 스민 눈물이 한숨이 되어 뻗어 나왔다. 동수 할아버지는 슬쩍 눈가를 훔쳤다. 동수가 봤으면 공갈눈물이라고 했을 법한 물기 없는 눈물이었다.

"사는 게 팍팍해서 입치기만 겨우 하고 살았지. 애 교육도 못 시켰다구. 지 에미 얼굴도 모르고 자랐으니, 지 새끼는 그리 만들지 말아야 하는디, 동수 저놈이 어려서부터 앙짜 한 번 안 부리고 자랐다오. 그런 것까지 지 애비를 닮았는지. 그러다 저놈도 속병 들까 그게 젤루 걱정이유. 다 내 죄지 뭐…… 거기는 그래도 글자깨나 읽은 윤똑똑이 같은데, 거기 신세는 왜 그 모양이우?"

"평생 의지할 데 없이 살았으니 다 내 탓이지 누굴 원망하겠어, 괴팍하게 살았지. 전쟁통에 부모 잃고 피붙이 하나 없이 자랐더니 자식도 없더이다. 부빌 언덕이 있어야 풀도 자라는 거 아니겠소? 거둘 게 없으니 걸릴 것 없어 좋겠다 하겠소만, 이젠 외로운 게 병이 아니라 죄요. 말 못할 죄지. 그래도 거긴 외롭진 않지. 그만하면 괜찮은 거요. 괜찮게 산 거요."

동수 할아버지는 침대에 몸을 맞추며 소들소들 눕고 있는 찬수 할아버지의 등을 쳐다보았다. 동수가 그러듯 구부러진 등을 탁탁 두드려주고 싶을 만큼 왜소한 등판이었다. 식판을 내다 놓은 알람과 동수가 들어오고 있었다. 알람은 창가로 가서 창문을 닫고 침상을 돌며 뭐 필요한 것이 없는가 물었다. 이불을 덮어주는 알람의 손을 잡으며 박 할아버지가 눈을 껌뻑였다. 손을 통해 말이 전해진 것일까, 아니면 마음이 흐른 것일까. 알람의 얼굴에도 박 할아버지와 같은 표정이 번졌다. 알람이 지나간 자리에는 할아버지들의 등뼈가 길을 만드는 길녘처럼 섬서하게 마주보며 구부러져 있었다.

　박 할아버지에게 무슨 일이 생긴 것인지 하루 사이에 호흡기 내과 주치의와 인턴들이 줄을 지어 들락거리더니 다음에는 혈액센터에서 피를 뽑아가고 '금식' 딱지가 붙여졌다. 학교에서 돌아온 동수는 제일 먼저 알람을 찾았다. 알림장에는 지구 온난화로 변하고 있는 환경의 변화에 대해 부모님과 함께 생각해보라는 글이 적혀 있었다. 동수는 알람에게 알림장에 적힌 글자를 한 글자씩 손가락으로 짚으며 읽어주었다. 알람은 지구, 환경, 부모님이라는 단어를 한 번 더 읽어달라고 했다. 동수는 온난화를 옹낭아라고 발음하는 알람을 꾸짖었다.
　"옹낭아가 아니라 온난화! 온난화 몰라? 날이 자꾸 더워지는 거. 지구가 열 받는 거. 그걸 조사해 오래."
　알람은 부모님, 부모님 하며 손가락으로 알림장에 있는 글자를 가리켰다. '부모'는 모난 돌과 깎인 돌을 이고 받친 모양을 하고 있었다. 알람은 글자를 읽는 데 서투를 뿐이지 동수의 표정과 목소리 톤으로 문장을 읽고 있었다.
　"부모, 없어, 동수?"
　"씨, 네가 뭔데, 그딴 걸 묻고 지랄이야!"
　동수는 울고 싶은 마음을 들킬까 봐 알림장을 팍 소리 나게 덮고 할아버지 옆 간이침대로 가버렸다. 알람이 동수에게 가려고 일어섰다. 찬수 할아버지가 알람의 팔뚝을 잡으며 고개를 저었다. 잠이 들기 전 알람은 동수에게 '금식'이 뭐냐고 물었다. 금식은 찬수 할아버지의 등을 지나 동수 할아버지의 쿨럭이는 기침을 지나 동수에게 도착했다. 잔뜩 삐진 목소리로 동수는 밥을 못 먹게 하는 거라고 대답했다. 알람은 왜 병원에서 밥을 못 먹게 하느냐고 물었다. 동수는 너네 나라에는 병원도 없냐고 쏘아붙였다. 알람은 병원은 많은데 누구나 갈 수 있는 건 아니라고 했다. 동수는 할아버지를 흉내 내며 밥을 먹으면 안 되는 병도 있다고 잘라 말했다.

"바다로 떠나는 거구나."

동수는 눕다 말고 자리에서 일어났다.

"바다로 떠나는 것이 밥이랑 무슨 상관인데?"

알람은 자기 나라에서는 병원에 갈 동전이 없고 병이 깊어지면 배를 타고 바다로 나간다고 했다. 동수는 바다로 나가서 뭘 하느냐고 물었다. 알람은 바다에는 움직이는 섬이 있다고 했다. 동수는 그들이 섬에서 무엇을 하느냐고 물었다.

"아무것도, 그들은 거기서 살아."

알람은 자기 동생도 그곳에 있다고 말했다.

"거기, 안 아파. 괜찮아."

"움직이는 섬이라고? 거기에 약이 있다고?"

"응, 거기…… 안 아파."

동수는 거기서 그들이 무엇을 먹느냐고 물었다. 알람은 고개를 저었다.

"금식이야. 못 돌아와!"

박 할아버지의 딸들이 들어오자 동수와 알람의 대화도 멈추었다. 둘의 대화를 듣고 있던 김찬수 할아버지가 옆으로 돌아누웠다. 알람은 찬수 할아버지의 거스러미 인 발바닥을 주물렀다. 동수는 일기장을 꺼내 알람에게 다가갔다.

"너, 바다가 영어로 뭔지 알아?"

알람은 '씨'라고 말하며 동수의 손바닥에 스펠링을 적어주었다. 알람의 손가락이 손바닥에 닿자 몸속 철가루가 따라 움직이듯 소름이 돋았다. 한 번도 보지 못한 바다 끝에서 바람이 불어오면 그런 소름이 돋을 것 같았다. 동수는 보이지 않는 글자들이 흩어지지 않도록 손바닥을 펴고 간이침대로 돌아와 일기장에 'sea end'라고 적었다. 바다는 시 같기도 하고 씨 같기도 했다. 아무것도 먹지 않고 아무것도 하지 않고 살아가는 곳, 움직이는 섬은 바다 끝 같았다. 씨 엔드는 둥둥 떠다니며 알람의 동생을 싣고 또 어딘가로 움직이고 있을 것 같았다. 그러고 보니 알람에게 묻고 싶은 말이 더 있었다. 동수는 커튼을 살짝 들쳤다. 알람은 새벽 네시 반에 일어나기 위해 잠들어 있었다.

박 할아버지 침대에서 금식 딱지가 사라지자, 알람은 동수에게 우유를 어디서 사 오는 거냐고 물었다. 동수는 알람의 손을 잡아끌고 지하 마트로 내려갔다. 알람은 주머니를 털어 우유를 하나 샀다. 동수가 먹는 우유보다 삼백 원이나 더 비싼 우유였다. 알람은 그 우유를 박 할아버지에게 주었다. 박 할아버지의 셋째 딸은 쓸쓸히 웃으며 우유를 받아들었다.

"아버지, 알람 씨가 이거 먹으래. 이럴 땐 고맙다고 해야 하는 거유. 입에 거미줄 생기겠어."

박 할아버지는 알람을 보며 젖은 눈을 껌뻑였다.

"썰썰했는데 잘됐구나."

박 할아버지는 또박또박 한 글자씩 분명히 말했다. 아이들이 처음 말을 할 때도 저럴까. 할아버지의 셋째 딸은 할아버지가 아니라 알람을 보며 고맙다는 눈빛을 보냈다. 알람은 처음부터 사람들이 하는 말을 다 알아듣고 있었던 것처럼 슬픈 웃음을 지었다. 입꼬리가 올라가고 그림자를 말아놓은 짙은 눈썹이 씰룩이며 울음을 삼킨 웃음을 짓고 있었다. 그 웃음은 할아버지가 뱉으려고 기를 써도 뱉어지지 않던 말들이 공기 중으로 날아 퍼져나가는 것처럼 병실에 누워 있는 사람들을 쓸쓸하게 만들었다. 박 할아버지의 셋째 딸은 그 공기를 들이마시며 옷소매로 눈가를 닦았다.

"아버지, 아침에는 잘 주무셨는가 묻는 거고요, 입안이 껄껄할 때는 주위 둘러보며 아픈 데는 좀 나아졌는가 물으시는 거예요. 제가 없을 때는 침대 머리 좀 올려달라고 부탁도 하고요. 밤에는 잘 주무시라고 한마디라도 건네보세요. 그러면 아부지 병도 좀 나아질 거래요."

박 할아버지는 셋째 딸을 보며 미소를 지었다.

"너는 딸이 없어서 안됐다. 나는 딸이 많아, 아파도 이렇게 편한데. 너 아프면 누가 돌봐주냐?"

박 할아버지는 입속에 담아둔 거미를 꺼내듯 술술 말을 이었다. 할아버지의 목소리는 거미줄을 켜는 바람처럼 가늘고 떨렸지만 끈끈이를 발라놓은 노랫말처럼 동수의 귓가에 달라붙었다. 거미줄이 흔들릴 때마다 기억나지 않는 엄마의 목소리가 들리는 것 같았다. 할아버지의 셋째 딸은 고향으로 내려가겠다는 할아버지의 짐을 싸며 자기 아이에게 하듯 할아버지에게 말을 가르치고 있었다. 할아버지에게서 이어진 발 없는 말로 할아버지를 배웅하고 있었다. 환자복을 벗은 박 할아버지가 다시 병원에 들어오지 않는다면 쓰지 못할 말들이었다. 박 할아버지는 한 손으론 모지랑이 지팡이를 짚고 또 한 손은 딸의 부축을 받으며 침상을 돌았다.

"나 먼저 가요. 잘 자고 잘 먹고 잘 쉬었다 가요. 망고줄 풀었으니, 거기서들 봅시다."

힘담없이 웃는 박 할아버지의 인사를 받은 동수 할아버지는 "그럽시다. 내 별박이 보며 곧 찾아가리다. 먼저 가서 좋겠수"로 박 할아버지를 배웅했다. 박 할아버지는 동수의 머리를 쓰다듬으며 말했다.

"이 열쭝이 녀석은 어쩌시려고. 천천히 둘러보고 오슈."

 동수는 무슨 말인지 몰라 할아버지를 흘겨보았다. 치료를 포기하고 가는 박 할아버지에게 하고많은 말 중에 먼저 가서 좋겠다니, 할아버지가 거꾸로 말한다는 걸, 단 몇 주 만에 박 할아버지도 알아챘을까? 박 할아버지의 손길이 지나간 머리끝에서부터 무언가가 온몸을 감싸며 돌았다. 뭔지 모를 그것은 배꼽 언저리를 싸아하게 감싸며 아랫배를 우릿하게 눌렀다. 동수는 주머니에 손을 집어넣었다. 동전 대신 햄스터가 꿈틀거렸다. 그동안 모은 돈으론 닌텐도를 살 수 없었다. 대신 동수는 햄스터를 한 마리 샀다. 동수는 박 할아버지의 셋째 딸이 옥상밭에서 따 왔다는 상추를 한 잎 주머니에 넣었다. 동수의 주머니도 알람의 주머니처럼 꿈틀거렸다. 동수는 그 주머니를 자랑하고 싶어 알람을 쳐다보았다. 알람은, 며칠 전 텔레비전에서 보았던 여자처럼 섬과 연결된 끈을 잡고 놓지 않으려는 듯 박 할아버지의 하전하전한 움직임을 눈으로 좇고 있었다. 할아버지가 병실 통로로 사라질 때까지 몽그작거리며 발을 끌며 따라 걷던 알람의 코끝이 빨개졌다. 움직이는 섬에 동생을 보낼 때도 저랬을까? 알람을 바라보는 동수의 코끝에서도 콧물이 삐져나왔다.

 그날 저녁 메뉴는 고기 없는 상추쌈이었다. 박 할아버지의 셋째 딸이 주고 간 옥상밭의 상추와 고추는 병실을 잔칫집으로 만들었다. 알람은 상추쌈을 싸서 찬수 할아버지의 입에 넣어주었다.

"도리깨침이 다 돈다. 금방 또 구쁘구나. 오랜만이야."

찬수 할아버지는 올강거리며 떨리는 손으로 상추쌈을 싸서 알람의 입에 넣어주었다. 병실은 말잔치로 왁자지껄해졌다. 잔치는 찬수 할아버지의 노래에 맞춰 류 할아버지가 용춤을 추면서 절정에 달했다. 동수는 햄스터를 사길 잘했다고 생각했다. 사자마자 쓰레기통에 처박을 닌텐도를 사지 않은 자신이 마음에 들었다. 주머니는 무언가 있다는 것을 보여주듯 계속해서 꿈틀댔다. 그럴 때마다 동수는 혼자 킥킥대며 실없이 웃었다. 알람은 찬수 할아버지에게서 노래를 끌어낸 상추를 사 와 병실 창문턱에서 키워야겠다고 생각했다. 동수 할아버지만은 그날따라 욕도 없이 잠잠했다. 치료를 포기하고 가는 박 할아버지의 모습이 좀처럼 잊히지 않는 모양이었다. 잠자리에서 동수 할아버지는 알람을 불러 무언가를 애만지다 불쑥 내밀었다. 흰 종이에 글자들이 총총히 박혀 있었다.

"동수 어미가 쓴 거라네. 내 자식놈이랑 함께 살 때 쓴 편지라는군. 그때는 이런 일이 일어날지 꿈에도 몰랐겠지. 에휴…… 다 내 죄지. 빚을 내서라도 고등학교라도 보내주는 건데, 머리채를 잡아서라도 공부는 마치게 했어야 했는데…… 입에 풀칠하느라 그런 생각도 못했지. 그놈이 손에 연필을 잡았으면, 그 손으로 아내를 때려죽이지는 않았을 텐데…… 다 내 죄야. 그 죄를 내가 다 갚고 죽어야 하는데 그럴 시간이 없지 싶어. 그놈이 감방에서 나와 동수 저놈을 알아볼 수나 있을지 모르겠어. 동수 손에는 꼭 연필을 쥐여줘야 쓰겠는데, 내가 까막눈이니 부탁할 데도 없고. 그러기 전에 이 편지라도 읽어주면 저놈도 지 애비처럼 나쁜 길로 들지는 않겠다 싶은데. 아무리 모자란 여자라도 애까지 낳았으면 좀 잘살 것이지. 없는 놈들은 뒤로 자빠져도 코가 깨진다고 안 하나? 딱 그 짝이지. 십 년 만에 살인자가 되어 나타난 자식놈 대신 동수 저놈이 그 자릴 채워줄지 누가 알았겠나. 근데 참 이상해. 동수 가방에 들어 있던 이 편지를 볼 때마다 이렇게 주책없이…… 알아볼 수도 없는데도 이 까막편지를 펴볼 때면 자꾸 눈물이 나오니. 자네, 자네는 어디서 왔다고 했지? 그 아인 베트남에서 왔다고 했네. 이걸 읽을 수 있겠나?"

알람은 고개를 저었다. 알람의 고향은 베트남이 아니라고 했다. 그러면서도 알람은 동수의 알림장을 보듯 베트남어로 쓰인 동수 엄마의 편지를 보고 또 보았다. 들을 수는 있지만 쓸 줄은 모르는 글자처럼, 읽을 수는 없지만 알 수는 있는 익숙한 냄새가 글자들 사이사이 찍혀 있는 눈물 자국에 배어 있었다. 알람은 잠들어 있는 동수를 보며 말했다.

"바다 끝에서 만나자. 동수 엄마도 거기에 있대."

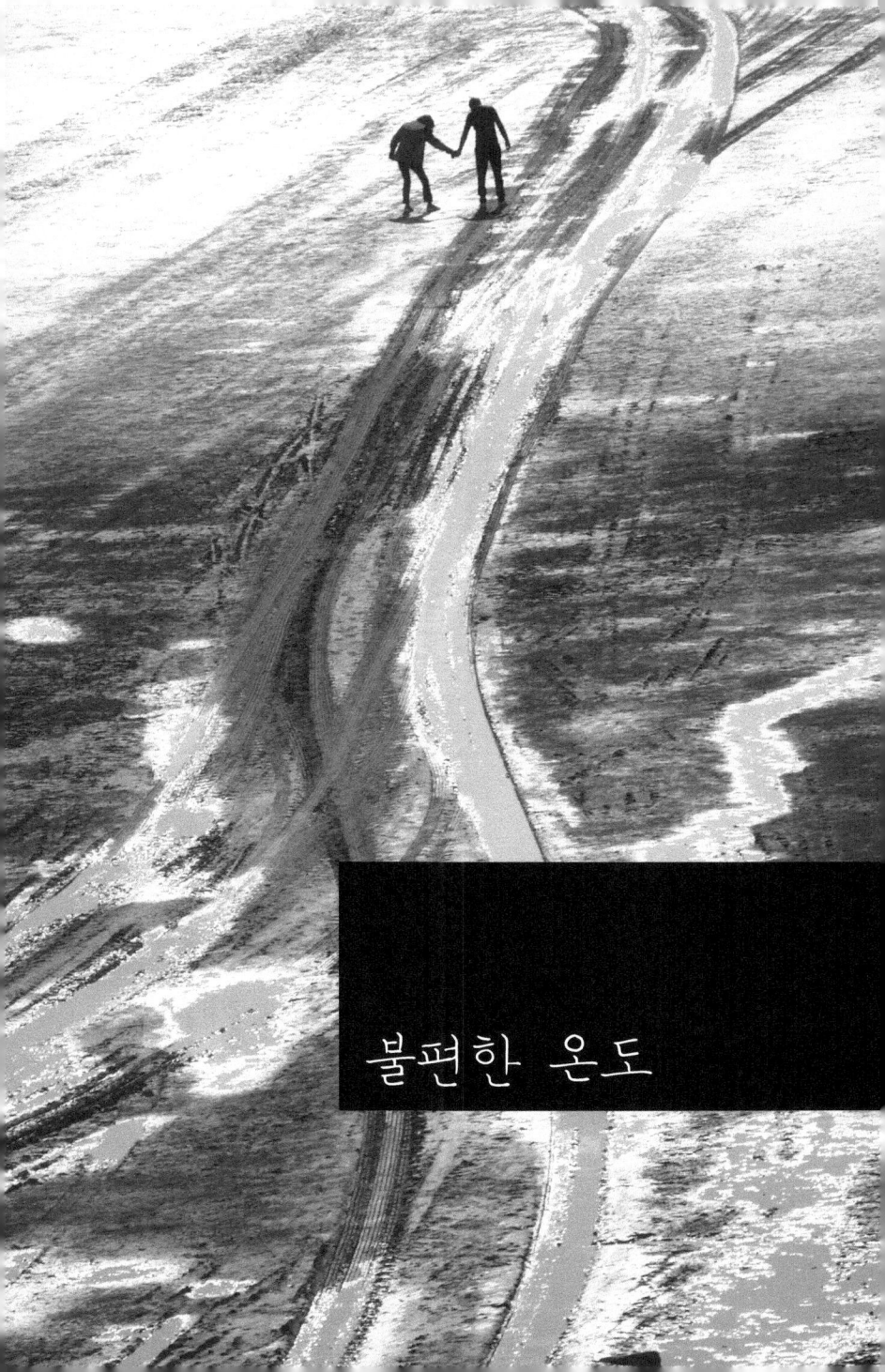

불편한 온도

십이월의 셋째 주 수요일에는 눈이 내렸지요. 눈이 온다는 걸 알고 있었어요. 일주일 치 일기예보를 체크하고 있었거든요. 일어나자마자 창을 열었습니다. 예상한 것처럼 눈이 내리고 있더군요. 소리 없이 천천히 날리는 함박눈이었어요. 눈은 건물들을 잠재우듯 하나로 덮어놓고 있었어요. 옥상마다 두텁게 쌓여 한 층은 높아진 건물 위로 크고 검은 새 두 마리가 날아가더군요. 이 새들은 내가 깨는 시간에 동쪽에서 서쪽을 향해 날아가요. 한강 어귀로 먹이를 구하러 가나 보다 생각했죠. 한기가 감겨 몸을 부르르 털며 창을 닫았어요. 닫힌 창 안으로 컥컥 울며 허공에 점을 찍는 새들의 목소리가 스몄어요. 이 정도면 작업을 못하겠다고 생각하며 이불 속으로 기어들어갔죠. 엄청난 눈처럼 잠이 몰려와 눈이 감겼어요. 꿈속으로도 계속 눈이 내렸지요.

얼마나 잤는지 창 쪽에서 나는 컥컥 하는 새의 울음에 눈이 떠졌어요. 새벽에 나갔던 새들이 서쪽에서 돌아오고 있었습니다. 새들은 허공에 찍어놓은 울음을 밟으며 되돌아오고 있었어요. 옥상으로 이사한 이후 처음 맞는 오후였습니다. 이상한 오후였어요. 눈 속에 잠긴 것처럼 시간이 멈추거나 거꾸로 흐르는 것 같았죠. 냉장고를 열어도 먹을 게 없어서 겉옷만 걸치고 계단을 내려왔습니다. 계단 끝에서부터 눈밭이 펼쳐지고 있었어요. 사람들이 건물 밖으로 나와 눈을 치우는데도 눈은 계속 쌓여요. 서울에서 이렇게 쌓인 눈은 처음이었어요. 눈뿐 아니라 눈을 치우는 사람들도 모두 처음 보는 사람들이었죠. 건물 안에 누가 사는지 이런 날이 아니면 알 수 없었어요. 걷다 보니 '삼천원 백반집'이라는 간판이 보이더군요. 늦은 점심시간인데도 빈 테이블이 없었어요. 그때 당신을 보았습니다. 억양이 센 걸로 봐서 조선족인 듯한 아줌마가 혼자 앉아 밥을 먹는 당신에게 합석해도 되겠느냐고 물었죠. 당신은 그러라고 고개를 끄덕였습니다. 어디서 봤더라, 분명 어디서 본 얼굴이었어요. 덥수룩한 머리칼에 면도도 안 한 꺼칠한 얼굴로 당신은 시금치국을 뜨고 있었습니다. 조선족 아줌마는 식탁 맞은편을 닦으며 내게 당신을 가리켰지요. 내가 당신 맞은편에 앉자마자 밥과 국이 바로 나왔어요. 빨리 먹고 자리를 비우라는 것 같았어요. 아줌마는 "반찬 더 줄까요" 하고 물었지요. 당신은 나를 살짝 보고는 오징어젓을 더 달라고 그릇을 밀었습니다. 다른 반찬은 손을 댄 것 같지 않았어요.

"어, 옥상에 사셨던 분 맞죠?"

그때서야 당신이 기억났습니다. 당신은 비스듬히 웃으며 나를 쳐다보았지요.

"어떻게 알아보시네요. 아까 들어올 때 알아봤는데 자리가 없어서 나갈 줄 알았어요."

그때 당신에게서는 옥상에서 지하로 짐을 옮기며 하필이면 비 오는 날을 이삿날로 정했냐고 투덜대던 한 달 전의 모습은 찾아볼 수 없었습니다.

"점심이 늦네요. 근처에서 일하시나 봐요."

적당한 양의 젓갈을 한 번에 집어 밥 위에 올리고 다시 젓가락으로 밥을 푸며 당신은 어린이대공원에 있는 동물원에서 일한다고 짧게 답했지요. 당신은 달걀말이와 김, 오이무침은 두고 오징어젓만 집어먹고 있었어요.

"야간 조여서요."

젓가락질에 자꾸 눈이 갔어요. 스틱을 잡고 트롤리를 움직여 훅블록에 걸린 자재를 제자리로 옮길 때처럼 당신의 두툼한 손은 절도 있게 젓가락질을 하고 있었습니다. 내가 대답이 없자 당신은 반찬을 하나씩 내 쪽으로 밀었지요.

"그렇군요. 엄청난 눈이죠? 근데 젓가락질을 잘하시네요."

당신은 밥알을 뿜으며 웃었습니다. 평생 하는 건데 젓가락질을 제대로 못하는 사람이 의외로 많다고 말하자 당신은 젓가락질을 잘한다는 생각은 한 번도 못해봤다고 했죠. 진짜 그런 생각은 못해봤다고, 남들도 다 하는 거 아니냐고 웃다가, 근데 정말 기록적인 눈이라고, 이사할 때는 굳이 비 오는 날을 택하더니 눈이 오면 왜 일을 못하느냐고, 멈추지 않는 눈처럼 질문을 퍼부었습니다. 나는 크레인을 운전한다고 했죠. 궁금한 듯 눈을 동그랗게 뜨고 쳐다보는 당신에게 정부의 시책 중 하나였던 여성 크레인 노동자 양성 기관을 통해 크레인 자격증을 땄다는 설명도 곁들였죠. 이렇게 말하면 대부분의 사람들은 여자가 하기는 힘든 일이 아니냐고 묻는데 당신은 이렇게 말했어요.

"크레인은 섬세한 일이어서 여자들에게 잘 맞는다고 들었어요."

한 박자 쉬고 생각을 풀어놓는 목소리였어요. 당신은 동물원에서 공사할 때도 크레인 기사 중에 여자가 있었다고 덧붙였죠. 어쩌면 정혜 언니를 기억하는 사람일지도 모른다고 생각해서일까요. 내가 다급하게 물었죠.

"동물원에서 사고가 있었는데, 아시나요?"

당신은 천천히 고개를 끄덕였습니다. 아, 언니를 기억하는 사람이 있구나. 여성 크레인 운전자가 낯설지 않은 이 남자도 언니가 있었다는 것을 기억하고 있구나. 그것만으로 사고 소식을 들었던 그 저녁이 되살아나고 있었어요.

크레인 해체 작업은 바람이 없는 날을 택해야 해요. 아래에서는 느낄 수 없는 바람이 조금만 불어대도 코핑 작업은 흔들리거든요. 흔들리는 걸 알면서도 정혜 언니는 자기가 설치한 몸을 자기가 뜯어내며 내려오는 일을 다른 날로 옮기지 못했어요. 그날은 언니와 처음 작업하는 파견 나온 도비직 사람들이 아래에서 작업하고 있었어요. 위에서 신호를 보내면 재빨리 아래에서 나사를 풀어주어야 유압으로 헤드가 내려오거든요. 바람뿐 아니라 도비업체와의 협력이 무엇보다 중요하죠.

"야생 조류관 그물을 뚫고 거기에 떨어졌었지요."

젓가락질을 하던 당신이 나를 쳐다보며 말했습니다. 나는 그 상황에서 밑에서 일하던 사람들이 도망을 갔다고 씁쓸하게 말했죠. 도망간 도비업체 직원들을 잡고 보니 크레인 해체 작업이 처음인 노동자가 세 명이었어요. 도비업체도 계약된 하도급업체여서 전문 인력은 돈을 더 써야 하니까 값싼 인부들을 쓴 거지요. 외국인 노동자도 끼어 있었구요.

"해체 작업을 할 때 박아야 할 나사가 네 개였는데 두 개만 박았다더군요. 늘 있는 일이예요. 빨리 끝내고 다음 작업장으로 가기 위해 쓰는 편법이거든요. 문제가 생기면 자기들이 책임져야 하니까 사고가 발생했는데도 본능적으로 도망을 가버린 거죠."

당신은 내 이야기를 듣다가 밥을 한 공기 더 시켰지요. 젓가락질을 할 때마다 나를 쳐다보는 것 같았어요. 당신은 무언가 말하려다 말고 하루 종일 혼자 허공에 있으면 외롭지 않느냐고 물었죠. 나는 대답 대신 크레인 기사를 위해 발명된 것이 뭔지 아냐고 되물었습니다.

"이거요. 이게 딱 크레인 기사들을 위해 발명된 물건이거든요. 이것도 없었으면 그 위에서 못 견디죠. 처음에는 라디오를 틀고 대기 중에는 책도 보고 그랬는데, 그래도 이것만큼 좋은 게 없더라고요."

핸드폰을 꺼내 크레인 위에서 찍은 사진들을 보여주었죠. 낮달이 찍힌 초저녁의 사진을 보며 당신은 하늘이 바다 같다고 했던가요. 당신은 내 귀에 걸려 있는 귀걸이를 쳐다보고는 예전에 돌봤던 기린이라며 마르의 사진을 보여주었지요. 그러면서 동물원에 있어서 그런지 크레인이 기린 같다는 생각을 한 적이 있다고 했어요.

"기린이요?"

당신은 지상으로 달리는 지하철에서 밖을 보면 공사장마다 도시의 기린들이 붙박이로 서 있는 것 같았다고 했어요. 한번 보이기 시작한 크레인은 서울 어디를 가든 십자가들보다 더 많이 서 있더라고요. 그러고는 세상에서 가장 혈압이 높은 동물이 뭔지 아냐고 물었습니다.

"기린이군요."

당신은 내게서 웃음을 끌어냈습니다. 같은 식탁에 마주앉아 있는 것이 불편하지 않았어요.

"기린은 심장과 머리가 가장 멀리 떨어져 있거든요."

목이 긴 동물이라고만 알았지 심장과 머리까지의 길이는 생각도 못해봤어요. 당신은 경동맥을 통해 뇌까지 혈액을 밀어올리기 위해서는 힘찬 펌프가 필요한데 기린의 심장은 길이가 60센티미터, 벽의 두께가 7.5센티미터, 무게만 해도 11킬로그램이나 나간다고 손짓으로 심장을 그렸어요.

"11킬로그램이면 돌 지난 아이의 몸무게 아닌가요?"

아이 하나만 한 심장이 몸속에 있다니요. 그럼 물을 먹기 위해 머리를 숙일 때는 어떻게 되는 거냐고 내가 물었지요. 머리로 피가 쏠릴 텐데 어떻게 뇌의 혈관이 터지지 않을까 궁금했습니다. 당신은 기린한테는 신기한 혈액 순환 장치인 원더넷이라는 것이 있다고 했지요. 일종의 혈압 조절 장치라고요. 그리고 말했어요. 크레인 사고가 있고 얼마 지나 마르의 심장도 멎었다고요. 당신의 설명 때문인지 마르의 심장이 멈춘 것이 한 아이가 사라진 것처럼 느껴졌어요.

"그 일이 있은 후에 야간 조로 바꿨어요…… 어우, 오늘은 그득하네요. 오랜만이에요. 고마워요, 조종사 님."

당신은 수화를 하듯 머리에서 심장을 거쳐 배를 쓸어내며 말했습니다. 내가 다 먹을 때까지 기다려준 것 같았어요. 누군가에게 기사가 아니라 조종사라고 불린 건 사수였던 박씨 아저씨와 정혜 언니 이후 처음이었어요. 백반집은 이런 눈이 온 날에만 나타난 곳이었을까요. 잠깐 백반집에 앉아 이야기를 나눴을 뿐인데 이게 뭘까요, 고맙다니. 우리는 기분 좋게 나누어 웃었지요. 당신이 웃으면 내가 따라 웃었고, 내가 먼저 웃으면 당신이 따라 웃었어요. 우리는 같은 건물의 현관에서 핸드폰 번호를 교환하고 헤어졌습니다. 당신과 헤어지고 계단을 올라오며 지하의 문이 닫히는 소리가 들리는지 귀를 기울였어요. 한참을 기다려도 소리가 들리지 않아 일부러 옥상 계단 문을 열었다 닫았습니다. 그때서야 당신이 지하로 내려가는 소리가 들리더군요. 방에 앉아 심장에서 머리까지의 길이를 손뼘으로 쟀어요. 꿈에서 걸었던 길이 심장과 머리 사이로 뻗어 있었어요. 언니에게 다녀와야겠다고 생각하며 옷을 입었죠. 옥상에서 내려오는 계단이 심장을 향해 뻗어 있는 길 같았어요.

*

평일 오후 동물원은 허공에서 바라본 구름이 그대로 내려앉은 풍경이었어요. 사람들이 들어서기 전 아파트 공사장처럼 드문드문 눈길에 발자국이 나 있었죠. 한쪽으로 향하는 발자국을 따라 걸었습니다. 발자국을 따라 동물원을 설명하는 팻말 앞에 섰어요. 그곳은 나와 나이가 같더군요. 같은 나이의 나무들이 눈이 버거운 듯 가지를 늘어뜨리고 있었어요. 동물원 사옥 뒤쪽으로 갔다가 방사장 쪽으로 돌아 나왔어요. 방사장은 눈이 이 정도까지 왔다고 보여주듯 아무도 밟지 않은 두터운 정적을 풀어놓고 있었습니다. 바람이 눈을 덜어 날리며 방사장을 돌아다니고요. 방사장 옆 야생 조류관에는 겨울새들이 한 발로 눈밭에 서 있었습니다. 그 앞에 가지고 온 꽃을 놓았어요. 야생 조류관 뒤로 눈을 맞고 서 있는 건물이 보였습니다. 저 건물을 지었던 정혜 언니는 2000년이 시작되던 해에 아파트 신축 공사장의 크레인 위에서 내게 문자를 보냈습니다.

"파업!"

무언가를 끊고 무언가를 결정하는 순간이었어요. 그 순간은 아주 짧았습니다. 사전 통보도 없이 크레인 기사를 바꾸거나 일방적인 해고가 일상이었거든요. 그런 상황에서 크레인 설치와 해체 작업 도중 사망하거나 다치는 사고는 하루건너 한 번씩 터질 수밖에 없었어요. 이런 환경을 바꾸기 위해서는 우리도 노조가 필요하다고 정혜 언니는 바쁘게 뛰어다녔어요. 현장 상황은 IMF를 전후로 더 나빠지고 있었어요. 이전에는 종합건설사 면허가 나오려면 덤프나 굴착기, 타워크레인 같은 중장비를 보유하고 있어야 했거든요. 대형 메이저 건설사가 중장비를 보유하고 기사를 채용해야 했어요. 그런데 IMF로 건설 경기가 침체되고 건설 회사의 아웃소싱이 발생하면서 건설사는 장비 운행 기사에게 퇴직금 대신 장비를 나눠주었어요. 납입금이 물려 있기는 했지만 장비를 들고 나가 사장이 되라는 격려까지 없었으니 사람들은 처음에는 좋아했지요. 하지만 아니었어요. 장비를 들고 나온 중장비 노동자들은 개인 사업자가 되었거든요. 수백 개의 장비 임대업체가 난립하면서 서로 가격을 낮추는 경쟁이 시작됐지요. 타워크레인 임대비는 이전보다 못한 수준으로 떨어져버렸구요. 게다가 타워크레인은 철 구조물로 등록이 되어 있어서 기사의 안전 따위는 무시되기 일쑤였어요.

건설사들은 전국에 흩어져 있는 크레인 기사들이 어떻게 노조를 만들겠냐며 할 테면 해보라고 코웃음을 치고 있었습니다. 그건 나도 다르지 않았어요. 소속된 회사도 없는데 어떻게 노조를 만드느냐고 정혜 언니에게 제일 먼저 대든 것도 나였거든요. 그런데 핸드폰의 문자가 도착한 그 시간, 나는 알 수 없는 전율로 엔진 키를 뽑아버렸습니다. 그때도 크레인 추락사가 있었거든요. 처음 조종관을 잡고 자재를 옮겼을 때와 같은 파고가 밀려왔어요. 파업이라고? 파업이 가능해? 하며 재던 생각도 엔진과 함께 멈추었어요. 그 순간만큼은 안 될 건 뭐야? 가능할 수도 있겠다는 느낌이 엄청난 파도처럼 나를 덮쳤습니다. 크레인을 멈추면 건설 현장은 모든 일을 멈출 수밖에 없어요. 건설 현장에서 크레인은 엔진이거든요. 그때까지 나는 내가 크레인을 운전하는 사람일 뿐이라고 여겼어요. 그런데 크레인의 엔진을 끄는 그 순간은요, 내가 조종관을 잡고 있는 조종사가 된 것 같았습니다. 당신이 내게 조종사라고 불러줄 때 내가 얼마나 놀랐는지 아시겠죠? 박씨 아저씨는 크레인 조종사가 엔진을 끈다는 건 어디로 갈지를 스스로 정해야 하는 거라고 했어요. 어디로 갈지 그 길은 알 수 없었지만 크레인의 엔진을 멈춘 그 잠깐 사이 나는 알고 있는 크레인 기사들에게 빠르게 문자를 돌렸습니다.

"파업이래요, 파업."

"나도 받았어. 기계 멈췄어?"

"한번 해보지 뭐. 나도 멈췄어. 그래, 파업이다, 파업."

크레인 노조는 그렇게 전국 비정규직 노조 중 참여율과 지지율이 가장 높은 노조로 그날 그 몇 분간의 멈춤으로 결성되었어요. 전국의 하늘은 핸드폰으로 연결되어 있었고, 우리가 땅으로 내려올 때는 무서운 힘을 발휘했죠. 전국 2천 명 중 서울에 있는 여성 크레인 노동자는 전부 참여했으니까요. 그건 정혜 언니가 발로 뛴 결과였습니다. 혼자서는 어쩔 수 없는 일들도 같이하면 바꿀 수 있는 거라고 처음으로 알려준 사람이 정혜 언니였거든요. 그때 크레인 노조를 결성하고 파업을 주도했던 언니는 정작 저 건물을 다 짓고 크레인 해체 작업을 하다 사고가 난 거였어요.

70미터 높이의 조종석에 앉아 언니의 사고 소식을 들었어요. 한참을 앞만 바라보다 일을 못하겠다고, 내려가겠다고 무전을 보냈죠. 바람이 초속 10미터가 넘게 부는 날이었고, 바람이 쓸어낸 하늘에 구름 한 점 없는 날이었습니다. 현장감독은 자재가 밀려 있다고 맞받아쳤어요. 그날 옮겨야 하는 자재들이 쌓여 있었죠. 4호 크레인도 3호 크레인도 서로 부딪히지 않으려고 순서를 기다리며 자재를 나르고 있었어요. 아무도 크레인을 멈추지 못했습니다. 멈추지 못했을 뿐 아니라 크레인 사고는 너무 흔한 일이 되어 노조에서도 정혜 언니처럼 나서는 사람이 없었어요. 그때가 한창 위원장을 바꾸는 시기여서 제대로 대응조차 하지 않았지요. 크레인 해체 작업만 문제가 아니었어요. 처음 파업을 하고 노조를 만들 때와는 달리 노조도 사람들의 분열로 날마다 흔들리고 있었어요. 그날 일을 마치고 바라본 허공에는 낮달이 하얗게 겁에 질린 채 나를 쳐다보고 있었습니다. 크레인 해체를 마치고 무사히 내려온 기념으로 같이 저녁을 먹자고 언니와 약속한 시간이 지나가고 있었습니다. 만약 언니였다면, 사고 크레인에 내가 타고 있었다면 언니는 엔진을 멈췄겠지요. 엔진을 멈추고 사람들을 모아 사고의 진상을 밝히고 재발 방지를 위해 또 싸웠을 겁니다. 사고가 일어날 때마다 반복되는 그 지겨운 싸움을 그래도 다시 시작했겠지요. 그런데 나는, 그러지 못했어요. 바람이었을까요? 나사 두 개였을까요? 도망간 사람들과 나는 다르지 않았어요. 나사 빠진 사람이 되어 내가 쌓아 올린 크레인도 내 안에서 무너지고 있었습니다.

언니가 지은 건물 앞을 지나가려는데 당신에게서 문자가 왔습니다. 쉬는 날에 동물원에 놀러 오라고 했지요. 나는 그날이 오늘이라고 했습니다. 그리고 언니가 지은 건물을 사진으로 찍어 보냈지요. 당신은 낮에 들었던 사연 때문인지 사진이 내 귀에 걸린 낮달처럼 쓸쓸해 보인다고 했어요. 그리고 아까는 말하지 못했는데 크레인이 쓰러진 것은 한순간이었다고 했습니다. 크레인이 무너질 때는 소리가 아니라 진동이, 진동이 아니라 먼지가 앞섰다고 했어요. 아니 먼지보다 먼저 지진음을 감지한 듯 동물들이 안절부절못하며 우리 끝에서 끝으로 왔다 갔다 했다고. 진동을 감지한 새들은 일제히 땅에서 솟아올라 허공에서 퍼덕였고, 원숭이들이 창살을 잡아 뜯는가 하면, 여우들이 방구처럼 새 나오는 쇳소리를 지르고, 늑대들은 목을 하늘로 쳐들고 굵은 소리를 뽑아내며 한 번도 소리를 질러본 적 없는 것처럼 온몸을 돌처럼 굳히고 몸속의 소리들을 내보냈다고 했습니다.

"그게 동물들이 보내는 위험 신호였는데 크레인이 쓰러지고 나서야 동물들이 왜 그랬는지 알게 됐어요."

당신의 목소리는 비에 젖은 눈처럼 무겁게 울렸습니다. 그리고 당신은 야간 조로 옮긴 당시 상황을 이야기해주었지요. 크레인이 쓰러질 때 그 굉음은 동물들의 울음소리를 일시에 빨아들이며 뿌연 먼지구름을 내뿜었다고요. 먼지구름은 촘촘히 막아놓은 공사장 둘레를 들었다 내려놓으며 사방으로 뻗어 나갔는데 사람들이 물을 뿌려대자 크레인이 사라진 자리에 쌍무지개가 나타났다고 했습니다. 쌍무지개 사이로 빨갛고 파란 깃털들이 날아오르고, 한순간 동물원은 무지개 새들의 소란스런 울음으로 가득한 새장이 되어 먹먹하게 울렸다고 했습니다.

"건설사가 우리 쪽 보상을 먼저 처리하도록 만들어야 했어요. 동물원으로서는 달아난 새들에 대한 보상을 받는 게 먼저였거든요. 크레인 사고로 떨어진 분은 우리 일이 아니었어요. 건설사는 뚫린 그물로 달아난 새들에 대한 보상을 하느라 진땀을 빼야 했지요…… 그런데 마르가 이유 없이 심장이 멈춘 날, 마르가 목을 빼고 보았던 그 건물을 보게 되더군요. 불편했습니다. 그 건물을 보는 것이. 새들의 몸값으로 지어진 건물이라고, 마르의 심장을 멈추게 한 건물이라고만 여겼었는데…… 지금도 마음이 불편하고 답답하고 그러네요."

그랬군요. 그날 동물원 전체가 울어주었군요. 아니, 울음으로 사고를 예견하고 있었군요. 나사 두 개가 덜 박힌 크레인이 곧 바람을 흔들며 넘어질 거라고 동물들이 온몸으로 외쳐주었군요. 우리들만 모르고 동물들은 다 아는 그런 균열을 당신도 느끼고 있었던 거였군요. 당신과 내가 같은 건물을 바라보고 있다는 느낌이 벅차게 다가오더군요. 이럴 때 이야기할 수 있는 상대가 있다는 것이 고마웠습니다. 당신에게 고맙다는 문자를 보내려는데 건설 현장감독에게 전화가 왔어요. 현장감독은 크레인에 문제가 생겼다면서 빨리 현장으로 오라고 하더군요.

　건설 현장 입구에서 택시를 잡았지만 공사장 입구까지 들어가는 택시는 없었습니다. 어쩔 수 없이 공사장까지 걸었습니다. 제설차가 지나간 자리를 따라 방죽처럼 높게 눈이 쌓여 있었어요. 그 길에 다시 눈이 쌓이고 있었습니다. 아무도 없는 아파트들이 달빛을 받아 환했습니다. 멀리서 불빛이 깜빡였어요. 불빛은 점점 다가왔습니다. 신호수인 조 군이 마중을 나왔더군요.
　"뭐 이런 날이 다 있냐? 누나, 뉴스 봤어? 서울에 이렇게 눈이 온 건 백년 만에 처음이래. 오전에는 예상 적설량이 사십 년 만에 기록을 깼다고 했잖아. 근데 그 기록이 깨졌다네…… 이런 날 크레인에 올라가는 놈이 어딨어. 죽으려고 환장했나봐."
　조 군은 운전을 하며 계속 내 눈치를 살폈어요. 아무래도 크레인에 올라가야 하는 상황이라는 게 감이 잡혔지요. 현장 감독은 왜 이렇게 늦게 오냐고 소리치며 크레인을 가리켰어요. 누군가 보이는 듯 보이지 않습니다. 갠딩기를 만져보니 얼어 있었어요. 갠딩기는 사다리를 오르다 추락사하는 사고가 반복되는 것을 보고 박씨 아저씨가 개발한 사제 기중기였어요. 아저씨는 크레인 경력 삼십 년을 어디다 써먹느냐며 도르래의 원리를 이용해 갠딩기를 만들었거든요. 우리는 사다리를 오르기보다는 갠딩기를 타고 오르지만 이것은 사제라 사고가 나면 100퍼센트 본인 책임이어서 위험한 상황에서는 쓸 수가 없었어요. 현장 감독은 올라가보라고 재촉했습니다. 평소 갠딩기를 사용하는 크레인 기사들에게 운동 삼아 사다리를 타라고 훈계를 늘어놓더니 상황이 급박하니까 갠딩기를 사용하라더군요. 감독은 올라갈 사람은 지금 나밖에 없다고 상황을 설명하다, 너는 네 운전석에 저딴 놈이 들어가 있는데 괜찮으냐며 협박하다, 어떻게든 오늘 안에 끌어내리리라고, 올라간 사람이 누군지도 모른다고 애원을 하다, 올라가서 데리고 내려오라고, 미친놈, 이게 무슨 짓이냐며 눈 위에 연신 가래침을 뱉었어요.

  작업복으로 갈아입고 장갑을 끼고 사다리를 올랐습니다. 내려올 때를 대비해 눈을 치우면서 올라가야 했지요. 바람에 크레인이 흔들리고, 장갑을 꼈는데도 손을 옮길 때마다 철근이 손을 잡고 놓지 않았어요. 50미터까지 올랐을 때는 몇 달 전에 발로 차버린 새집이 걸려 있는 게 보였어요. 작업에 방해가 되어 몇 번을 차버려도 새들이 날아와 다시 집을 짓곤 했지요. 운전실에 도착했을 때는 진땀이 흐르는데 보름의 달이 눈앞에 떡하니 버티고 있었습니다. 운전실에는 환갑이 다 돼 보이는, 깡마른 작은 체구의 남자가 퍼질러 앉아 있었습니다.

  "허, 여기서 사람을 다 보네. 그것도 여자를. 달에서 오셨나?"

여기서 뭐하는 거냐고 물었어요. 흔들리는 배에 올라탄 듯 헤드가 출렁였습니다.

"올라왔더니 달이 저렇게 가깝네. 세상에 저렇게 큰 달은 처음이야."

"그러니까 여기서 뭐하시는 거예요? 달 보러 오셨어요?"

아저씨는 웃다가 울다가 나를 붙잡고 하소연을 하기 시작했어요. 아저씨는 몇 달째 임금이 체불되었다고 했어요. 이런 게 이번만이 아니라고, 더 이상 살 수가 없다고 했습니다. 이전의 사업장에서도 체불임금을 못 받았는데, 아내와 대판 싸우고 나가 죽으라는 말까지 들었다고 했어요. 그 말을 하며 아저씨는 크게 웃더군요. 눈을 맞으며 걷는데 크레인이 보이더래요. 죽으려면 저기나 올라가봐야겠다는 각오를 했대요. 죽더라도 말이라도 해보자 싶었다고요. 늘 그랬어요. 일 년에 한두 번은 있는 일이거든요. 대부분은 중간쯤에서 멈추는데 이 아저씨는 끝까지 올라온 걸 보니 더 이상 내려갈 데가 없었던 거예요. 현장감독에게 무전을 보냈어요. 체불임금을 지급하기 전까진 안 내려갈 것 같다고 상황을 전했습니다. 감독은 그놈이 밤새 거기서 뛰어내리기라도 하면 어쩔 거냐고, 오늘은 크레인에 있으라고 하더군요. 각오한 일이지만, 감독의 처사가 괘씸하고 화가 났어요. 아저씨는 술을 얼마나 먹었는지, 아니면 내가 나타나서 긴장이 풀린 건지, 그사이 발을 뻗고 코를 골더군요.

조종석에 앉아 허공을 바라보았습니다. 언니가 사라진 그 날처럼 이번에는 낮달을 잡아먹은 보름달이 나를 쳐다보고 있었어요. 엔진 키를 꽂고 스틱을 움직였습니다. 좌우로 트롤리를 움직여 크레인에 얹힌 눈덩이를 털어냈어요. 다른 하나의 스틱을 잡고 트레블링과 후크를 움직여 지브를 조종했습니다. 스윙을 풀고 비상정지 버튼을 눌러 눈을 털어내고 헤드를 돌리며 남은 눈을 떨어뜨렸죠. 달빛 아래에서 크레인이 춤을 추고 있었어요. 밤은 길더군요. 달도 멀리 떠나가고 있었습니다. 달빛 체조를 멈추고 핸드폰을 들었어요. 사람 하나 없는, 달빛만 내려앉은 눈 쌓인 아파트 사진을 찍어 당신에게 보냈지요. 당신은 바로 답장을 보냈습니다.

"지금 크레인에 있는 건가요? 크레인에서 작업하는 거예요? 그것도 이런 시간에?"

나는 그렇게 됐다고, 지금은 춤을 추고 있다고 했지요. 아무리 멋지게 춤을 춰도 알아주지 않는 달빛보다 당신의 관심이 좋았습니다. 적막한 밤을 채워줄 누군가의 목소리가 필요했어요. 당신은 통화할 수 있느냐고 묻고는 내가 대답도 하기 전에 전화를 했지요. 당신은 눈 속에 갇힌 허공의 적막을 파헤치며 나를 찾아왔습니다. 밤이 깊어가고 있었어요. 너무 추워 두 팔로 몸을 감싸고 있을 때였어요. 당신이 내게 물었지요. 지금 필요한 게 뭐냐고. 나는 동물원 이야기를 해달라고 했습니다. 당신은 눈 속에 갇힌 사람을 구하는 목소리로 이야기가 끊기지 않게 계속 내게 말을 걸었지요. 당신은 기린뿐 아니라 물고기에게도 원더넷이 있다고 했어요.

"물고기도요?"

상어나 홍어, 가오리와 같은 연골어류는 자기 힘으로 부력을 조절하니까 부레가 필요 없지만 경골어류들이 물에 뜨고 가라앉으려면 어떻게 하겠냐고 물었습니다. 산소량을 조절하는 무슨 장치가 필요하겠다고 답했지요. 당신은 산소량을 조절하는 장치가 경골어류들에게는 부레라고 했어요. 부레 속에 산소량을 조절하는 조종관이 있는데 이게 바로 원더넷, 우리말로는 괴망이라고 했지요. 당신의 설명을 들으니 조종석이 있는 헤드가 부레 같았어요. 크레인을 설치하고 해체할 때 압력을 조절하는 유압장치가 떠오르더군요.

"크레인의 유압장치도 괴망처럼 높이를 조절해요."

당신은 내게 비슷한 것을 더 찾아볼까요, 물었죠. 그리고 물고기만이 아니라 새들에게도 이 괴망이 있다고 했어요.

"겨울에 새들이 한 발로 잠을 자는 건 체온을 유지하기 위해서거든요. 발끝에서 냉각되어 올라온 정맥피가 이 괴망에서 동맥피의 열을 받아 몸으로 퍼지는 거예요. 기린처럼 큰 심장을 가지고 있는 게 아니니까 두 발을 다 얼음판 위에 올려놓으면 온도를 두 쪽에 나눠주기 위해 심장에 무리가 가니까요. 그래서 새들의 발목에 있는 이 괴망이 기린처럼……"

"원더넷과 같은 거군요."

"아, 미주 씨는 정말 젓가락질을 잘하네요. 아니, 크레인 운전을 젓가락질처럼 할 것 같아요. 보고 싶어요. 미주 씨가…… 춤추는 크레인."

그 순간 설명할 수 없는 아픔으로 숨이 막혔습니다. 무언가 굉장한 것이 밀려왔는데, 그것은 내 안에서 걸러지지 않고 부풀고 있었어요. 아니, 괴망을 거쳐 내 몸속의 온도가 바뀌는 것 같았다고 하면 전달이 될까요.

"그러니까 새들이 두 발을 땅에 내려놓지 않는 건, 처음부터 불편한 쪽을 택하는 거예요…… 살기 위해서."

"살기 위해서!"

당신은 날개를 다친 새들은 생명이 붙어 있지만, 다리를 다친 새들은 하룻밤 새에 얼어 죽는다고 했지요. 몸속의 온도를 조절하지 못하면 그렇게 되는 거라고요. 새에게 중요한 건 날개가 아니라 체온을 유지하게 해주는 괴망이라고 했습니다. 우리 몸속에도 살기 위해서 온도를 조절하는 그 불편한 온도계가 있는 것처럼 느껴졌어요. 외롭고 괴로운 것들, 그리운 것들이 그런 온도를 조절하는 거였을까요. 그동안 내가 그걸 거부하고 있었던 걸까요. 눈처럼 쌓이는 당신의 목소리는 외롭지도 않으면, 괴롭지도 않으면, 그립지도 않으면 사람은 살 수가 없는 거라고 내게 말을 걸고 있었어요. 그럴 때마다 뭔가 굉장히 아픈데 아프지는 않고, 그렇지만 아팠어요. 당신은 당신도 비슷한 것이 다녀간 것 같다고 했지요. 당신은 자꾸

가라앉은 나를 물 위로 띄우고 있었습니다. 중간중간 밑에 누구 없냐고 묻는 소리, 잠들지 말라며 안절부절못하는 당신의 목소리가 파고들었지요. 당신은 도대체 어떤 놈들이기에 지금 이 시간에 거기에 있으라고 등을 떠미느냐고, 괜찮으냐고 자꾸 물었습니다. 당신이 걱정해주는 것이, 그 밤 내내 울리던 당신의 이야기가 좋았습니다. 당신과 백반집에 앉아 이야기를 나누던 몇 시간 전으로 돌아간 것 같았어요. 한참 있다가 당신은 무슨 결심을 한 듯 말했습니다.

"우리가 얼마나 외로운지 알게 되어서 그런 거 아닐까요. 그러니까 우리가 백반집에 앉아 밥을 먹기 전으로 돌아갈 수 없다는 걸 알아버린 거 아닐까요. 이런 일이 생길 줄 몰랐어요. 우리 만난 지 몇 년은 지난 것 같지 않나요? 미주 씨, 내려와요. 무사히 내려와서 우리 백반집에 앉아 같이 밥 먹읍시다…… 조심히 내려와야 합니다."

그 순간이었을 거예요. 정혜 언니와 했던 그 저녁 약속, 크레인 해체를 마치고 무사히 내려와 같이 저녁을 먹자는 그 약속이 몸속에 오래 박혀 있었구나, 그것이 쓸려나가는구나 느껴진 것이. 외로워서 아픈 게 아니라, 보고 싶어서 아픈 게 아니라, 여태 그걸 알 수 없어서 아픈 거였어요. 외롭다고 말할 수 있는 시간을 놓쳐버려서 외로운 줄 몰랐어요. 그걸 알려주려고 밤새 당신이 이야기를 해준 것 같았습니다. 동쪽 끝에서 새벽이 다가오고 있었습니다. 이 새벽을 보기 위해 크레인에 올라와야 했던 걸까요. 새벽을 통해 세상의 온도가 바뀌는 것이 보였습니다. 기린의 원더넷처럼 혈압을 조절하고, 물고기의 부레에 있는 괴망처럼 공기를 조절하고, 새의 다리에 있는 괴망처럼 온도를 조절하고, 크레인의 유압장치처럼 높이를 조절하면서 세상은 그렇게 한쪽 다리로 불편하게 서서 하루를 열고 있었어요.

*

새벽하늘을 가르며 동쪽에서 서쪽으로 새들이 날아가는 것이 보였습니다. 어제 본 새들일까요. 새들은 한강이 아니라 바다를 향하고 있었어요. 매일 바다까지 날아가 먹이를 구해 오는 것이 새들의 일이라는 걸 크레인의 새벽은 알려주고 있었습니다. 컥컥 하는 새들의 울음에 아저씨가 몸을 뒤틀며 일어났습니다. 아저씨는 아래를 내려다보고 나를 보고, 다시 아래를 내려다보며 머리를 세차게 흔들었어요.

"내가 여길 어떻게 올라온 거지?"

"꿈같죠?"

내게도 꿈같은 하루였거든요. 아저씨는 한참을 고개를 박고 숨을 죽였습니다. 그러다 도대체 어떻게 내려가느냐고 물었어요.

"크레인은 내려가는 게 더 어려워요. 내려가기 위해 올라오는 게 크레인이거든요."

"더 내려갈 데도 없어."

아저씨가 쓸쓸하게 웃더군요. 땅을 보고 내려가야 하기 때문에 한번 겁을 먹으면 발이 떨어지지 않는데 괜찮겠냐고 물었어요. 아저씨는 안 내려갈 거라고 했습니다. 밀린 임금을 내놓지 않으면 못 내려간다고요. 그러면서도 물었어요.

"근데 어떻게 내려갑니까?"

넉 달씩이나 임금을 떼먹고도 끄덕도 안 하니 여기까지 올라온 거겠지요. 한번 소리라도 질러보라고 했어요. 나는 당신이 밤에 그랬던 것처럼 새들이 왜 한쪽 발만 땅에 붙이고 자는지 아냐고 아저씨에게 물었습니다. 아저씨는 살얼음 녹은 축축한 눈매로 아무 말도 없었어요.

"그게 최선인 거래요. 얼어 죽지 않으려면."

지브 끝에 앉아 있던 새들이 푸드득 날았어요. 새들을 좇아 허공에 대고 중얼대던 아저씨가 나를 바라보았습니다.

"다른 방법이 없었어. 술을 먹었으니까 올라왔지 제정신으로는 못 올라왔을 거요. 그런데 내려갈 때는 술을 먹고 내려갈 수 없는 곳이 여기네. 이곳으로 매일 올라와 일하는 사람도 있는데, 미안하게 됐습니다. 정말 염치가 없네…… 그런데 이거 참, 어떻게 내려가지?"

그건 내가 내게 묻고 싶은 말이었어요. 어떻게 내려가야 할까? 노조 사무실에 있는 언니의 짐을 정리하다 언니가 작성하다 만 사고 일지가 떠올랐어요. 언니의 사고 일지는 '옛날 옛날에'로 시작하고 있었습니다.

옛 날 옛 날에 울산 현대중공업에서 일하던 사내하청 노동자가 작업 도중 크레인 줄이 끊어져 3.5톤 무게의 금속자재에 깔려 죽었다. 10월 25일의 일이다. 광주 중대동의 한 골프연습장에서 크레인 차량 바스켓에 탑승해 그물망 보수를 하던 중 크레인이 쓰러지면서 작업 인부 두 명이 추락해 한 명이 사망했다. 10월 14일의 일이다. 안양 관양동의 한 신축 건물 공사장에서 철근을 옮기던 타워크레인 줄이 끊어져 철근이 쏟아져 내리면서 근처에 있던 28세의 인부를 덮쳐 숨졌다. 9월 28일의 일이다. 서울 강남의 한 신축 건물 공사장에서 타워크레인 해체 작업을 하던 41세 노동자가 추락했다. 6월 22일의 일이다. 경기도 수원 대우월드마크 건설 현장에서 높이를 올리는 코핑 작업을 하다 타워크레인이 넘어져 기사가 숨졌다. 5월 26일의 일이다……

사고 일지는 다섯 장을 넘어가고 있었어요. 옛날 옛날에로 시작하는 정리되지 않은 또 다른 일지도 있었지요.

옛 날 옛 날에 오류동의 한 공사장에서 58세의 노동자가 밀린 월급 350만 원을 달라며 50미터 높이의 타워크레인에 올라가 농성을 벌이다 떨어졌다. 4월 2일의 일이다. 광주 월계동에서는 임금 체불을 비관한 50대의 노동자가 타워크레인에 목을 매 숨졌다. 3월 19일의 일이다. 청주 성화동에서는 41세 노동자가 체불임금을 달라고 요구하며 70미터 높이의 타워크레인에 올랐다. 12월 20일의 일이다…… 광주 수완동에서는 63세의 노동자가 10미터의 크레인에 올라가 체불임금을 지급하라고 외쳤다. 5월 16일의 일이다.

사고 일지는 언니의 일기 같았습니다. 그 일지에 언니의 사고 날을 끼워 넣을 수가 없었어요. 언니도 그랬겠지요. 사고가 날 때마다 그것을 기록하며 옛날 옛날에 일어난 일이라면 얼마나 좋을까 생각했을 거예요. 그럴 수 없다는 걸 확인하듯 언니는 사고 날짜를 분명히 기록하고 있었습니다. 사고 일지는 그동안 우리가 지은 건물들 같았지요. 수많은 아파트를 지었지만 들어가 살아본 적 없는 집처럼 숫자로만 남았으니까요. 언니에게 말해주고 싶다는 생각이 지나갔습니다. 숫자로 남지 않을 일들을 만들고 싶었어요. 언니의 사고 처리도 해주지 못한 비참함을 이제 그만 고백하고 싶었습니다. 밤새 내게 다녀간 당신이, 내 몸의 온도를 바꿔놓은 것 같았어요. 이제 말하라고, 말해도 된다고 허락을 해준 것 같았습니다. 나는 언젠가 언니가 우리에게 그랬던 것처럼 아저씨에게 말했습니다.
"제가 크레인을 멈출게요. 우선 밀린 임금부터 제대로 받아보자구요."
나는 무전기를 잡았습니다. 그리고 체불임금이 지불되고,

그게 확인될 때까지 크레인 운전을 하지 않겠다고 통보했습니다. 오전 내내 몇 번의 실랑이가 오고 간 끝에 무전이 울렸습니다. 아저씨의 통장에 밀린 임금이 입금되었다는 소식이었습니다. 그나마 임금이 많지 않아 빨리 처리됐다고 하더군요. 나는 크레인을 움직였습니다. 지브의 한쪽을 들어올려 크레인 박수를 치고 헤드를 움직여 몸통을 흔들었습니다. 정혜 언니가 알려준 크레인의 연대 춤이었어요. 멀찍이서 4호 크레인의 지브가 손을 흔드는 것이 보였습니다.

"몇 달 동안 쫓아다녀도 내쫓기기나 했는데 여기 오니 하루 만에 해결되네. 이거 고마워서 어쩌나. 내려가면 내가 밥 한번 살게…… 그런데 이거 큰일이네. 다리에 힘이 풀렸어. 내 힘으로 내려갈 수 있을지 모르겠네."

무전으로 박씨 아저씨를 호출했습니다. 박씨 아저씨는 조 군이 올라올 거라고 알려주었어요. 그리고 올해는 내가 제일 빨리 사고 처리를 했다고 축하해주더군요. 오후에 갠딩기를 타고 올라온 조 군이 아저씨를 보자마자 가방을 풀어 덧옷을 입혔습니다. 주머니마다 핫팩이 들어 있었습니다. 조 군은 손발이 얼었을 테니 조금 있다 내려가자고 아저씨에게 담배를 권하더군요. 조 군은 내게도 핫팩을 건네며 자기 손이 더 따뜻한데 "잡아줄까" 묻더군요. 나는 조 군의 손을 잡았습니다. 따뜻한 것이 손에서 심장으로, 다시 머리로 흐르고 있었어요. 그렇군요. 이것이 최선이었어요. 이렇게 하면 되는 거로군요.

조 군은 조종관을 슬쩍 보면서 말했습니다.

"그런데 누나, 아래서 보니까 크레인이 춤을 추더라."

아저씨가 담배를 피우는 사이 조 군에게 조종석을 맡겼습니다. 아무리 부숴버려도 새들이 찾아오듯 크레인 박수를 칠 줄 알아야 진짜 크레인 조종사가 되는 거라고 말했어요. 조 군은 조심스럽게 스틱을 잡고 지브를 움직이며 연신 소리를 질렀지요. 조 군이 조종하는 크레인이 바람을 흔들고 있었어요. 크레인 위에 얹혀 있던 눈들이 허공에서 춤을 추며 반짝였지요. 그때 당신에게서 문자가 왔습니다.

"내려왔나요? 당신 괜찮아요? 우리 백반집에서 만나요. 이런 말 좀 이상하겠지만 그래도 해야겠어요. 이제 말입니다. 이제, 당신과 내가 백반집에 앉아 밥을 나누어 먹을 수 없다는 건, 그러니까 이제 내게, 상상할 수 없는 일이 되었어요."

아직 다 짓지 않은 구멍 숭숭 뚫린 아파트들을 바라보았어요. 저 무수한 아파트들에도 당신과 만났던 백반집이 하나씩 들어 있겠지요. 나는 배고파 죽겠다고, 밥 먹으러 갈 거라고 소리쳤어요. 아저씨는 머리를 긁적이며 내려가겠다고 하더군요. 조종석에서 내려온 조 군이 아저씨를 보며 먼저 내려갈 테니 자기만 보며 따라오라고 하더군요. 나는 아저씨만 보며 따라갈 테니 중간에 멈추지 말라고 했습니다. 아저씨는 아래에서 보자고 고개를 끄덕이더군요. 이제, 내려가도 되겠어요.

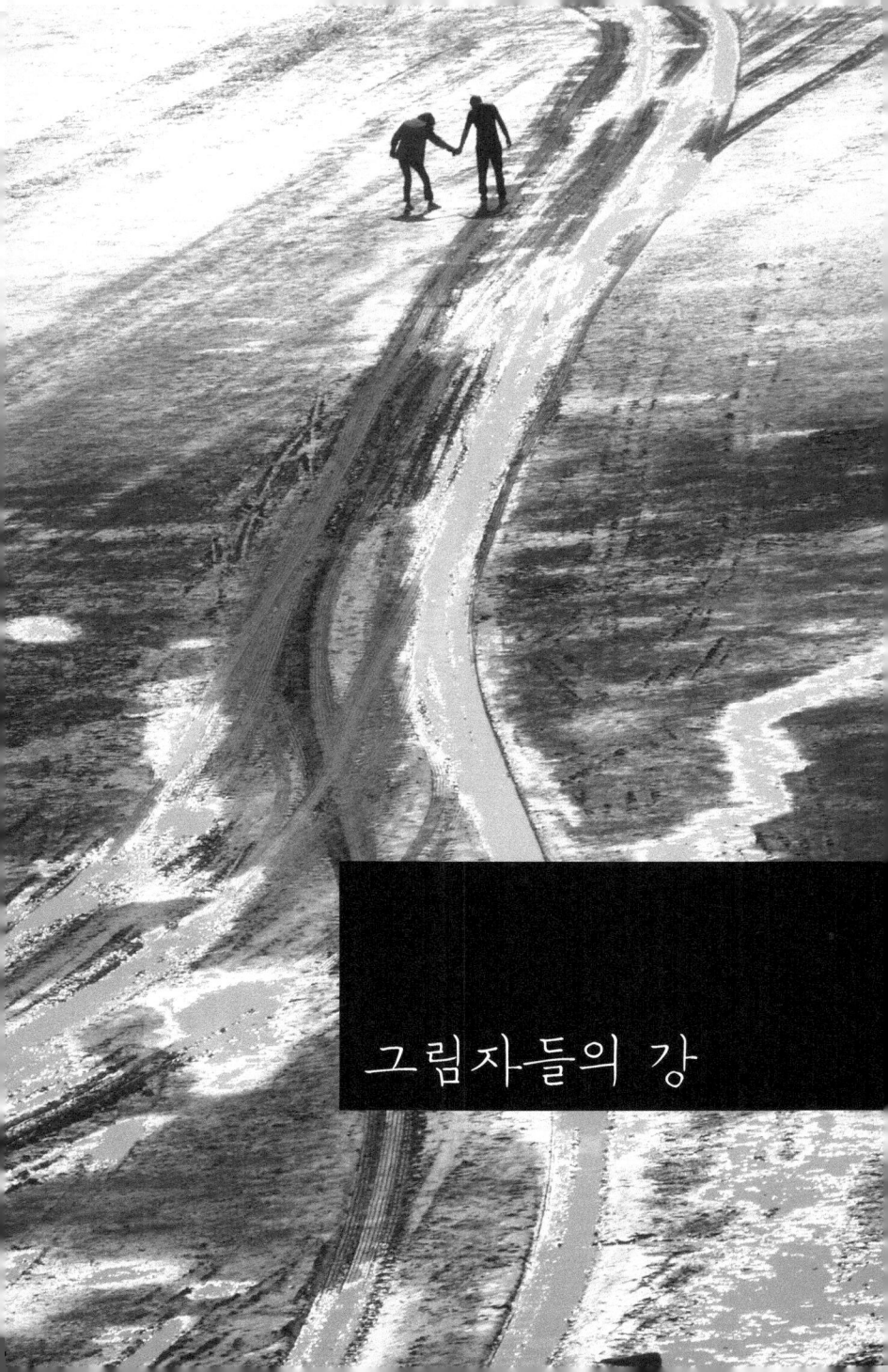

그림자들의 강

1. 작은 강

내가 열 살이 되던 해 아빠와 나는 강변에서 살고 있었다. 강변이긴 했지만 그곳은 전철이 지상으로 지나다니는 도시이기도 했다. 전철을 타고 막 도착했을 때 나는 그곳이 섬인 줄 알았다. 안내 방송에서도 분명히 뚝섬이라고 했고 전철을 타고 작은 강을 건너왔기 때문이기도 했다. 나는 이번에 살게 될 곳은 내가 살던 곳과 좀 다른 곳이길 원했다. 강은 내가 지나온 곳과 머물 곳을 가르며 흐르는 것 같았다. 그곳에서 우리가 처음 도착한 곳은 시장이었다. 시장 바닥이 질퍽한 것은 이곳이라고 다르지 않았다. 샌들 속에 물이 튀지 않도록 조심해서 걸었다. 조심해서 걸었는데도 튀어나온 발가락에 흙이 엉겨붙었다. 아빠는 골목을 돌아 또 다른 시장 길로 들어섰다. 신발 가게를 지나고 떡집을 지났다. 생선 가게를 지나고 과일 가게를 지나 건물과 건물 사이 틈에 판자로 지붕을 올린 곳 앞에서 아빠는 걸음을 멈추었다. 그곳은 방문만 달아놓은 얼음집 같았다. 문 앞에는 몇 개의 채소 바구니가 놓여 있고, 그 가운데 돌덩어리에 옷을 얹어놓은 것처럼 등이 굽은 할머니가 앉아서 파를 다듬고 있었다. 나는 속은 기분이 들어 얼굴을 찡그렸다. 할머니는 움직임 없이 눈으로만 나를 위아래로 훑었다.

"코딱지만 한 년이 오만상을 해가지곤, 발만 커다라니 도둑년이 따로 없구먼."

나는 아빠의 손을 꼭 쥐고 샌들 바깥으로 튀어나온 발가락을 오므렸다. 아빠는 내 손을 풀며 할머니께 인사드리라고 등을 떠밀었다.

"밥숟가락만 하나 더 얹을 테니 그리 알아!"

할머니는 고개도 들지 않고 퉁명하게 말했다.

"눈칫밥이 익어서 괜찮습니다. 지도 밥값은 할 테니 잔일을 부리세요."

아빠는 가방부터 얼른 방에 들여놓고는 할머니의 눈치를 살피며 내 등을 툭툭 쳤다.

"가락동 시장에서 장사 밑천을 좀 만들어보려구요. 그때까지만 좀 부탁드려요."

나는 다시 아빠의 소매를 붙잡았다. 할머니는 파리를 쫓을 때처럼 귀찮다는 듯 손을 저으며 소리쳤다.

"엠병, 여태 뭐하고 장사 밑천도 없이 여기까지 흘러 들어와! 똥구녕에 쥐나게 꽉 움켜쥐고 살아도 살똥말똥 하는 게 장사판인 거 몰라!"

아빠는 대답 대신 억지로 내 머리를 눌렀다. 나는 고개를 수그리지 않으려고 있는 힘껏 버텼다.

"뭐 빼먹을 게 있다고 지랄하고 아직까지 거기 섰어?"

아빠는 할머니가 누군지 설명도 안 해주고, 언제 오겠다는 말도 없이, 도둑놈처럼 비겁하게 엉덩이를 빼고, 나만 거기다 남겨두고, 우리가 왔던 길로 혼자 걸어갔다. 힘주어 오므리고 있던 발가락에 힘이 빠졌다.

아빠가 가고 한참이 지나도 할머니는 내게 말을 걸지 않았다. 나는 멀뚱히 서 있다가 시장을 돌았다. 골목 한쪽 끝에 사람들이 몰려 있었다. 사람들 사이로 개의 울음소리가 삐져나왔다. 조금 있어 그 소리는 시장을 컹컹 울렸다. 한 아저씨가 개를 붙잡고 다른 아저씨는 몽둥이를 들고 개를 두들겨 패고 있었다. 다른 사람들은 골목을 가리고 나보고 그냥 가라고 손짓했다. 나는 왼쪽 귀를 막았다. 귀를 막아도 개의 울음소리는 그림처럼 머릿속에 떠올랐다. 이곳에 오기 전에도 매 맞는 개를 본 적이 있었다. 매 맞는 개의 울음소리에 물린 적이 있었다.

일을 하다 허리를 다친 아빠는 방바닥에 엎드려 매일 담배를 두 갑씩 피워댔다. 할아버지의 기침으로 울렁이던 방은 아빠의 담배 연기로 가득 찼다. 할아버지는 아빠의 모습이 보기 싫은지 아침에 나가 저녁에나 들어왔다. 그 동굴 같은 방에서 나는 아빠 옆에 엎어져서 발바닥을 두드리며 숫자들을 외웠다. 머리맡에는 엄마가 새벽에 두고 간 담배 두 갑과 문어다리가 있었다. 문어다리는 너무 짜고 질겨서 아빠가 먼저 씹어서 짠물이 빠지면 나한테 차례가 왔다. 아침 내내 문어다리를 씹었는데도 오빠가 안 오면 집 밖에서 또래 애들 소리가 들렸다. 나는 계단에 앉아 아이들이 나를 불러줄 때까지 문어다리를 빨았다. 배가 고파 방에 들어가면 아빠는 요강을 비우고 재떨이를 비우라고 했다. 심부름을 하고 나면 아빠는 문어다리를 또 하나 씹어 내게 주었다. 나는 씹지 않고 빨았다. 그래야 오빠가 더 빨리 올 것 같았다. 학교에서 돌아온 오빠는 가방과 빨랫감을 던져놓고 급하게 밥을 먹었다. 학교 육상 대표라서 밥만 먹고 다시 학교로 가서 밤늦게까지 초시계와 싸웠다. 오빠는 국가대표 선수가 될 거라고 했다.

엄마는 문어다리 하나로 나를 아빠 심부름꾼으로, 얘기 상대로 묶어놓았다. 아빠는 담배 연기 가득한 방에서 내 쪽으로 씹던 문어다리를 밀어놓으며 끙끙 앓았다. 허리를 더 꾹꾹 밟으라고 자리에 엎어지며 등짝을 내밀었다. 아빠의 등짝에 올라가면 배에 탄 것처럼 파도가 일었다. 나는 내가 아는 나라 이름을 대며 그 등짝을 타고 여행을 했다. 아빠는 허리를 밟은 값으로 옛날이야기를 들려주었다. 아빠가 세 살 때 집안 전체가 섬에서 나와 일본으로 간 이야기. 해방이 되고 일본을 탈출해 배를 타고 부산항에 도착한 이야기. 일본에서 나오기 전에 집안 사람들이 돈을 모아 금덩어리를 샀는데 집안 수대로 나눈 금덩어리를 한 명이 가지고 있다가 대양 한가운데 빠뜨린 이야기. 아빠는 큰할아버지네 가면 걸려 있던 그림을 기억하냐고 내게 물었다. 나는 고개를 끄덕였다. 아빠는 그 그림이 금덩어리를 떨어뜨린 곳을 표시한 거라고 했다. 나는 그게 뻥인지 사실인지 모르지만 그래서 어떻게 됐냐고 물었다. 문어다리가 게살처럼 목구멍으로 넘어간 것이 아쉬웠다. 아빠는 이야기를 하나 끝낼 때마다 담배를 물었다. 어떨 때는 담배를 피우려면 이야기라도 해야 한다는 것 같았고, 또 어느 날은 담배를 피워야 다음 이야기가 생각나는 듯 보였다. 방안을 채운 담배 연기는 바다를 감싼 안개 같았다. 안개가 걷히면 바다 한가운데 떨어뜨린 금덩어리를 찾으러 가야 할 것 같았다. 그 그림을 떼가지고 여행을 떠나는 상상을 했다. 그림 뒷면에는 분명 지도가 있을 거였다. 큰집에도 작은집에도 있는 똑같은 그림이 왜 우리 집에는 없냐고 물었지만 아빠는 끙끙 앓기만 했다.

언젠가는 아빠가 열 살 때 결핵으로 돌아가신 할머니와의 마지막 저녁 식사 이야기를 해주기도 했다. 나는 죽는다는 게 어떤 건지 몰라 저녁상에 처음 오른 간고등어의 맛으로 그 저녁을 기억하고 있었다. 내가 문어다리를 씹어서 삼키는 시간이 짧아지고 학교에 들어갈 나이가 되었을 때 아빠는 근 일 년간 펴져 있던 이부자리를 털고 새벽 시장에 나갔다. 그래도 새벽이 올 때까지 앓았다. 그럴 때면 잠결에도 독한 담배 연기가 코로 귀로 헤집고 들어와 희뿌연 꿈을 꾸곤 했다. 보다 못한 엄마는 한 달에 한 번씩 오빠와 내게 들통을 쥐여주었다. 살레시오 회관 뒤로 난 산길을 지나다 보면 보육원이 있었고, 그곳을 지나면 큰 나무가 하나 있었는데, 나무 주변에는 우리 말고 들통 든 사람들이 줄을 서서 기다리고 있었다. 개를 잡는 날이었다. 우리는 조금이라도 앞줄에 서기 위해 개가 나무에 매달리고 산 채로 몽둥이로 두들겨 맞는 것을 지켜봤다. 오빠는 내 눈을 가렸지만 나는 귀를 막았다. 엄마는 매 맞은 개가 허리 아픈 데는 특효약이라고 했다. 매 맞은 개는 아빠를 새벽 시장으로 나가게 해주었지만, 또 그렇기 때문에 사고를 불러왔다.

버드나무 잎새가 다 떨어져 가지만 휘청이며 흔들리는 길 위에서였다. 옆으로 차가 달릴 때마다 부푼 치마폭이 술렁였다. 치마 속에선 사방으로 발길질을 해대는 바람의 맨다리가 획획 지나갔다. 바람이 흔드는 것은 버드나무 가지만이 아니었다. 구멍 숭숭 뚫린 바구니 속에서 고개를 숙인 내 머리칼도 허공을 뚫고 발길질을 해댔다. 앞에 타겠다고 고집을 부리던 나를 번쩍 들어 바구니에 실어놓은 것은 오빠였다.

"뭐하러 따라가. 니가 먼저 동태 되겠다."

오빠는 내게 목도리를 둘러주며 말했다.

"동태가 우리 집에 어떻게 오는지 볼 거야."

나는 오빠를 향해 입술을 내밀며 목도리를 한 번 더 감아 묶었다. 같은 반의 광희는 우리 가게에 다녀간 후에는 꼭 다음날 내 옆에 와서 코를 씰룩이며 이렇게 말하곤 했다.

"으악. 썩은 냄새. 넌 옷도 안 빨아 입냐?"

동태는 얼어 있을 때는 냄새가 안 났다. 얼어붙은 것들은 냄새가 없다. 녹기 시작하면 그때부터 냄새가 났다. 나는 얼어 있는 동태가 보고 싶었다. 나는 벙어리장갑에 입김을 불었다. 머리 위로 눈발이 날리고 있었다. 눈발은 버드나무 가지에 앉지 않고 바구니 속으로 떨어졌다. 바람 위에 앉아 도로 위를 곡예하듯 쓸고 갔다. 차에 치이지 않으려고 오른쪽 왼쪽 위아래로 펄럭였다. 그때였다. 아빠의 오토바이가 미끄러지는가 싶더니 시간이 거꾸로 돌아 정전되었다. 나는 노란 바구니와 함께 공중제비를 하고 바닥에 떨어졌다. 나는 정신을 잃었다. 한참 있다 경찰차와 응급차가 신경질적인 소리를 내며 반짝였다. 누군가 바구니를 들어올리며 소리쳤다.

"여기 좀 와봐요."

나는 더 이상 춥지 않았다. 얼어붙을 것 같던 손에서도 화끈거리며 열기가 느껴졌다. 대신 오른쪽 귀밑에서 무언가 자꾸 흐르며 썩은 냄새가 났다. 사람들이 뭐라고 속삭이는데 무슨 말인지 알아들을 수가 없었다. 누군가 얼굴을 들이밀며 뭐라고 얘기하다 나를 번쩍 들어 응급차까지 뛰어갔다. 길가에는 쓰러져 피를 흘리고 있는 아빠가 보였다. 소리를 질러야 하는데 아무 소리도 나오지 않았다.

"이게 무슨 일이야?"

엄마는 고무 앞치마를 걸친 채로 병원에 도착했다. 나는 간단한 치료를 끝내고 긴 복도 의자에 앉아 있었다. 엄마를 보자마자 울음보가 터졌다. 하도 울어 퉁퉁 부은 눈으로 엄마한테 달려갔다. 그런데 엄마의 목소리가 이상했다. 윙윙거리며 소리가 울렸다.

아빠는 방에서 나온 지 얼마 안 되었는데 병원에서 더 오래 누워 있어야 한다고 했다. 그동안 우리는 가게에서 안 팔리는 것부터 먹어치웠다. 오래돼서 팔리지 않는 꽁치는 간장에 조려 얼렸다. 갈치는 주인집 마당에 말렸다. 광희 엄마는 일수를 찍으러 와서 더는 생선을 고르지 않았다. 엄마는 생선 가게를 접고 그곳에 채소를 가져다 놓았다. 그렇게 계절이 바뀌었다. 병원비를 대기 위해 아침 일찍 서둘러 친척 집을 찾아간 엄마는 그 집 앞에서 서성이다 해 질 녘에야 빈손으로 돌아왔다. 다음날 엄마는 사채업자에게 붙잡혀가 머리칼이 잘려서 돌아왔다. 오빠는 새벽마다 신문을 돌리기 시작했다. 보급소에서도 제일 빨리 신문을 돌린다고 했다. 매일 일을 해도 엄마가 돌아올 때는 늘 빈손이었다. 광희 엄마는 수시로 들러

돈은 언제 갚을 거냐고 윽박을 질렀다. 광희는 더 이상 코를 잡고 더럽다는 시늉을 하지 않았다. 진짜 더러운 곳에 있는 사람에게 그렇게 약 올리는 것은 아무 소용이 없다는 걸 광희는 알고 있었다.

 병원에서 나온 아빠는 할아버지로부터 물려받은 목수 일을 하며 보름이나 한 달씩 집을 비우는 일이 잦았다. 아빠가 오는 날이면 살림이 부서지고 엄마가 울었다. 누군가 무언가 끊임없이 미웠지만 그럴수록 매 맞으며 울어대던 개들의 소리가 되살아났다. 나는 좀더 일찍 오른쪽 귀가 들리지 않았다면 좋았겠다고 생각했다. 양쪽 귓구멍을 뚫고 들어온 매 맞는 개의 울음은 어디서건 튀어나왔다. 내가 들고 있던 들통에서도 그 개가 튀어나와 우리를 잡아먹을 것 같았다. 들통에 있던 개가 튀어나와 살아서 울어대던 자기를 못 본 척하던 나를 제일 먼저 물 것 같았다. 나는 그 들통을 배달한 내가 제일 미웠다. 하지만 매 맞은 개가 제일 먼저 문 것은 아빠였다. 아빠가 오는 날에는 매를 맞던 개의 울음이 엄마의 목소리로 방 안에 가득 찼다. 아빠는 예전처럼 이야기하는 법을 잃어버린 것 같았다. 대신 술병을 차고 보이지 않는 것들과 이야기를 했다. 초점이 없고 살림이 부서졌다. 나는 아빠가 바뀐 것이 매 맞은 개를 그렇게나 많이 먹었기 때문이라고 생각했다.

 골목 끝에서 사람들이 분주히 움직였다. 개의 울음소리가 멈추자 내가 들었던 들통을 들고 누군가 걸어 나왔다. 저 개는 누굴 물었을까. 시장을 둘러봤지만 아무도 개에게 물린 것 같지 않았다. 아저씨는 들통을 들고 고깃집으로 향했다. 매 맞은 개는 이번에는 진짜 나를 문 것 같았다. 매 맞는 울음소리는 귀로 들어온 것이 아니었다. 나는 몸을 털었다. 주변을 둘러보았다. 낯선 곳이지만 이곳은 내가 살던 곳과 다르지 않았다. 이곳에 올 때 보았던 작은 강은 아무것도 갈라놓지 않았다. 나는 할머니의 얼음집으로 돌아갔다.

2. 밤섬 할머니

잠자리가 있는 할머니의 가게 주변에는 강이나 섬과는 상관없는 물건들로 가득했으므로 나는 이곳이 섬일지도 모른다는 생각을 가볍게 잊고 지냈다. 시장을 통과해 나오면 작은 골목들이 뻗어 있었는데 골목은 큰길에서 끊겼다. 찻길 건너로 학교가 있는지 아이들이 시간에 맞춰 몰려다녔지만 내가 찻길을 건넌 것은 이곳에 도착한 지 한 달이 훨씬 지나서였다. 학교에 다시 갈 수 있을 것 같아 약간 설레기도 했지만 무엇보다 나를 기대하게 한 것은 알 수 없는 공기였다. 시장에서는 동물원에서 나는 젖은 똥 냄새가 났고, 찻길에서는 동전을 비볐을 때 손에서 나는 비린 냄새가 났으므로 학교 근처로 가면 또 다른 냄새가 날 것 같았다. 나는 생선 가게를 드나들던 고양이가 할머니를 피해 다니는 것은 할머니의 욕이 아니라 냄새를 기억하고 있기 때문이라고 생각했다.

아빠는 배추와 야채를 가득 실은 리어카를 끌고 한 달 만에 돌아왔다. 오자마자 할머니의 잔소리를 들어야 했는데 나는 그게 배춧속보다 더 달았다.

"한 달 동안 모은 게 고작 이 리어카여? 이 덤통으로도 안 가져갈 놈아! 그러니 애고 마누라고 생고생이지. 니놈은 장사질 해먹기는 애즈녁에 글렀다. 어디 매끈한 놈들 등이라도 처먹고 발탄놈마냥 도둑질이라도 해와야 쓰지. 에라이, 장사질은 글러먹은 놈아."

쌤통이다. 내 손을 놓은 값을 할머니의 욕이 채워주었으므로 속이 후련했다. 할머니는 아빠의 등짝을 후려치면서도 뿌리째 뽑힌 배추 꽁다리를 잘라 입에 넣고 올강거렸다.

"그놈, 그래도 배춧밥은 어지간히 처먹었나 보네, 꽁다리도 살릴 줄 알고. 하루벌이는 해먹겠어."

아빠는 욕값이라며 배추를 할머니 가게 안에 들여놓았다. 배추 밑에 깔려 있던 커다란 무를 들어올릴 때는 파닥이는 물고기를 자랑하듯 목에 힘을 주었다.

"배추는 덤이고요, 머리통이 파랗고 통통한 게 이게 더 이쁘지요?"

아침 햇살이 아빠의 뒤통수에 붙어 환했다. 도둑놈처럼 내빼던 한 달 전과는 달리 이럴 때 아빠는 꽤 괜찮은 남자로 보였다. 이쁘지요? 묻는 눈이 마흔을 넘긴 사내 눈깔이냐고 할머니는 혼잣말도 욕처럼 씹어댔다. 빈 리어카를 끌고 다시 가락동 시장으로 향하는 아빠를 불렀다. 아빠가 괜찮은 남자로 보였던 이유가 할머니 말대로 눈동자 때문인지 확인하고 싶었다. 아빠는 못 들은 듯 내처 달렸다.

할머니는 채소가 담긴 바구니들을 가리키며 값을 외워보라고 했다.

"나도 따라가면 안 돼요?"

할머니는 대꾸도 없이 오리처럼 뒤뚱거리며 걸었다. 마실을 다니듯 할머니는 아침마다 유모차를 끌고 어디론가 다녀왔다. 올 때는 유모차 가득 파와 호박잎 같은 것이 담겨 있었다. 할머니가 없는데도 빈방은 할머니 냄새로 찌물큰했다. 방도 사람을 닮는 모양인지 여기저기 욕 같은 틈이 보였다. 누렇게 색이 바래 바스러지는 신문지 위에는 최근 신문이 붙어 있었다. 붙어 있었지만 틈은 신문지로부터 시작된 것이 아니라는 듯 감자 줄기처럼 쩍쩍 벽을 둘러싸고 있었다. 나는 되도록 재밌는 생각을 하기로 했다. 세상에 나만 아는 나무가 있다. 그 나무의 이름은 '틈'이다. 틈나무는 벽에서 태어나 벽에서 자라는데 오래된 신문을 읽을 줄 안다. 틈나무는 할머니의 방처럼 오래되고 더러운 벽을 흙으로 삼고 있으니 할머니가 욕을 밥 삼아 하는 것은 모두 틈나무의 열매 때문이다. 틈나무의 열매는 욕이라는 생각을 하며 나는 이 방에 오래 있다

보면 할머니처럼 욕쟁이가 될 것 같아 몸을 털었다.

할머니의 앞치마가 걸려 있는 벽 맞은편에는 방에는 어울리지 않는 액자가 하나 걸려 있었다. 오래된 사진 같기도 하고 사진을 흉내 낸 그림 같기도 했다. 까치발을 해도 잘 보이지 않았다. 개켜놓은 이부자리 위에 베개를 두 개 쌓고 그 위로 올라가 까치발을 했다. 액자 속에도 방의 벽면처럼 낡은 신문이 들어 있었다. 신문에는 두 장의 사진이 있었는데 하나는 부연 먼지를 뒤집어쓴 언덕만 덩그러니 있었고, 그 옆에는 개미 떼처럼 줄지어 있는 사람들이 보였다. 자세히 보니 언덕은 산 같기도 하고 섬 같기도 했다. 신문을 오려 붙인 사진 아래로 1968이라는 숫자가 보였다. 숫자는 사진의 나이 같았다. 숫자만으로도 오빠가 떠올랐다. 이런 것이 그리움일까. 사진은 오빠와 같은 나이였다. 할머니도 이 사진을 보며 누군가 그리워하고 있을지도 모른다는 생각이 들었다. 두 개의 사진은 할머니 방의 벽에 붙은 신문들 중 하나였으나 액자는 그 안에 방보다 더 큰 것을 담고 있다는 듯 특별해 보였다.

"밤섬 할머니, 계세요?"

누군가 방문을 두드렸다. 나는 못된 짓을 하다 들킨 것처럼 허둥대다 베개가 미끄러지는 바람에 방바닥에 꼬꾸라졌다.

"너는 또 누구니? 할머니 벌써 밭에 가셨니?"

하마터면 이번에도 또 "엄마는 누구세요?"라고 물을 뻔했다. 엄마가 집을 나간 이후로 자주 겪는 일이었지만 엄마 나이의 아줌마들이 내게 말을 걸어올 때면 나도 모르게 '엄마'라는 단어가 먼저 튀어나오곤 했다.

"할머니 밭이 어디 있는데요?"

할머니가 돌아올 때 유모차 가득 채소를 담아 오는 것을 보면서도 나는 그때까지도 할머니가 밭에 가신 거라는 생각은 하지 못했었다.

"요녀석, 할머니 밭을 왜 내게 묻니?"

"파 사시게요?"

개시부터 값을 내려 받으면 그날 하루 재수가 없다는 엄마의 말이 떠올랐다. 나는 값을 어떻게 매겨야 하나 고민했다.

"얘, 아침부터 파는 뭐하러 사 가니? 할머니 오시면 이번에는 꼭 일수 도장 찍으시라고 일러라."

일수 아줌마라면 쥐라도 뜯어먹을 듯 험하고 더럽게 못생겨야 하는 거 아닌가. 아줌마는 광희 엄마와는 비교도 안 될 만큼 젊었고 부드러웠고 평범한 엄마들 같았다. 저렇게 예쁘게 생긴 아줌마가 일수쟁이라니, 세상은 뭔가 불공평한 것 같아 심술이 났다.

"아침부터 그런 얘길 어떻게 해요. 하루 종일 욕만 얻어먹으라고요? 나중에 아줌마가 다시 와서 하세요."

말은 그렇게 했지만 아줌마가 저녁참에 다시 들러준다면 좋을 것 같았다.

"허, 요녀석 좀 봐. 그래도 저녁에는 시간이 없어서 온 거니까 내일은 꼭 찍으시라고 일러야 한다."

그날은 하루 종일 손님이 뜸했다. 할머니는 개시부터 엄한 년이 와서 파리똥만 날리는 거라고 괜히 나를 구박했다. 할머니가 뜯어온 호박잎처럼 목구멍이 꺼끌거렸다. 나는 잠자리에서 할머니의 팔다리를 주물렀다. 할머니는 허리까지 더 꽉꽉 주무르라며 방바닥에 배를 대고 누웠다.

"할머니, 할머니 파밭은 어디 있어요?"

할머니는 아무 말이 없었다.

"할머니, 여기는 섬이에요? 저 액자는 뭐예요?"

할머니의 살은 뼛속으로 다 들어가버린 것 같았다. 뼈 위에 가죽만 걸쳐놓은 듯 헐거웠다. 밤마다 할머니가 뼈마디가 쑤시다고 돌아눕는 게 이해가 갔다. 할머니는 대답 대신 코를 골았다.

며칠 뒤 아빠는 다시 리어카 가득 배추를 싣고 돌아왔다. 나는 근처에 할머니의 파밭이 있다고 뭔가 대단한 것을 알아낸 것처럼 속삭였다. 아빠는 할머니 밭은 옛날에도 참 실했다고 말했다. 나는 아빠가 나만 남겨두고 또 금방이라도 가버릴까 봐 생각나는 아무거나 마구 지껄였다.

"할머니는 누구야?"

"할머니는 그냥 할머니지 누군 누구야."

"아이, 옘병, 그러니까 할머니는 아빠의 누구냐고? 밤섬은 또 뭐고?"

급한 김에 할머니의 욕이 튀어나왔다. 아빠는 눈을 흘기는 대신 꿀밤을 때리며 담배에 불을 붙였다. 아빠는 잠시 생각에 잠긴 듯 천천히 말했다.

"할머니가 그러시든? 밤섬에서 살았다고?"

밤새도록 아빠를 붙잡아두려면 엄마 타령을 하는 수밖에 없었다.

"응. 엄마는 언제 오는데?"

아빠는 아직도 엄마와 연락이 안 되는지 엄마 소식은 담배 연기에 섞여 한숨으로만 끌려 나왔다. 그렇긴 해도 밤섬은 비밀처럼 자꾸만 자랐다. 딱히 궁금한 것은 아니었지만 묻고 나니 더 궁금해지는 단어였다. 아빠는 소식 없는 엄마의 안부를 메우려는 듯 담배 연기를 내뱉으려다 되레 삼켰다.

"한강에 있는 섬이야."

아빠가 말할 때마다 담배 연기가 허공을 채웠다.

"한강에도 섬이 있어? 엄마도 거기 있어?"

아빠는 내 머리를 쓰다듬으며 밤섬이 배들이 쉬어가는 배 목수들의 땅이었다고 말했다.

"그럼 한강은 바다야?"

"바다로 가는 길이지. 예전엔 한강의 모래밭에서 해수욕도 즐기고 그랬어. 우리 섬에서는 한강물을 퍼다 그냥 먹기도 하고. 왜 노래도 있잖아. 엄마야 누나야, 강변 살자, 그러는 거. 고운 모래가 반짝이는 젖줄이었지."

밤섬은 할아버지가 늘 입에 달고 다니던 고향이었던 모양이다. 할아버지가 만든 배들이 찻길만 건너면 언제든 닿을 수 있는 곳을 떠다녔다는 게 믿어지지 않았다. 처음 이곳으로 올 때 전철에서 보았던 작은 물줄기가 떠올랐다. 그 물줄기라면 할아버지가 깎은 장난감 배에나 어울릴 것 같았다.

3. 늙은 배

 이곳에 오기 전 돌아가신 할아버지는 그곳 시장통에서 목수로 통했다. 할아버지가 시장으로 나올 때는 전부침을 하는 장씨 아줌마부터 포장마차를 하는 동수 아저씨까지 할아버지의 손을 빌렸다. 기울어진 판대를 세우고 부서진 강목을 덧대는 간단한 일인데도 사람들은 역시 배목수 솜씨는 다르다며 할아버지의 뭉뚝한 손을 칭찬했다. 할아버지가 밖에 나갔다 돌아오는 날에는 언제나 비닐봉지 가득 뭔가가 들어 있었다. 시장통을 돈 날은 할아버지의 손을 빌린 가게에서 얻은 찬거리로 일주일은 반찬 걱정이 없었다.
 우리가 시장통에 사는 동안 아빠는 수배 중이었다. 아빠보다 자주 집에 들르던 형사는 아빠가 남의 집을 지어주고 그 집에 불을 냈다고 했다. 엄마는 사고였다고 들목수들을 찾아다니며 해명해달라고 부탁했지만 이미 수배령이 떨어진 후였다. 자수한 아빠는 변호사를 살 돈이 없어 감옥살이를 해야 했다. 아빠가 감옥에 있는 동안 오빠의 육상부 선생님이 세 번을 찾아왔다. 처음에는 할아버지를 만났고 그날은 방에서 큰소리가 났다. 두번째는 집 앞에서 엄마와 선생님의 실랑이가 있었다. 마지막으로 육상부 선생님이 엄마를 만나고 간 뒤부터 오빠는 집에 들어오지 않았다. 오빠는 오지 않았지만 시장 입구에는 커다란 현수막이 걸렸다. 오빠의 이름이 아니라 현숙이 오빠 이름이 붙어 있었다. 현숙이 오빠는 오빠보다 느렸다. 꼭 한 발짝이 늦어 경기가 끝나면 땅을 치고 울었다. 현숙이에게 혀를 내밀면 현숙이도 나를 따라오며 울었다. 나는 왜 현숙이 오빠가 국가대표로 선발된 거냐고 물었지만 할아버지는 아무 말이 없었다. 그날 저녁 엄마는 시장 입구에 걸린 현수막을 뜯어왔다. 엄마는 내가 보든 말든 부엌에 앉아 현숙이 오빠의 이름이 적힌 현수막에 가위질을 했다.

아빠는 쫓기던 때와는 달리 갇혀 있는 게 더 마음 편하다고 했다는데 그때부터 오빠는 못된 장난을 시작했다. 어느 날은 길 가던 사람을 때렸고, 또 어느 날은 가겟방을 털어 도둑놈이 되었다. 그리고 결정적으로 오빠도 마음 편한 소년원으로 들어가 면회를 거절했는데, 그때 오빠의 죄목은 아빠와 똑같은 방화범이었다. 오빠가 불을 지른 곳은 꽃을 기르는 비닐하우스였다. 오빠는 불을 왜 질렀느냐고 묻는 형사들에게 꽃도 불에 타는지 알고 싶었다고 말했다는데, 꽃보다는 그곳에 숨어

들어 잠을 자던 신원이 불확실한 노인이 불에 타 숨졌다. 형사들이 노인의 신원을 파악하지 못한 것인지, 아니면 노인에게는 식구들이 없는 것인지 알 수 없었지만 아빠 때와는 달리 아무도 우리 집으로 쳐들어오지 않았다. 오빠는 아빠보다 더 오래 그곳에 있어야 한다고 했다. 그 애비의 그 자식이라며 담배를 빠는 할아버지의 기침은 더 깊어졌다. 마치 틈나무가 할아버지의 몸에서 자라 욕 대신 기침을 쏟아내는 것 같았다.

아빠와 오빠가 감옥에 있는 동안 할아버지는 나무를 깎아 작은 배를 만들었다. 기침이 잠잠한 날에는 우장산으로 발품을 팔러 나갔다. 돌아올 때는 산에서 주운 나무뿌리들이 비닐봉지에서 쏟아졌다. 할아버지는 그 나무뿌리들을 적셨다 말렸다 하며 배를 깎았다. 할아버지는 비스듬히 누운 돛대가 달린 배를 들어올리며 말했다.

"이건 야거리다. 밑이 평평해서 모래밭에 앉을 수 있지."
"이건 뭐예요?"
나는 옆에 있는 다른 배들을 손으로 짚었다.

"밀물 때를 기다렸다가 강물을 거슬러 올라오는 바닷배가 들어오면 마을 사람들이 모래밭에 나가 닻을 내리고 배를 손질해주는 대신 새우나 소금을 받아 마포나루로 실어 날랐어. 물이 들어와 바닷배가 뜨면 북쪽 강줄기를 타고 미끄러지듯 물살을 가르며 배들이 들어왔는데, 이게 강배고 이게 늘배다."

할아버지는 강배와 늘배를 골라 내 손바닥에 얹었다. 할아버지가 깎은 배는 그 모양이 다 달랐다. 큰물이 들 때나 들어온다는 두대박이는 돛이 두 개로 마주보며 기울어져 있었고, 닻줄을 감는 물레에는 여러 개의 손잡이까지 조각되어 있었다. 반면 나룻배나 강배들은 버드나무 잎사귀처럼 배 끝이 미끈하고 단정했다. 할아버지는 바람과 물때에 맞춰 배가 들고 나갈 때, 멀리서 깃대를 올리고 배를 수리하기 위해 몰려오는 배들을 맞을 때가 가장 행복했다고 했다.
"그러니까 사람은 모름지기 바람과 물때를 알아야 살아가는 법인데……"
할아버지는 배들을 정리하며 기침을 쏟아냈다. 그럴 때면 할아버지가 말한 섬은 아주 먼 곳에 외떨어져 있는 낡은 집 같았다. 아니 여기저기 부서지고 삐걱거리며 바람이나 들락거리는 낡은 배 같기도 했다. 할아버지는 그때가 행복이었다고 말했지만, 나는 그 행복이 무엇인지 알 수 없었다. 내게는 그런 행복이 처음부터 없었던 것 같아 외려 할아버지의 섬이, 배가 얄밉기까지 했다. 할아버지는 분명 한강이라고 말했을 테지만 나는 그것이 혼자서는 닿지 못하는 바다의 이야기인 줄 알았다. 그런데 그 섬이 서울의 한가운데를 흐르는 강에 있었다니, 나는 얼른 한강이 보고 싶어졌다.

4. 확성기

며칠 뒤 나는 아빠에게 한강에 가자고 졸랐다. 아빠는 대답 없이 리어카를 끌었다. 배추를 실은 리어카는 할아버지가 돌아가시기 전 내 손에 얹어준 늘배 같았다. 시장을 빠져나와 큰길을 건넌 후 다시 골목을 훑으며 아빠는 깃대를 올리듯 확성기를 빼 들었다.

"배추가 왔어요."

아빠가 말하면 다음은 내 차례였다. 나는 소리가 확 펼쳐지는 나팔에 대고 소리를 질렀다.

"배추가 왔어요."

확성기는 산이나 바다에서 손나팔을 하고 소리를 지르던 때와는 다른 용기를 주었다. 말하자면 내가 남자가 된 것 같았다. 오빠는 남자들은 아침마다 고추가 커진다고 했다. 믿지 못하는 내게 커진 고추를 보여주기도 했다.

"만져봐."

오빠는 이불 속에서 조용히 속삭였다. 그것은 오빠의 몸에서 가장 부드러운 곳이었다. 뻣뻣하던 오빠를 크림빵처럼 녹여내는 힘이 그 안에 있었다. 얼마 지나 나는 만져달라는 오빠의 애원을 뿌리쳤다. 털 뽑힌 송충이처럼 흐물흐물한 오빠의 신음 소리가 징그러웠다. 나는 오빠가 도둑놈이 되고 방화범이 된 것이 내 책임 같았다.

아빠는 확성기에 대고 배추가 왔다고 소리쳤다. 나도 확성기에 대고 더 큰 소리로 외쳤다. 소리를 지르는 것인데도 몸속에서는 뭔가 자라는 느낌이 들었다. 화끈거리고 식었다가 다시 불씨가 살아나 불빛처럼 깜빡이는 그것이 사람들을 불러모으고 있었다. 사람들은 배추보다 내게 더 관심이 가는지 머리를 쓰다듬기도 하고, 과자 사 먹으라고 부러 돈을 얹어주기도 했다. 배추는 해 떨어지기 전에 대부분 다 팔렸고, 남은 배추는 떨이로 한 아줌마네 집 앞에 가져다 놓았다. 배추가 빠져나간 리어카 바닥에는 떨어진 배춧잎들이 조각 이불처럼 펼쳐져 있었다. 파도에 출렁이듯 리어카는 돌부리에 걸려 통통거렸다. 배에 올라탄 것처럼 싸늘한 공기가 밀려들었다. 나는 엄지공주라도 된 듯 배춧잎 이불을 덮었다. 배춧잎 하나는 할아버지의 나무배처럼 한 그루의 나무를 축소해놓은 작은 세상이었다. 총총한 하늘에 별들의 자리가 보였다. 누군가 하늘 이불에 손가락만 한 구멍을 내고 내려다보고 있었다. 별들은 모르고 나만 아는 비밀이 생긴 것 같아 슬쩍 눈을 감았다. 별들은 모를 거야. 다른 별들도 그렇게 내려다보고 있다는 거. 다들 궁금해서 뻥뻥 손가락 구멍을 내고 밤마다 우리 사는 곳을 내려다보면서도 서로는 그걸 모르고 있다는 걸 내가 알아냈잖아. 이제부터 너희들은 내 거야. 배춧잎에 구멍을 내고 나도 몰래 훔쳐보았다. 확성기에 대고 소리칠 때처럼 별들이 잉큼잉큼 깜빡였다.

그날, 나는 아빠의 뒷모습을 보았다. 작고 왜소한 등짝이었다. 아빠가 지나가는 길은 말끔히 뒤로 밀려났고 쓸쓸함이랄지 허전함이랄지 그런 것들이 덕지덕지 붙은 어깨는 축 처져 다림질한 길을 말아올리고 있었다. 리어카는 그 길 위에 있었지만 아빠가 어디로 향해 가고 있는지는 묻고 싶지 않았다. 아빠는 잠든 척 누워 있는 내게 다가와 비닐 포장을 덮어주었다. 숨을 내쉴 때마다 고픈 배를 들킬세라 꼬르륵 소리가 여우방귀처럼 새 나왔다. 비닐하우스에 들어앉은 것처럼 배춧잎 냄새가 머릿속에 창구멍을 내며 들락거렸다. 리어카는 도시의 경계석처럼 길게 이어져 있는 콘크리트 제방을 지나고 있었다. 아빠는 제방에 뚫린 문 앞에 있는 가게에 리어카를 세웠다. 둥그런 아치형으로 이어진 동굴 같은 문이었다. 문에는 '한강 제육갑문'이라고 쓰여 있었다. 육갑문이래. 나는 입을 막고 킥킥 웃었다. 문을 통과하는 바람이 비닐을 물어뜯을 듯 덤벼들었다. 나는 머리끝까지 비닐을 덮었다.

검은 봉지를 들고 나온 아빠는 한강의 육갑문을 지나 뻥 뚫린 강 앞에 섰다. 서서 담배에 불을 붙이고 먼 곳을 바라보는 사람들이 그러듯 쭈그려 앉아 등을 말았다. 나는 드디어 한강과 마주하게 되었지만 한강보다는 아빠의 등에서 눈을 뗄 수 없었다. 아빠의 등에 붙어 여기까지 따라온 배춧잎 조각이 풀처럼 환한 어둠을 비추고 있었다. 나는 아빠가 옆에 놓인 술병을 들었다 내릴 때마다 그 배춧잎이 떨어지지 않을까 조바

심이 났다. 떨어진다, 떨어진다, 떨어, 떨어진다. 아빠는 들고 있던 소주를 입안에 털어 넣고는 벌떡 일어나 그것을 강을 향해 던졌다. 떨어, 떨, 어, 진다. 병 조각들이 산산이 흩어지는 소리와 함께 아빠의 등에서도 배춧잎 조각이 떨어졌다. 알 수 없는 허기와 병든 공기가 교차했다.

"아빠, 배고파!"

비닐을 뒤집어쓰고 아빠를 불렀다. 우물쭈물하다간 산산조각 난 병 조각처럼 아빠도 어두운 물줄기로 빨려 들어갈 것 같았다. 이럴 때는 배가 고픈 것이 다행이었다. 아빠는 눈으로 강물을 다 마신 건지 벌겋게 충혈된 눈을 하고 나를 번쩍 들어 리어카에서 내려주었다. 그러곤 다시 일어서기 위해 웅크리고 있었다는 듯 어깨를 내밀었다.

"저기 비죽이 솟은 아파트들 보이지?"

아빠는 나를 어깨에 태우고 일어서며 말했다. 아빠의 어깨에 올라타자 바람은 한층 더 세게 불었고 어둠은 더욱 뚜렷하게 보였다. 아빠의 머리 위에 얹힌 또 다른 눈처럼 나는 아빠와 같은 곳을 바라보았다. 강 건너에는 키 재기를 하려는 듯 꼿꼿하게 솟아 있는 건물들이 빽빽했다.

"세상에는 집이 저렇게 많은데, 예전에는 저곳이 다 뽕밭이었다. 저기에 집을 지으려고 우리 섬을 폭파했어. 우리 섬뿐 아니라 저쪽에 있던 저자도는 아예 통째로 파내 잠실을 만들고 압구정에 그 유명한 현대아파트를 올리는 데 쓰였지. 서울의 부자 동네들은 다 한강에 있는 섬을 파내고 지었으니 한 삼십 년쯤 더 기다리면 무너지지 않을까. 그러면 좋겠다. 너는 커서 저런 집에는 들어가 살 생각 마라. 저런 건 어떻게든 무너지게 돼 있어. 아니, 우리 섬이 폭파될 때처럼 다 폭삭 주저앉았으면 좋겠다."

아빠가 가리키는 서쪽 강변을 바라보아도 섬은 보이지 않았다. 보이지 않는 그곳을 바라보는 아빠의 목소리는 얼음에 베인 것처럼 차고 비렸다.

"니 엄마도 거기 사람이지. 딸부잣집 막내딸을 데려간다고 동네 어른들이 큰 잔치를 해주었어. 니 오빠도 거기서 낳았으니 그곳이 고향인데, 지금은 봐라. 섬은 토막 나고 그 모래로 만든 집들은 우리 집이 아니지 않니? 뭔가 잘못된 거야. 니 할아버지는 돌아가실 때까지 나를 보고 섬을 팔아먹은 놈이라고 빗장을 채우셨지. 그때는 섬을 떠나고 싶었다. 고속도로가 뚫리고 한강에 하나둘씩 다리가 생기면서 강길이 막히는 건 시간문제였거든. 할아버지는 평생 그곳에서 배목수 일만 하고 살았는데 섬을 떠나 어떻게 사느냐고, 여의도를 신세계로 만들겠다던 공무원들이 섬으로 들어오는 것을 막아섰지. 그때 함께 막았어야 했는데…… 갓 나은 네 오빠를 업고 한겨울 얼음판 위를 걸어 나오면서도, 그래도 살길이 있을 줄 알았다. 강은 이렇게 흐르는데, 우리 살던 섬은 여의도의 강막이 둑으로 사라졌지. 사람들은 백 일의 기적이라고 윤중

제 공사를 축하하더라만. 그 백 일 동안 니 오빠가 물었던 물 젖이 그놈을 그렇게 만든 거야. 마을 사람들은 그래도 고향을 보면서 살겠다고 와우산에 터를 잡았는데, 네 할아버지가 거기로 가는 걸 반대했지. 사람들이 분탕질해놓은 섬을 뭐하러 보느냐고 호통을 치셨어. 모여 살았으면 좀 달라졌을까. 이제 발등만 남은 밤섬은 사람 없는 까치섬이 되었다는데…… 어쩐지 네 엄마도, 할아버지도, 호야도 다 거기다 남겨두고 나만 나온 것 같다."

아빠는 표정을 들키지 않으려고 일부러 나를 어깨에 올려놓은 것 같았다. 얼음에 베인 차고 슬픈 목소리는 내게도 스며들어 배꼽 근처에 웅덩이를 만들었다. 그 웅덩이는 자꾸만 커지고 깊어져 할아버지가 돌아가셨을 때 아빠가 그랬던 것처럼 꺽꺽 소리 내어 울고 싶게 만들었다. 할아버지가 돌아가시던 날, 위독 전보를 받고 감옥에서 나온 아빠는 방으로 들어오지도 못하고 문턱에 앉아 바람에 부딪치는 나뭇가지처럼 꺽꺽 소리 내어 울었다. 한강 줄기를 타고 새처럼 바람을 가르며 다가온 배를 잡으려는 듯 할아버지는 허공에 대고 닻줄 묶는 시늉을 했다. 울고 있던 아빠가 신발도 벗지 못하고 뛰어 들어와 닻줄을 묶고 있던 할아버지의 손을 움켜잡았다. 할아버지는 배에 올라탄 듯 힘겹게 눈을 껌뻑이며 온 힘을 모아 마지막으로 소리 질렀다.

"애기, 밥 줘라!"

그 후로도 한참을 나는 할아버지가 깎아놓은 배를 볼 때면 밥이 떠올랐다. 아니 배가 차도 배가 고팠다. 아니 뱃멀미를 하는 것처럼 배꼽 근처가 싸하게 시리다가 아프다가 뭉글거렸다. 아빠의 목소리는 그때보다도 더 깊게 나를 울렁이게 만들었다. 나는 눈에 힘을 주고 뱀처럼 꿈틀대는 강물을 째려보았다. 강 건너편 아파트들이 강물에 거꾸로 박혀 흔들리고 있었다. 아빠가 살았던 섬의 모래로 저렇게 많은 아파트를 지을 수 있다는 게 믿어지지 않았다. 그렇게 큰 섬을 가졌던 한강은 서울의 집들을 모두 모아놓은 그림자들의 강처럼 깊은 어둠으로 꿈틀대고 있었다. 아빠는 모르겠지만 나는 그날, 그 강 앞에서 오빠에 대한 죄책감을 놔버릴 수 있었다. 내가 처음 본 한강은 그 정도의 어둠은 아무것도 아니라는 듯 거대한 뱀처럼 출렁이고 있었다.

아빠는 내게 빵 봉지를 내밀며 조금만 더 할머니 집에 얹혀 있으라고 했다. 아빠가 건네준 크림빵을 입에 물고 고개를 끄덕였다. 틈나무에게서 욕을 배워야겠다고 생각하며 어금니를 무니 눈물이 나오다 말았다. 아빠는 주위를 둘러보더니 잰걸음으로 무언가를 줍기 시작했다. 한강변에는 여름 장마에 떠밀려 온 고물들이 널려 있었다. 아빠는 그것들을 뒤져 쓸 만한 판자와 목재를 골랐다. 할아버지가 산에서 들고 내려온 나무뿌리들과는 크기부터 달랐다. 나무를 깎으며 나무살을 덜어내던 할아버지와는 달리 아빠는 나무에 나무를 덧대어 배를 만들 모양이었다.

5. 파

"파를 먹는 동물이 또 있어요?"
아무리 떠올려봐도 파를 먹는 동물은 없는 것 같았다.
"사람이 되려고 파를 먹는 거여. 곰이 파를 먹고 사람 됐다고 안 하냐?"
"에이, 곰이 먹은 건 파가 아니고 마늘이잖아요. 마늘 먹고 사람 됐다고 했는데."
"마늘이나 파나 그게 한 핏줄 아니냐. 옛날에는 먹을 것 없는 마을서 사람들이 인신을 먹었지. 그래 가난한 집 부부는 애들도 그리 많이 낳았고."
나는 얼굴을 찌푸렸다.
"배고프면 잡아먹어야지. 늙은 부모 살리자니 갓난애라도 잡아야지 어쩌겠냐."
할머니는 나를 골려먹는 것이 재미난 모양이었다.
"할머니는 아까부터 딴 얘기만 자꾸 하고……"
"어디까지 했더라."
"하늘이 쪼개졌다면서요."
"그래, 하늘이 쪼개지는 큰 소리가 사나흘이나 계속되더니 물발이 쏟아지는데, 그게 내가 네 나이 때 겪었던 을축년 대홍수 때처럼 밭이고 논이고 할 것 없이 넘나들며 마을을 휩쓸었더란다. 사람들이 마을을 버리고 떠나려는데, 아 글쎄, 자꾸 생전 못 맡아본 냄새가 나는 거야. 아무리 뒤져도 냄새나는 곳을 모르겠는데, 어느새 사람들이 반 넋이 나가서는 입을 쩌억 벌리고 한곳을 바라보더란다. 거기 여지 보지 못한 섬이 떡하니 와 있지 않겠어. 섬이 흘러온 거야. 사람들은 풀등이 나타났다고 소리를 질렀지. 우리 증조할아버지가 얼른 배를 하나 구해 사람들을 태우고 그 섬으로 향했단다. 거기 뭐가 있었겠냐?"

나는 풀등이 뭐냐고 물으려다 귀찮아서 "파!"라고 대답했다.

"그랬겠지. 그 섬이 온통 파밭이었단다."

할머니는 그동안 할 말들을 숨겨두었던 사람처럼 좀처럼 이야기를 끝내려 하지 않았다.

"굶주린 사람들이 너나없이 섬으로 가서 파를 따먹었겠지. 근데 그것만으로는 배가 안 차지. 그래 기력을 찾은 사람들이 긴 가뭄에 효자 없다고 옆 사람을 쳐다보고, 또 쳐다보고 저 놈 것을 어떻게 훔쳐 오나 궁리를 하는데 요상한 일이 벌어진 거야."

"요상한 일이요?"

"서로 뺏어 먹으려고 벌겋던 눈동자들이 촉촉하게 젖어 있더란다. 그게 뭐겠냐?"

"치, 파를 먹어서 그렇다고요?"

졸음이 몰려와 눈꺼풀이 내려앉았다. 할머니는 껌벅껌벅 졸고 있는 나를 깨우려는 듯 말끝마다 질문을 던졌다.

"글치. 파를 먹어본 다음부터는 눈동자가 살아난 거지. 그때부터 그 섬이 사람 사는 곳이 되더란다. 어른들 말로는 그때부터 사람들이 밤섬에 들어와 살게 됐다고 했어. 그래서 옛날부터 파를 먹어야 사람이 되는 거라고 안 하든. 파라는 게 아무 맛도 안 나잖냐. 근데 그 아무 맛도 아닌 게 안 들어가는 데가 어딨냐? 그게 파 맛이다. 아무 맛도 안 나는 게."

그러니까 파를 먹는 동물이 사람 말고 또 있다는 건지 아닌지 알 수 없었다. 나는 신경질이 나서 잠이 깨버렸다. 어른들은 늘 자기 얘기만 늘어놓는 고약한 버릇이 있다. 할머니는 뭔가 더 말할 것이 있는지 입술을 오물거렸다. 이럴 때 가만히 있으면 또 잠자리에서 꼼짝없이 할머니 팔다리를 주물러야 할지도 모른다. 나는 졸린 척 하품을 하며 풀등이 뭐냐고 물었다. 할머니는 기다렸다는 듯이 다시 이야기를 늘어놓았다.

"어른들은 우리 섬이 백 년에 한 번씩 물에 잠겼다 다시 떠오른다고 했다. 을축년에는 한강에 있는 섬들이 다 물에 잠길 정도였어. 우리 섬에는 부군 할아버지가 있어서 그나마 살아남았지. 바다에는 그런 섬들이 많다. 물이 들었다 나갔다 하니까 보였다 안 보였다 하는 거지. 바닷배가 들어오던 때에는 우리 섬도 풀등처럼 잠겼다 떴다 하기는 했지만 그리 심하지는 앉았어. 한강의 섬들은 바닷물보다 홍수가 나면 단박에 잠겼다 떴다 하는 식이었지. 그런 섬을 고래 등에 얹힌 풀밭 같다고 해서 풀등이라고 한다. 한강에서도 홍수 때 들어갔다 나왔다 하는 조그만 풀등이 많았었어."

"풀등이 아니고 파등이잖아요."

나는 하품을 했다. 할머니의 이야기는 파처럼 아무 맛이 없어서 졸음이 몰려왔다.

"풀등이건 파등이건 사람들이 파헤친 것은 어쩔 수가 없는가 부다. 허긴 모래를 다 퍼 갔으니 다시 나오려면 네가 내 나이쯤 돼야 볼 수 있을라나."

할머니는 낮 동안 기운을 다 써버렸는지 말끝마다 욕 대신 한숨을 내뱉었다.

"물 밑에 숨어 있다가 어느 날 두둥쿵 떠오르는 거예요?"

나는 눈을 감았다. 아빠의 등에 붙어 있던 배춧잎이 떠올랐다. 어둠 속에서 환하게 빛나던 배춧잎이 고래 등에 얹힌 풀등 같았다. 배춧잎이 떨어져 나갈 때 아빠의 등짝은 어둠과 한편이 되어 강에 쓸려갈 것 같았는데 풀등도 마찬가지일 것 같았다.

"파를 먹는 동물은 눈동자가 예쁜 법인데, 어디 보자."

내 잠을 빼앗으려는 듯 할머니가 내 쪽으로 돌아누웠다. 눈을 감았는데도 할머니의 손이 다가오는 것이 느껴졌다. 다가오는 할머니의 손에서 진한 파 냄새가 났다. 나는 얼른 눈을 떴다. 할머니의 손은 내 눈이 아니라 머리에 얹어졌다. 처음으로 내 머리를 쓰다듬으며 할머니는 내 눈을 깊게 들여다보았다. 나도 할머니의 눈을 바라보았다. 할머니의 눈은 살얼음이 녹은 것처럼 물기로 가득 차 있었다. 밤섬이나 풀등이라는 단어는 할머니를 오래전으로 되돌아가게 하는 것 같았다. 할머니는 바람과 물때를 알아야 사람이 된다고 했던 할아버지처럼 눈물을 흘려야 사람이 된다고 말하고 싶은 것 같았다.

"쪼그만 게 갖다 붙이기는 죽은 지 할아버지 눈깔을 박아놓았구먼. 니 애비가 그 냥반 손맛을 반만 닮았어도…… 허긴 요즘은 배목수들도 다 집 짓는 일만 한다고 하더라만. 그거라도 잘만 배우면 도둑질보다 나을 긴데, 제기랄 거. 순둥이처럼 이리 치이고 저리 치이고, 지 새끼까지 감옥으로 보낼지 누가 알았겠냐."

같은 종류의 씨앗을 뿌린 밭처럼 같은 땅에서 살았다던 아빠와 할머니, 그리고 할아버지는 어딘지 모르게 닮은 것 같았다. 특히 파를 파는 할머니와 손재주를 팔았던 할아버지는 사는 곳만 다를 뿐 어디다 씨를 뿌려도 같은 열매를 맺는 종족 같았다. 나는 파를 깐 것도 아닌데 눈물이 나올 것 같아 벌떡 일어나 괜히 가방을 뒤졌다.

"할아버지는 아빠가 감옥에 있을 때 배를 깎았어요."
"배를 깎았어?"
나는 할아버지의 늘배를 할머니 손에 얹었다.

"이건 늘배예요. 할아버지는 배들이 들어올 때가 가장 행복했대요. 할머니도 그랬어요?"

할머니는 말없이 작은 배를 쓰다듬었다.

"정말 똑 닮았구나. 그 냥반이나 이년 신세나 섬에 다시 들어가보지도 못하고, 옘병할 거."

할머니는 한숨을 쉬며 파 같은 손가락을 펴고 액자를 가리켰다. 하나는 섬이 폭파되기 전 섬을 빠져나오는 사람들이고, 또 하나는 섬이 폭파되는 것을 찍은 것이라고 했다. 섬은 보였다가 보이지 않게 된 풀등처럼 할머니의 시간 어딘가에 있는 모양이었다.

그날 밤 꿈에 섬을 빠져나오는 사진 속 사람들 중 할아버지가 보였다. 할아버지는 곧 사라질 섬을 눈에 담으며 뒤돌아선 채 오랫동안 얼어붙은 강 위에 서 있었다. 그 옆에는 아빠가 세간살이를 실은 리어카를 끌고 있었고, 엄마는 오빠를 업고 뒤를 따르고 있었다. 나는 뭍에서 다가오는 식구들을 기다리고 있었다. 기다리고 있었지만, 그들이 내 앞에 도착했을 때는 할아버지도 엄마도 오빠도 사라지고, 리어카를 끄는 아빠만 덩그러니 남아 있었다. 아빠는 그 위에 나를 싣고 또 어디론가 가고 있었다. 어디로 가는 거냐고 묻고 싶었지만 꿈에서도 나는 그걸 묻지 못했다.

6. 포장마차의 고향

배추 시즌이 끝나자 아빠는 모아놓은 판자들을 거둬 리어카를 손질하기 시작했다. 리어카 위에 널빤지를 깔고 돛대를 세우듯 모서리에 네 개의 기둥을 박았다. 기둥에 얹을 지붕을 올리자 리어카는 마차로 변신했다.

"여기에 포장을 씌우면 포장마차가 되는 거야."

아빠는 마차를 끌며 따라오라고 했다. 나는 뒤에서 마차를 밀었다. 마차는 우리가 처음 도착한 뚝섬역을 지나 뚝방을 지나 한양대로 향했다. 아빠는 잠깐 쉬자며 다리 위에서 담배를 하나 꺼내 들었다. 다리 위에서 보니 할아버지의 작은 배에나 어울리는 강 위로 돌다리가 있었다.

"저건 뭐야?"

아빠는 살곶이다리라고 했다. 여름에는 물이 넘쳐 사람들이 빠져 죽으니 절대로 혼자 건너지 말라고도 했다. 아빠는 살곶이다리를 등지고 반대편을 보며 저쪽에 저자도가 있었다고 했다. 아빠가 가리키는 쪽에는 강 건너편 아파트만 보였다.

"뚝섬은 섬이야?"

내가 물었다. 아빠는 대꾸 없이 담배를 비벼 끄며 마차 앞으로 갔다. 아빠가 끄는 마차가 차도로 내려섰다. 뒤에 오던 버스가 클랙슨을 눌렀다. 아빠는 마차도 차라는 듯 비켜주지 않았다. 아빠는 내게 길 쪽으로 걸으라고 했다. 왕십리를 지나자 상왕십리가 나왔다. 나는 다리가 아파서 신경질이 났다.

"뭐야, 어디까지 가는 거야?"

상왕십리 다음은 상상왕십리가 나올 것 같았다. 신당이라는 지하철역에서 골목으로 들어가며 아빠는 말했다.

"다 왔다."

다 왔다면서도 마차는 멈추지 않았다. 나는 보도에 쪼그려 앉아 있다가 골목으로 사라진 마차를 얼른 따라잡았다. 골목에 들어서자 양옆으로 수십 개의 포장마차가 줄을 맞춰 서 있는 게 보였다.

"여기 뭐야?"

아빠는 들리지 않는 모양이었다. 나는 앞으로 뛰어갔다.

"여긴 어디야? 포장마차네 집이야?"

아빠는 땀을 훔치며 조금 더 가자고만 했다.

"포장마차네 집? 그러게 여기가 포장마차의 고향이네."

드디어 마차를 세우며 아빠가 말했다. 나는 주변을 둘러보았다. 서울의 리어카들을 다 모아놓은 것처럼 바퀴 달린 마차들이 색색의 포장을 달고 늘어서 있었다. 아빠는 마차에 씌울 포장과 음식을 넣을 유리 상자를 꼼꼼히 살폈다. 곰같이 배가 나온 아저씨는 파란색 포장은 싸지만 인기가 없다며 무지개색 포장을 펼쳤다. 아빠는 돈이 남아야 무지개색 포장을 살 수 있다고 했다. 아저씨는 유리 상자랑 철판, 포장 값을 계산기로 두드려 내밀었다.

"사람도 참, 저걸 돈 한푼 안 들이고 직접 만들었단 말이오? 포장마차를 만들어 오면 우리 같은 사람은 남는 것도 없겠네. 아무튼 장사는 잘하겠어. 이 정도면 됐소?"

아빠는 나를 불렀다.

"이놈이 이걸 여기까지 끌고 왔다니까. 좀더 빼주쇼."

나는 눈치껏 털썩 주저앉았다.

"아빠, 배고파."

곰 아저씨는 주저앉은 나를 보며 안 된다고, 다른 데 가보라며 가게로 들어갔다. 아빠는 얼른 카바이드 통은 얼마냐고 물었다. 나는 눈으로 카바이드 통을 찾았다. 아저씨는 가게 안에서 나오지 않은 채 값을 불렀다.

"카바이드가 뭐야?"

아빠는 계속 내 말은 안 들리는지 가게 앞에 내놓은 물건을 이것저것 뒤적였다.

"여기서 계속 사 갈 테니, 가격 좀 내려놔요."

"그게 얼마나 한다고. 사람 끈질기네. 선불이나 많이 내요."

아저씨는 철판 자리도 짜야 하니 포장마차는 내일 찾아가라고 했다. 아빠는 잘 부탁한다며 그때서야 내게 손을 내밀었다. 아빠의 손을 잡고 일어섰다. 아빠는 나를 데리고 가까운 포장마차로 들어갔다. 무지개 포장을 한 마차였다. 안쪽에서는 아저씨와 아줌마가 같은 앞치마를 걸치고 어서 옵쇼, 소리쳤다. 홍합 국물을 뜨며 아저씨가 뭘 드릴까, 물었다. 아빠는 국수와 소주를 시키고 유리 상자 안을 살폈다.
"여기서 뭐가 제일 잘 팔려요?"
아저씨는 홍어무침이라며 접시를 꺼내 담을 준비를 했다.
"아니, 그거 말고 껍데기는 얼마요?"
아줌마가 유리 상자를 열어 곱창을 잘라 철판에 던지고 썰어놓은 야채를 넣었다.
"곱창도 맛있어요. 한 접시 할까요?"
아줌마가 유리 상자를 닫지 않고 곱창부터 집으며 물었다.
"곱창은 그렇게 해서 얼마요?"
아빠는 소주 안주로 가격만 물어보며 한 병을 다 비웠다.
"한 병 더 줘요."
아저씨가 소주를 건네자 아빠는 홍합 그릇을 내밀었다.
"이거나 더 주쇼."
아저씨가 준 홍합 국물에는 홍합이 가득 담겨 있었다. 나는 국수를 다 먹고 신이 나서 홍합을 하나씩 깠다. 손에 잡는 것마다 속이 비어 있었다. 아빠는 남은 것들 중 하나를 내게 주었다. 다 똑같은 껍질인데 아빠가 준 껍질에는 홍합이 들어 있었다. 나는 하나 더 달라고 했다. 아빠는 고개를 저었다. 나머지 껍질을 다 까도 홍합은 나오지 않았다. 아줌마가 옆 손님에게 곱창을 건네며 아저씨한테 말했다.
"저거 소리 나잖아. 얼른 불 댕겨."

아저씨는 씨이익 씽 하며 소리가 나는 통 끝에 대고 라이터 불을 켰다. 팍 파팍 하고 불꽃이 붙었다. 아빠가 말했다.

"저게 카바이드야."

네 개의 통에 불이 켜지자 포장마차 안이 환해졌다. 나는 자리를 옮겨 입을 벌린 홍합 껍데기 속을 들여다보았다. 오른쪽 왼쪽으로 갈라 한쪽에는 홍합이 들어 있었고 다른 쪽은 다 빈 껍데기뿐이었다.

7. 냄새나는 돌

아빠는 전철역과 한강, 경마장 주위를 돌며 자리를 물색했다. 전철역과 경마장은 텃새가 심해 한강의 육갑문 앞이 장사자리로 정해졌다. 아빠는 시장에 갈 때면 나를 데리고 갔다. 우장시장에서 뚝도시장으로, 이번에는 중앙시장이었다. 우장시장에서는 할아버지가 배를 깎았고, 뚝도시장에서는 할머니가 파를 팔았으니, 중앙시장에서는 엄마가 올 차례였다. 중앙시장은 포장마차의 고향인 신당에 있었고 지금껏 본 시장 중 가장 컸다. 지나가는 사람들도 다들 큰 보따리를 이고 지고 있었다. 아빠는 장을 보다 생선 가게에서 문어와 소라, 꽁치를 샀다. 그러고는 나보고 그곳에 있으라고 했다. 시장을 더 도는 동안 짐을 볼 사람이 필요해서였다. 고무 앞치마에 고무 장화를 신은 아줌마는 나무 도마에 박힌 못에 아나고 머리를 꽂았다. 머리가 걸린 아나고는 한 번에 옷이 벗겨지듯 껍질이 벗겨졌다. 아줌마는 그걸 채 썰듯 썰어 한쪽에 쌓아두었다.
"아나고 좀더 넣어주세요."
손님들이 생선을 살 때마다 아줌마는 방금 썬 것을 한 주먹 듬뿍 쥐었다.
"많이 줄 테니까 또 와요."
아줌마는 손을 빼면서 반만 넣고 도마 아래에 있는 통에 나머지를 떨어뜨렸다. 엄마도 저렇게 했으면 사라지지 않아도 되었을까. 나는 속으로 "아나고 아나고" 따라 했다. 아나고는 값이 안 나갔다. 포장마차에서 홍합 국물을 공짜로 내듯 아나고는 생선 가게에서 거저 끼워주는 물고기였다. 아빠가 소라와 홍어, 꽁치 같은 것들을 살 때도 아나고는 한 움큼씩 공짜로 끼워 넣는 덤이었다. 미더덕과 마찬가지였다. 해삼과 멍게를 사면 미더덕은 공짜로 얹어주었다. 아나고와 미더덕은 횟감과 해물의 주인공이 아니었다. 나는 아나고와 미더덕이 이름이 웃기다고 생각했다. 생선집 앞에는 커다란 고무 대야에 곱창이 담겨 있었다. 곱창집 아줌마도 생선집 아줌마처럼 커다란 고무 앞치마를 두르고 장화를 신고 있었다. 곱창집 아줌마는 한 손에 고무 호스를 들고 그걸 곱창에 빠르게 끼워 넣다가 묘기를 부리듯 한 번에 홀딱 뒤집었다.
"저게 뭔지 아냐?"

생선집 아줌마가 물었다.

"아나고!"

생선집 아줌마는 깔깔 웃었다.

"아나고는 이거고 저건 곱창이다. 곱창이 뭔지 아냐?"

아줌마는 요구르트에 빨대를 꽂으며 물었다.

"미더덕!"

나는 연탄불이 들어간 의자가 뜨거워 엉덩이를 들썩이며 말했다.

"너 우리 집 딸내미 해라. 돼지가 똥 모아놓는 데다. 에그 더러워, 그쟈?"

아줌마는 나와 한편을 먹은 게 좋은지 곱창집 아줌마 들으라고 일부러 큰 소리로 말했다. 나도 아줌마를 따라 얼굴을 찡그렸다. 그러면 아줌마는 빨대 꽂은 요구르트를 주었다. 나는 빨대를 빨았다 뱉었다 하며 아빠가 올 때까지 기다렸다. 아빠가 나머지 물건을 떼가지고 오면 나는 단숨에 빨대를 빨고 벌떡 일어났다.

아빠는 한강에는 나오지 말라고 했지만 밤이 되면 할머니의 팔다리를 주무르는 게 싫었다. 할머니가 장사를 끝내기 전에 얼른 가게를 빠져나왔다. 나는 육갑문 앞에 있는 가게에서 물을 떠다가 아빠의 포장마차까지 옮기고 자리에 앉았다. 두 개의 숟가락 통에 나무젓가락을 꽂아놓고 의자를 빼내 앉았다. 나는 통에서 나무젓가락을 하나 꺼내 둘로 가르고 젓가락 끝을 씹었다. 그러면 아빠는 삶아둔 국수를 홍합 국물에 몇 번을 담갔다 빼내 그릇에 넣고 김치와 김가루를 얹었다.

"자, 개시다."

세 젓가락에 다 먹을 것처럼 한입 가득 털어 넣으면 아빠는 눈을 흘겼다.

"국수는 국물부터 먹는 거야."

아빠가 끓여준 잔치국수를 먹으면 저녁이 시작되었다. 하지만 본격적인 저녁은 잔치국수가 아니라 돌멩이를 통해 왔다. 사람들이 한둘 올 때쯤 되면 아빠는 내게 검은 봉다리를 내밀었다. 나는 하기 싫은 척하며 얼른 봉지를 받아들었다. 그 속에는 냄새나는 돌이 들어 있었다. 나는 봉다리에 얼굴을 박고 냄새를 맡았다. 그러면 잔치국수와는 다르게 배가 불렀다. 드라마에서 봤던 레스토랑에서 후식으로 먹는 커피가 이런 맛일 것 같았다. 나는 그 돌덩이를 여러 개 통에 넣고 촛대가 달린 뚜껑을 닫은 후 다시 화분 같은 겉 통에 그것을 넣었다. 그다음 겉 통에 물을 넣고 기다렸다. 그러면 조금 있어 물이 부글부글 끓었다. 물이 끓기 시작하면 돌덩어리를 담은 통이 움직였다. 그때는 어김없이 간지러운 웃음이 나왔다. 돌이 물을 끓게 하는 건 나밖에 모르는 비밀이었다. 비밀은 또 있었다. 나는 침을 꿀꺽 넘기며 촛대를 뚫어져라 응시했다. 조금 더 기다리면 소리가 보이고 냄새도 보일 거였다. 어김없이 피이익 푹 하며 촛대 끝에서 소리가 나오고, 피이익 씨잉

하며 불대 끝에서 공기가 뿜어져 나왔다. 나는 얼른 그 냄새를 맡았다. 연탄과는 다른 아찔한 냄새가 눈물이 핑 돌 정도로 확 빨려들었다. 돌과는 다른 온도의 냄새였다. 돌은 물을 만나 냄새를 소리를 바꾸고 있었다. 나는 라이터에 불을 붙여 촛대 끝에 갖다 댔다. 소리는 다시 불로 몸을 바꾸며 파닥이며 어둠을 잘라 먹었다. 틱틱탁탁 소리를 내며 파랗고 붉은 빛이 태어났다. 저녁별이 나올 때처럼 별빛이 떨리는 것 같았다. 오빠가 불을 지를 때도 이런 느낌이었을까. 별은 돌이 물을 만나 불이 되는 순간에 태어나고 있었다. 포장마차의 불빛이 켜지면 저녁별도 밝아졌다. 그러면 사람들이 포장마차로 들어와 아빠를 바쁘게 만들었다. 내가 홍합 국물을 떠서 손님 앞에 가져다 놓으면 아빠는 꼼장어를 굽고 닭발을 구웠다. 메추라기를 굽고 돼지껍데기도 구웠다. 사람들은 아나고도 달라고 했다. 아빠는 접시 위에 상추를 깔고 아나고를 담았다. 상추만 깔았을 뿐인데 시장에서처럼 아나고는 공짜가 아니었다. 아나고를 내줄 때는 아빠도 나도 웃음이 나왔다.

학교에 다시 가기 전까지 나는 아빠의 포장마차에서 잠이 드는 버릇이 생겼다. 포장 한쪽에서 잠이 들면 어느새 아빠가 흔들어 깨웠다. 그럴 때면 카바이드 불빛도 재미가 없는지 톡톡 토옥 하고 제 맘대로 불을 꺼버렸다. 새벽별이 사라지는 때와 함께 카바이드 불빛도 사라졌다. 촛대 통을 빼내면 그곳에는 가루가 있었다. 카바이드 돌덩이는 밤새 가루로 변해 있었다. 나는 그 가루를 음식물을 버린 쓰레기통에 털어 넣었다. 그러면 사람들이 먹다 남긴 메추라기와 꼼장어, 닭발 들이 카바이드 가루에 묻혔다.

8. 덤블링[*]

겨울방학이 시작되기 전에 나는 반년 동안 쉰 학교에 들어갔다. 아이들과 인사하기도 전에 겨울방학이 시작되었고 학년이 바뀌었다. 새로운 반에 적응하는 것보다 새로운 학년이 되는 게 한결 수월했다. 그즈음 한강은 변화하기 시작했다. 밤이 되면 늪지대처럼 물컹이는 어둠을 개선해야 한다는 목소리가 높아지고 있었다. 한강변의 냄새로 집값이 오르지 않는다며 주변 상가들도 가세하기 시작했다. 여름에 한강물이 넘쳐 옥상으로 대피하던 집주인들도 거들고 나섰다. 학교에서는 주말이면 비닐봉지와 집게를 나눠주었다. 그걸 들고 한강을 돌았다. 아빠의 등에서 배춧잎이 떨어지던 육갑문을 지나 칠갑문을 지났다. 남자애들은 집게로 팬티를 집어 우리 얼굴에 던졌다. 여자애들이 더럽다고 소리를 지르며 도망치면 남자애들은 끝까지 따라와 팬티를 집어 다시 던졌다. 아빠가

---

[*] 트램펄린(trampolin).

언젠가 말했던 저자도가 있었다는 돌목에는 새들만 쉬어가는 작은 모래턱이 쌓여 있었다. 섬이 아니라 모래밭이었다. 섬이었던 저자도를 지나 작은 강이 있는 살곶이다리까지 걸었다. 선생은 그곳에서 나눠준 봉지를 걷었다. 봉지 속에는 서너 개의 고철이 담겨 있었다. 선생은 고철 하나에 봉사 점수를 기록했다.

 학교에서는 밤에는 한강에 나가지 말라는 공문을 보냈다. 나는 그걸 신발주머니에 구겨 넣었다. 학부모들을 중심으로 한강 수비대도 결성되었다. 학부모들은 한강에서 불미스런 일이 벌어진다면서 밤마다 순번을 정해 플래시를 들고 한강을 순찰했다. 변화는 조금씩 그러나 확고한 모습으로 강 건너편에 흔적을 남겼다. 소문으로만 들리던 올림픽 주경기장은 하루가 다르게 그 모습을 드러냈다. 강 건너편의 변화에 발맞추듯 거리 정화를 위해 나온 공무원들은 거리 곳곳에서 포장마차를 때려 부수고 있었다. 아빠는 공무원들의 눈을 피해 다니느라 하루걸러 장사하는 일이 잦아졌다. 어느 날은 머리에 붉은 띠를 한 채 잠이 들기도 했다.

 어느 날 정육점을 하는 최씨 아저씨가 급하게 할머니의 가게로 달려왔다. 아빠의 포장마차를 구청 직원들이 끌고 가고 있다고 했다. 아빠는 몸싸움을 하며 구청 트럭을 막아섰다. 트럭 위에는 부서진 길거리 포장마차들이 마구잡이로 뒤섞여 있었다. 무지개 포장이 뜯어지고 아빠가 세운 기둥들이 꺾였다. 지붕이 내려앉고 유리 상자의 깨진 파편 위로 시뻘건 닭발이 떨어졌다. 홍합을 삶던 들통이며 카바이드 통이 나뒹굴고, 나무젓가락들이 길거리로 쏟아졌다. 아빠의 포장마차는 리어카가 되어 트럭에 실렸다. 고향이 같은 포장마차였던 리어카들을 실은 트럭이 출발했다. 누군가 트럭 앞으로 가 벌링 드러누웠다.

"나, 죽이고 가. 이노무 새끼들아."

몸싸움을 하던 아빠도 드러누웠다. 네댓 명의 남자들이 아빠의 다리를 잡고 질질 끌었다. 아빠는 발버둥치며 소리를 질렀다. 할머니의 욕보다 더 센 욕이 사방에서 터져 나왔다. 엄마를 때릴 때보다 더 격렬하게 꽂히는 고함이었다. 울음도 아니고 비명도 아닌 그것은, 골목에서 매를 맞던 개의 울음이 돌아온 소리였다. 나는 떨어져 있던 카바이드 돌덩이를 주머니에 넣었다. 그날 아빠를 기다리며 학교 앞으로 갔다. 철봉이 보였다. 엄마가 있던 저녁 같았다. 엄마가 사라지기 전 저녁 같았다.

나는 이번 학교에서도 오래 매달리기를 제일 잘했다. 선생님이 "이제 그만 내려와" 할 때까지 얼굴색 하나 안 변하고 그대로 매달려 있었다. 아이들이 얼굴을 찡그리며 삼 초도 안 돼 철퍼덕 떨어지는 것을 이해할 수 없었다. 걷는 것처럼 자연스럽게 철봉에 매달리면 아이들 정수리가 보였다. 그러면 고개를 숙일 필요가 없었다. 철봉에서 한 바퀴 휙 돌아 모래

바닥 위로 착지했다. 그리고 카바이드로 모래 위에 그림을 그렸다. 해가 떨어지며 사방의 모래로 흩어진 것 같았다. 반짝이는 모래 속에 햇살보다 더 반짝이는 무언가가 꽂혀 있었다. 얼른 모래를 파헤쳤다. 동전이었다. 하나를 찾으니 그 옆에도 그 옆에도 동전은 계속해서 끌려 나왔다. 감자밭에서 감자를 캐본 적이 있었다. 수확을 끝낸 감자밭이었다. 할아버지 산소 아래에는 감자밭이 있었다. 그곳에 앉아 감자를 주웠다. 줄기가 끊어진 감자는 우리를 위해 있는 것처럼 주워도 주워도 계속 나왔다.

"이제 됐어. 너무 많이 가져가면 안 돼."

아빠는 할아버지 산소 쪽에 인사하듯 말했었다. 나는 동전이 안 나올 때까지 모래밭을 뒤졌다. 왜 다 가져가면 안 된다고 했는지 알 수 없었다. 동전은 모두 일곱 개였다. 학교 마당은 이미 어둑해져 있었다. 어둠을 틈타 그곳에 십 원짜리 동전 하나를 떨어뜨렸다. 떨어뜨린 동전에 미련이 남았다. 나는 철봉에 거꾸로 매달렸다. 학교가 뒤집어졌다. 주머니에서 동전이 떨어졌다. 카바이드도 떨어졌다. 나는 착지해서 내가 흘린 동전들을 주웠다. 모두 일곱 개였다. 내 주머니에서 나왔으니 다 가져가도 될 것 같았다.

학교 앞 공터에는 덤블링이 있었다. 나는 가지고 있는 동전을 다 주고 있는 힘을 다해 뛰었다. 어떻게 떨어지는지 몰라 힘을 다 뺐다. 힘을 다 빼자 다시 떠오를 힘이 생겼다. 공중제

비를 돌고 엉덩이로 떨어졌다. 엉덩이의 힘으로 다시 떠올랐다. 어금니를 물 때와는 다른 오기가 생겼다. 아빠가 소주병을 집어던지듯이 내 몸을 던졌다. 푸드득 날던 새가 내 몸을 가로채 날다가 패대기치듯이 무방비로 꼬꾸라졌다. 제 몸을 때리며 푸른 멍이 든 파도 같았다. 온몸으로 밀다가 쓸려가는 자리에 저녁별이 걸려 있었다. 별들은 킥킥 웃고 있었다. 몸에서 열이 나고 온몸이 땀으로 흠뻑 젖었다. 아빠가 왜 자기가 불을 질렀다고 했는지 알 것 같았다. 오빠가 왜 불을 질렀는지도 알 것 같았다. 이대로 덤블링에서 내려온다면 내 몸에 생긴 열을 나도 어디든 쏟아부어야 할 것 같았다.

아빠는 다음날 오후가 지나서야 돌아왔다. 구청 쓰레기 더미에 던져진 포장마차를 간신히 건졌다고 했다. 아빠의 포장마차는 처음처럼 리어카만 덩그러니 남아 있었다. 리어카에는 아빠의 머리에 걸쳐져 있던 붉은 머리끈이 묶여 있었다. 며칠을 누워 있던 아빠는 밤마다 연장을 들고 한강으로 나갔다. 우리가 고철을 줍던 한강변에서는 이미 공사가 시작되고 있었다. 유원지 자리에 공사 차량이 오고 가고 모래와 돌, 철근 등이 쌓여 있었다. 아빠는 리어카에 공사용 모래를 싣고 그 속에 철근을 숨겼다. 봉사 점수로 받은 고철과는 크기부터 달랐다. 모래는 근처 빈터에 쏟아내고 철근은 밤에 차를 끌고 오는 업자에게 싼값에 넘겼다. 그 일도 오래가지는 않았다. 그곳 인부에게 들켜 흠씬 두들겨 맞은 아빠는 잠시 나를 보러

왔다며 할머니에게 그동안 모은 돈을 건네주었다. 나는 아빠의 리어카에 누워 숨죽이던 때처럼 잠든 척 몸을 뒤틀었다.

9. 모래로 만든 배를 타고

 아빠가 사라지고 얼마간 시장 사람들은 모이기만 하면 아빠에 대해 이야기했다. 누군가 시신도 못 건졌다는 말을 하면 또 누군가는 그게 아니라 감옥에 간 거라고 대꾸했다. 누군가 손님한테 들었는데 아빠가 모래밭에 박혀 있는 리어카를 끌고 강변으로 가는 걸 봤다고 말하면, 또 누군가는 공사장 차에 치여 모래밭에 파묻어놓았을 수도 있으니 신고해야 한다고 말했다. 아빠는 흔적 없이 사라짐으로써 매번 새로운 소문으로 우리에게 돌아와 안부를 전하는 것 같았다.
 아빠가 사라지자 거짓말처럼 엄마가 돌아왔다. 할머니는 세상에는 같이 살고 싶어도 살 수 없는 사람들이 있는 법이라고 했다. 엄마와 아빠는 카바이드와 물처럼 만나면 불이 되어 사라져버리는 벌을 받은 것 같았다. 엄마는 그동안 자갈치시장에서 돈을 벌며 다시 만날 날만을 기다렸다고 했다. 빚을 갚기 위해서는 어쩔 수 없었다고도 했다. 나는 병원비를 갚기 위해 사채업자들에게 끌려가 머리채가 잘린 채 돌아온 엄마를 기억하고 있었다. 아빠가 목수 일을 하며 그런 엄마를 때리던 것도 기억하고 있었다. 엄마가 시장 입구에 있는 현수막을 떼다가 가위로 오려내던 것도 기억하고 있었다. 할 수만 있다면 내가 아는 비밀 공간에 엄마를 숨겨두고 싶었다. 아니, 나중에 다시 만나도 좋으니 엄마도 아빠처럼, 또 오빠처럼 감옥으로 숨었으면 좋겠다고 생각했었다. 나는 마음대로 원망할 사람도 없다는 생각에 발에 걸리는 것들에나 화풀이를 해야 했다.

  할머니는 더 이상 아침마다 밭으로 가지 않았다. 한강변 어딘가에 있다는 할머니의 밭도 갈아엎어진 모양이었다. 며칠을 누워 있던 할머니는 벌떡 일어나 술을 빚어야겠다고 했다. 엄마는 할머니를 도와 막걸리를 만들었다. 엄마가 만든 막걸리는 하루면 후딱 만들어 팔 수 있었다. 막걸리 통에서는 카바이드 냄새가 났다. 밤마다 막걸리 통에서는 부글부글 술이 끓는 냄새가 났다. 빨리 숙성시키기 위해 카바이드를 넣는다고 했다. 할머니와 엄마는 아빠와 오빠와는 다른 불 지르기를 하고 있었다. 카바이드로 발효된 막걸리는 싼값에 팔려나갔지만 술을 사 먹은 사람들은 아침이면 머리통이 깨질 듯 아프다고 했다. 이상한 것은 한 번 막걸리 맛을 본 사람들은 머리통이 깨질 듯 아프다면서도 그 술을 또 사 가지고 간다는 점이었다. 사람들은 그렇게라도 머리통을 괴롭히지 않으면 안 된다는 듯 더 세게 술에 취하고 싶은 모양이었다. 엄마는 남의 집에 불을 지르는 대신 술통에 독을 섞는 방법을 익힌 것 같았다.

나는 수업이 끝나면 철봉에 매달려 학교를 뒤집었다. 잔치 국수를 먹을 수 없었으므로 저녁이 어떻게 시작되는지 알 수 없었다. 냄새나는 돌에 불을 붙일 수 없었으므로 배가 차지 않았다. 해가 떨어질 때쯤에는 모래밭에 그림을 그렸다. 그때 햇살을 등지고 누군가가 터벅터벅 걸어왔다. 선희였다. 선희는 수업 중간에 불려나가 그날 수업을 빼먹었다.

"뭐해?"

선희가 물었다.

"오른쪽에 서 있음, 나 안 들려."

얼떨결에 한쪽 귀가 안 들린다고 말해버렸다. 선희는 내 왼쪽으로 와서 쪼그려 앉았다.

"동전을 줍는 거야?"

"어떻게 알았어? 너도 주웠니?"

선희는 모래를 뒤적이며 손바닥을 내밀었다.

"그거 내거야. 내놔."

나는 안 들리는 척 고개를 박았다.

"이젠 없어. 수업 빠지고 어디 간 건데?"

선희는 나처럼 고개를 숙이고 모래 위에 그림을 그렸다.

"돈을 준대서. 늘 그래. 어른들은."

선희는 육영수 장학금을 받기 위해 어린이회관에서 기념촬영을 하고 왔다고 했다. 일 년에 한 번씩 늘 있는 일이라고 했다. 그곳에 가면 과자며 빵도 준다고 했다.

"이거 먹고 싶지?"

선희는 주머니에서 뭉쳐진 크림빵을 꺼내 한입 물었다.

"우리 아빠는 크림빵 위에 꽁치를 얹어서 먹는다."

뱃속에서 꼬르륵 소리가 났다.

"꽁치를?"

선희가 얼굴을 찡그렸다.

"아빠가 있구나, 너는."

그러고는 다시 고개를 수그렸다.

"이렇게 해봐. 그러면 다 뒤집혀."

나는 두 발을 철봉에 걸고 선희를 불렀다.

"그래도 바뀌는 건 없어."

선희의 목소리는 돌멩이처럼 단단해서 더 비집고 들어갈 수 없었다.

"거기 가면, 애들이 빵을 더 가져가려고 막 가방에 집어넣는다. 나도 몇 개 더 넣어 왔어."

선희는 가방 속을 보여주고는 얼른 오므렸다.

"아빠가 없으면 돈을 주니?"

"엄마도 없어야 해."

"그러면 빵을 줘?"

"작년에는 라면도 한 박스 줬어."

"사진은 왜 찍는 거지?"

"아프면 약을 먹잖아. 근데 너무 오래 아프면 암이 되거든. 엄마, 아빠가 없는 애들은 암이야."

"너도 암에 걸렸니?"

"아빠가 암으로 돌아가셨거든."

"난 기다리는 중이야."

"엄마가 오겠다고 했구나."

"엄마는 왔어."

"너는 엄마도 있니?"

선희는 그런데 왜 이러고 있냐는 듯 물었다.

"그런데 아빠도 와야 해?"

"오겠다는 말은 없었어."

"없는 게 나아. 아빠 같은 건. 그래서 기념사진을 찍는 거거든. 사진을 보고 내년에도 장학금을 줄지 말지 결정하는 거야. 엄마 아빠를 기다리는 애들은 비 오는 날 홀딱 젖은 개처럼 꼬리를 내리고 벌벌 떠는 눈빛을 하고 있거든. 나 여기 있어요, 그러는 거야. 나도 처음엔 그랬어. 엄마가 돌아올 줄 알았거든."

"나는 아직 암에 안 걸렸어."

선희도 철봉에 매달렸다. 거꾸로 돌아 발을 걸고 손을 뻗었다. 우리는 건조대의 조기처럼 바람을 말리고 있었다. 바람 속에서 짠맛이 느껴졌다.

"엄마가 돌아오면 우린 정부 보조금도, 교회에서 주는 불우

이웃 성금도, 육영수 장학금도 받을 수가 없거든. 아빠는 그래서 죽었고, 엄마는 그래서 떠난 거야. 그래서 돌아올 수 없는 거야."

선희가 침을 모아 모래밭에 뱉었다. 나도 동전밭에 퉤 하고 침을 뱉었다. 가만있다가 선희는 내 얼굴에도 침을 뱉었다. 허연 침이 코끝에 매달렸다. 내 얼굴에서 크림빵 냄새가 났다. 나도 선희에게 침을 뱉으려다 삼켰다. 선희는 철봉에서 내려와 나를 보며 말했다.

"너희 아빠는 못 돌아와."

나도 철봉에서 내려와 선희의 얼굴에 침을 뱉었다. 선희의 눈 밑에서 허연 침이 오래 매달리기를 하고 있었다. 해는 떨어져 별들이 못질을 하고 있었다. 카바이드 불빛을 닮은 별들이 하나둘 고개를 내밀었다. 하늘에 구멍이 날 때마다 못은 전속력으로 떨어져 학교가 있던 자리에 학교를, 나무가 있던 자리에 나무를 박아놓았다. 선희는 갑자기 뭐가 생각났는지 뛰어갔다. 쥐똥나무가 있던 자리에는 쥐똥나무가 있고, 철봉이 있던 자리에는 철봉이 있었다. 선희가 있던 자리에는 무엇이 있었을까.

나는 점점 평범해졌고 아픈 것들이 싫어졌다. 오빠가 나쁜 짓을 하며 원했던 것이 그런 것이었을지도 모른다는 생각이 들 때면 뭔가 자극적인 놀이에 열중했다. 돋보기로 개미를 태위 죽이거나 땅강아지를 잡아 웅덩이에 빠뜨려 허비적대는 것을 지켜보았다. 아이들 신발주머니에서 운동화 한 짝만 꺼내 소각장에 던져 넣거나, 제일 친한 친구의 책을 버려놓고 그 애가 울음을 짜낼 때 위로해주기도 했다. 모래밭에서는 더 이상 동전이 나오지 않았다. 나는 문방구에서 조금씩 훔친 동전으로 덤블링을 했다. 덤블링을 할 때면 어떻게 떨어지는지 몰라 사라져버린 아빠가 어딘가에 있을 것 같아 더 높이 몸을 던졌다.

엄마와 할머니는 술독을 하나 더 사서 번갈아가며 카바이드를 빠뜨렸다. 같은 술을 마신 동네 사람들은 할머니와 같은 욕을 내뱉을 것 같았다. 나는 술독에 들어가는 카바이드를 하나씩 주머니에 넣었다. 카바이드가 물을 술로 만드는 시간, 강변은 사람들이 말하는 한강의 기적으로 깨끗하게 정리되었다. 아빠의 포장마차가 있던 자리에는 나들이객들이 찾아와 놀고 있었다. 철근을 줍던 모래밭에는 놀이기구들이 들어섰다. 나는 더 이상 철봉에 매달리지 않았다. 저녁이면 주머니 속의 카바이드를 손으로 만지며 한강변을 따라 걸었다. 섬이었던 모래밭을 지나 뚝방까지 발길은 이어졌다. 해 지는 시간, 저녁은 잔치국수가 없어도 강변에 별들을 빠뜨리며 왔다. 보이는 것마다 그림자가 붙어 있었다. 버드나무는 버드나무의 그림자 속에서 흔들렸다. 나는 버드나무 곁에 앉았다. 뚝방 아래로 아빠가 말한 살곶이다리가 있었다. 그 위로 비틀거리며 걷는 사람이 보였다. 나는 작은 강에 냄새나는 돌을 던졌다. 강은 끓을까. 끓어 술이 될까. 얼마나 던져야 한강물은 술이 될지 알 수 없었다.

 한참 뒤 사람들은 밤섬이 살아나고 있다고 떠들었다. 밤섬에 철새가 찾아오고 모래가 쌓이면서 조금씩 예전 섬의 모습이 되살아나고 있다고 했다. 섬이 잠겼다 드러났다 하면서 수생식물군이 다양해졌고 덕분에 도심 한복판에 철새 도래지가 생기는 한강의 기적이 일어났다는 것이다. 뉴스 앵커는 밤섬이 생태 섬으로 재조명되고 있다며 까치똥으로 하얗게 자란 나무들과 강물이 깎아놓은 모래밭을 보여주었다. 얼핏 섬의 끄트머리 모래톱에 걸려 있는 작은 배가 비쳤다. 나는 화면에서 눈을 떼지 못하고 언젠가 아빠가 그랬듯 양팔로 무릎을 껴안고 등을 동그랗게 말았다. 배는 할아버지가 깎아준 늘배와는 다른 모양이었다. 사각형의 모양에 나무 돛 대신 커다란 바퀴를 달고 있었다. 그것은 모래로 만든 배처럼 강물이 벗어놓고 간 섬의 일부 같았다. 멀리서 오는 배들을 맞이하는 그때가 행복이었다는 할아버지의 마음이 이런 것이었을까. 카바이드 불빛처럼 몸속에서 무언가 하나둘 켜지고 있었다. 그것은 혈관을 타고 아빠가 만들어놓은 찬 우물로 모여들었다. 얼음이 풀리듯 오기로 뭉쳐 있던 것들이 서서히 녹아 내 몸속에서 빠져나오고 있었다. 나는 팬티 속에 손을 넣었다 뺐다. 그동안 모아놓은 몸속의 불덩이가 녹고 있었다. 한강에 던졌던 카바이드가 이제야 끓어오르며 섬을 들어올린 것일까. 아빠는 그곳에 있을까. 리어카 배를 타고 풀등으로 갔을까. 그곳에서 우리를 기다리고 있을까. 우리가 가져보지 못한 불탄 집도, 오빠가 불태운 꽃들의 집도, 갈아엎어진 할머니의 파밭도, 할아버지의 늙은 배들까지 모두 싣고 덤블링을 하듯 강물 위로 몸을 던져 떠오른 그것은, 그림자들의 강이 지어놓은 한 채의 집이었다.

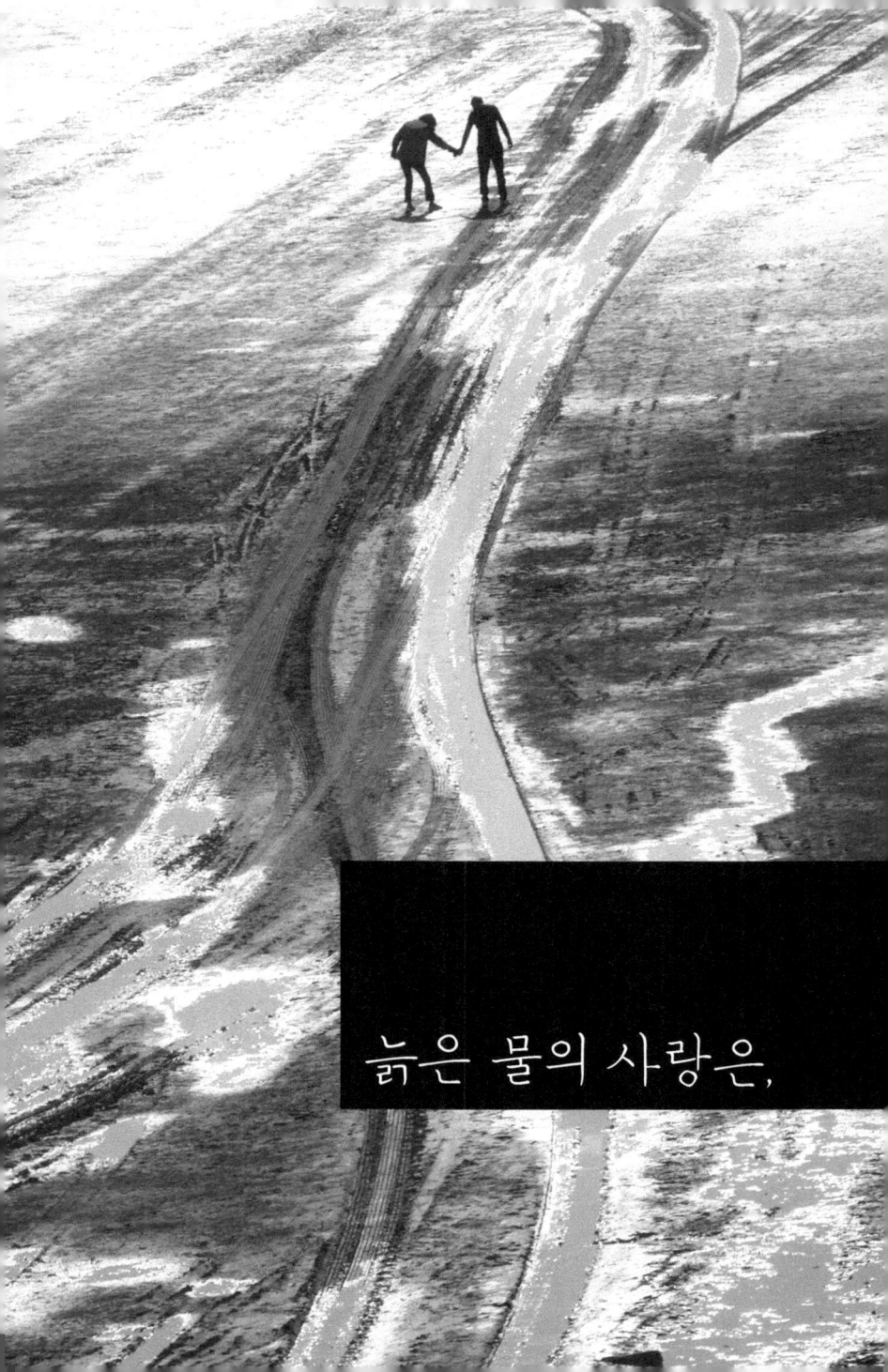
늙은 물의 사랑은,

기침이 끊이지 않았지. 요실금이라고 하나. 낭심을 개한테 물려 제 구실을 못하는 놈이 툭하면 욕지거리를 내뱉듯이 찔찔 샜으니까, 헐거웠던 거야.

─뭐가 헐거웠다는 거죠?

그 왜 애 낳은 여자들이 거기가 헐거워지면 툭툭 오줌이 샌다잖아. 헐거웠어. 헐거운 게 그거뿐이었겠나. 그러니 참았지. 묵은 때가 더러운지 누가 모르겠어. 한 번 닦으면 평생 닦아야 하는데, 그걸 할 수 없으니 참을밖에.

─어떻게 삼십 년을 참으셨어요. 감옥도 아닌데.

그건 또 닦으면 되는 거 아니냐고 말하는 것 같네. 근데 그게 안 되더라니까. 말도 못 꺼내봤어. 금방 끝날 줄 알았지, 누가 이렇게까지 될 거라고 상상이나 했겠느냐 말이야. 까부랑번개 봤나?

―까부랑번개는 또 뭐죠?

굉장했지. 저 하늘에서 심술궂은 노인네가 세상을 향해 지팡이를 꽂는 거야. 까부랑 번쩍. 씨부랑 번쩍. 우르릉 쾅. 쿵. 하늘이 무너지면 높은 곳에 우뚝 솟은 곳부터 먼저 쳐야지. 남산 꼭대기에 지진에도 안 무너지게 설계했다는 십층으로 쌓은 집들 말이야. 우리를 데려가주세요 하고 남모르게 기부하는 가늘고 선한 사람들이 사는 하얀 집들. 그런 곳이나 치시지. 하늘에 계신 양반은 우리 편이 아닌 게 분명했어.

―그 사람들도 다들 열심히 살아서 그런 집에 사는 걸 텐데, 너무 몰아붙이는 것 아니에요?

번개가 치면 꼭 못사는 동네부터 치잖아. 그러니 억하심정이 생길밖에. 그 까부랑번개가 집 앞 느티나무에 꽂히던 다음 해에 아내가 딸을 낳았네.

―환자분을 이곳으로 보낸 그 따님 말씀인가요?

보낸 게 아니지. 내가 이곳으로 오고 싶었던 거야. 내 발로 걸어오진 않았지만, 그래도 내가 온 거라고. 보낸 게 아니야. 이제 그 얘기를 하겠네.

―전번처럼 하시면 아무래도 길어져요.

그래, 그러지. 어디서부터 해야 할지 통 알 수가 있어야지. 창신동 꼭대기, 거기서부터 할까?

―따님 이야기 하고 싶으시죠?

그래, 창신동 꼭대기, 거기부터 해야겠군. 노루도 쫓기다

쫓기다 포기하고 멈춰서 그냥 잡아먹으세요 하고 숨을 헐떡이는 노루막이에 집이 있었거든. 집 앞에 느티나무가 있었지. 까부랑번개를 맞은 나무였어. 근데 그 죽은 나무에서도 매년 잎이 달리더라고.

─에이, 죽은 나무에서 어떻게 잎이 나와요. 환자분은 이야기를 재밌게 하세요.

나오더라구. 죽은 줄 알았는데 잎이 나오더라니까. 햇볕에 탄 잎사귀들이 숨찬 노루처럼 타다다닥 타닥 경련을 일으키던 여름이었는데, 며칠 동안 집중적으로 쏟아진 악수로 물난리가 난 뒤였지.

─환자분 이야기를 듣다 보면 어디로 흘러갈지 모르고 그저 듣고 있다가 시간이 지난다니까요. 지난번까지 물난리가 세 번은 났었는데. 그래도 하실 거죠?

그때는 내가 어릴 때고, 이번에는 내 딸이 나왔어. 그 물난리에.

─또 어디다 퍼부을까, 제가 말을 좀 잘라도 이해해주시고, 시작하세요.

구두쇠 노인네의 파수병인 매지구름이 지붕 위를 뒤덮고 있는데, 아내는 이틀을 비실거리더니 벌뚝 일어나 양팔에 갈개발을 붙인 듯 물지게를 졌다네. 물지게 져봤나?

─물지게라니요. 저는 이제 막 서른인 걸요.

물지게라는 걸 구경도 못 해봤겠군.

─아파트에서 태어났어요.

아파트에서도 사람이 태어나는군. 아무튼 연줄을 끊어먹으면 연이 핑글핑글 돌아요. 팽글팽글 돌기도 하고. 피잉 쇼용 곤두박이기도 해. 바람을 먹은 연은 갈개발을 흔들며 별박이가 되지.

─옛날이야기 같은데요. 물지게 얘기를 하다가 연 얘기로 넘어가니까.

재미있으면 더 들어봐. 아, 물지게. 그러니까 별박이로 깜빡깜빡하다 눈 깜짝할 새에 사라져버리더라니까.

─연이요?

아니, 그 여자가. 애 낳은 지 이틀 지난 여자가. 불탄 느티나무보다 더 시커멓게 탄 여자가.

─그 여자가 환자분을 이곳으로 보낸 아내인 거죠?

이 사람이, 누가 보낸 게 아니라니까. 내가 내 발로 온 거라고. 누워서 들어오긴 했지만.

─알았어요. 아내분이 사라졌어요?

그게 아니라, 물난리가 나면 윗동네 사람들은 갈신거리며 더 아래로 내려가. 그래야 먹을 물을 얻을 수 있거든. 물지게를 지고 걸어오는 아내를 맞는데, 푸른 별이 걸어오더라니까…… 왜 웃어?

─푸른 별이라니까, 그냥 웃음이 나와요.

정말 그랬어. 제일 먼저 나오고 제일 늦게 지는 그게 푸른 별 아닌가?

—금성이요?

그래, 그거. 그 여자 눈사부랭이는 물난리에 불어터져 퉁퉁 붓고 바깥으로 드러난 다목다리는 물에 얻어맞아 툭툭 붉어진 핏줄이 늘키 우는 눈동자처럼 얽혀 있었지. 푸른 별이 뭐 별건가.

—그래서 푸른 별이라고 한 거군요. 멍이 든 거 말이죠?

그랬어, 그 여잔. 물한테도 얻어맞아서 멍이 들었지. 그래도 그 여잔 당알진 구석이 있었어. 고리삭은 기침이 지겨울 만도 한데 눈 한 번 흘기지 않고 먹을 물을 구해왔으니까. 당신, 그런 여자랑 살아본 적 있나?

—저는 결혼도 못했는걸요. 요즘에는 집 없으면 결혼할 생각도 못해요.

집이 없긴 나도 마찬가지였네만, 나는 있지. 있었지. 있었다네.

—부러운데요.

그러니까 내 얘기를 그 여자한테 전해줘야 하는 거야. 그 여자, 푸른 별 같은 여자. 별박이가 되어 사라졌다 나왔다 하는 그 여자.

—아직 아내분이 한 번도 방문하지 않으셨죠?

한 번은 오겠지. 그러면 됐어. 내가 여기서 나갈 일은 없지 싶어. 그 여자가 오면, 와서 눈물기침이라도 할 것 같으면, 내가 그러더라고 말해줘야 하는 거야.

―나가셔야지요. 그러니까 벌써 한 달이 지나가는데 아직도 왜 술을 먹게 되었는지 그 이야기를 안 하시니까. 그러면 제가 보고서를 쓸 수가 없거든요. 당연히 약을 끊을 수도 없고요.

알았어. 천천히 하자고. 나도 몰라서 그래. 무슨 얘기를 해야 할지, 나도 잘 모르겠어서.

―왜 제게 그 이야기를 하고 싶은지, 거기부터 시작해보세요.

왜 당신이냐고? 당신은, 그거, 별박이가 뭐냐고 물었잖아. 아님, 물지게를 한 번도 져보지 않았으니까, 그 정도는 들어줄 수 있는 거 아닌가? 아니야, 당신은 의사잖아. 내게 왜 술을 먹게 되었느냐고 물었잖아.

―저는 의사가 아니라 상, 상담사예요.

그게 그거 아닌가? 한번쯤은 선생님하고도 얘기를 하고 싶었다고.

―그렇게 말씀해주시니까 제가 더 편해지네요. 그런데 저희도 이게 일이다 보니까 보고서를 써야 하거든요. 그래야 월급이 나오니까요.

그냥 남자가 되지 못한 남자라고 써버려. 그것도 안 되면 잠깐 술친구가 되어줘도 괜찮지 않나? 따라줄 술이 없어서 유감이네만. 그것도 안 된다면……

─물잔이라도 부딪힐까요? 이제 진짜 시작해야겠어요. 녹음기 틀어도 되죠?

그래그래, 그리 오래 걸리진 않을 거야.

*

 기침이 나올 때마다 요도 끝에서 오줌이 찔찔 샜다네. 들키지 않으려면 욕창 난 노인네처럼 방바닥에 꿀 발라놓은 척 들엎드려 있어야 했지. 아내가 낳은 애와 같이 나란히 누워 있자니, 그 왜 도사리 난 종자들만 모아놓은, 아니 발탄강아지가 물어다 놓은 버림치라고 해야 하나. 아니 아니, 찌질한 것들만 모아놓은 덤거리 같았다네. 덤으로 얹어줘도 좋은 소리를 못 듣지. 등뼈도 없이 살이 쩍쩍 갈라져 나중에는 녹아 없어지는 빨랫비누가 손에서 미끄러질 때는 말이지, 드난 사는 여자가 지 등 내놓고 깝살거리는 것 같아 패대기치며 거기다 대고 화풀이를 했으니, 모지란 놈이라고 욕해도 할 말은 없다네.
 차라리 공사장에서 허리를 다쳐 일어날 수 없었으면, 중병으로 오늘내일하며 천장의 벽 무늬만 세고 있었다면, 눅진 아내의 등이 덜 시렸을지도 몰라. 아내는, 나와 같이 산 그 여자는 말이야, 밤늦게까지 우는 애를 안고 둥개둥개 어르다가, 젖을 꺼내 물리다가, 휘휘한 손짓으로 다른 쪽 젖가슴을 풀어 아이에게 물리고는 자울자울 졸더군. 그런데도 아내는 울지 않았지. 모도록이 올라오는 아이의 머리칼을 쓸며 한번쯤 울컥 욕이라도 뱉어야 그게 사람 아닌가? 그런 여자랑 살아봤는가? 아주 몹쓸 여자야. 목젖이 떨어져라 우는 아이를 보면 서러워서 내 등짝을 발로 걷어차다가, 차다가 차다가 안 되면 외돌아 훌쩍훌쩍 이불을 적실 만도 하잖아. 이불을 적시면 그것만큼 서러운 것도 없다고 왝댁거리며 달려들어야지. 유령 같은 여자야. 뭐 받아먹은 게 있다고 속으로만 꾹꾹 아구창을 내놓느냐 말이야. 그 여자는 해 뜰 녘이 되면 벌뚝 일어나서는 이불을 개키고 물지게를 지고 그 물을 다 길어다 놓았지. 내 오줌으로 다 빠져나갈 물을 말이야. 검게 그을린 느티나무가 다시 살아보겠다고 무릎을 굽혔다 일어나면 그럴 것 같더라고. 아, 끔찍한 여자야.

아내가 물지게를 지고 오르내리던 길은 한참을 물난리로 첨벙거렸어. 어느 집 똥구덩을 훑었는지 그 길에서는 쿠더분한 냄새가 담벼락마다 금을 그어놓았지. 사람들이 버려놓은 살림살이마다 흙물, 똥물이 엉겨 있는데 비거스렁이가 지나간 후에도 냄새가 빠지지 않았어. 담벼락에 똥금이라도 있는 집은 그나마 나아. 몽깃돌을 달아놓은 마냥 축 처진 처마에선 보글거리는 가난살이가 뚝뚝 떨어져. 물에 한 번 잠겼던 집들은 벽마다 자국이 남잖아.

그는 손을 심하게 떨며 책상 위에 손가락으로 선을 그었다.
버력 떨어진 자리처럼 자국이라도 남으면 아무리 불고 쓴 살림이라 해도 보상금을 신청할 수 있거든. 그 보상금도 없는 집들이 창신동 꼭대기에 뿌다구니만 삐죽이 솟은 돌멩이 같은 집들이야. 그 여잔 갓 태어난 아이를 등에 업고 흙탕물마저 자국을 남기지 못한 골목길 모서리를 돌아 도깨비 시장까지 걸어가서 매오로시 국화빵을 구웠다네. 돌아올 때는 기침이 멎는 약을 내 머리맡에 두었지.

그는 천장을 쳐다보며 대답하듯 말했다.

알고 있었을까? 애도 안 낳은 남자가 요실금으로 거동을 못해. 한 발 뗄 때마다 동전만 한 후회가 목구멍에 걸려 기침이 튀어나오는 것을 막지. 후회를 뱉어내야 했는데, 그러면 오줌이 내 이름자처럼 애줄없이 질질 새는 거야.

그러다 바지춤에 손을 대며 오줌이 새는 흉내를 냈다.

곤두기침을 달고 살던 어머님이 돌아가실 때, 내 손에 남겨진 것은 막 태어난 동생과 바다 건너 어딘가에 있다는 아버지의 소식뿐이었거든. 동생에게 먹을 것을 구해주지 못해 고아가 되어버린 서른 넘은 남자가 오줌을 싼다는 것만큼은 감추고 싶더라고. 차라리 기침을 참는 것이 낫지. 참으면 참을수록 기침은 집으로 오르는 골목길보다 많은 실핏줄을 타고 집집마다 구걸하듯 문을 두드리지. 목탁이라도 두드려야 했는데, 간질발작이라도 일으키며 게거품을 물고 쓰러져야 했는데, 그렇게 온몸으로 구걸하려 하다가도 한번 기침이 시작되면 발끝을 타고 또 오줌이 흐르는 거야.

그는 다시 손을 바지로 가져가며 밑을 내려다보았다.

말해야 했겠지. 기침보다 더한 기침이 있었다고, 아내에게 말해야 했던 거야. 그러면 여기까지 오지 않아도 됐을 거요. 미련한 여자라고 되레 아내의 등을 걷어차지 않아도 됐을지도 모르지.

그는 깊은 눈빛으로 나를 쳐다보며 말했다.

아내가 애를 업고 국화빵을 구우러 집을 나서면, 그 빈집에서 내가 뭘 했는지 말해줄까?

내가 대답할 사이도 없이 그는 말을 이었다.

아이의 기저귀를 빨았다네. 별거 아니야. 오줌을 지린 내 팬티를 빨기 위한 수작이었으니까. 미련한 여자야.

미련하다는 걸 강조하며 그는 자기 머리를 쳤다.

아이의 기저귀를 빠는 동안 숱하게 널렸던 내 팬티를 눈치채지 못했으니. 들키지 않으려고 아내가 오기 전에 내 팬티만 걷어 덜 마른 것들은 이부자리 밑에 깔아놓았으니 지도 어쩔 수 없었겠지만, 그래도 미련한 여자야. 한번은 국화빵 기계를 누군가 훔쳐갔다고 하더군. 경찰서에 가서 신고를 하는데 애가 울더래. 애가 우는데 젖 물릴 생각도 못하고 기저귀 갈아줄 생각도 못했다잖아. 아무리 기다려도 아내의 메떨어진 모양새 때문인지 그놈들은 몽따고 앉아 시끄럽다고 소리나 치더래. 아내는 누가 질기나 두고 보자는 심산으로 그놈들이 점심을 먹고 저녁을 먹고, 줄담배를 피울 때까지 잇긋않고 엉덩이를 붙이고 있었대. 까무러칠 듯 내떨며 우는 소리에 못 견딘 한 놈이 자기 주머니에서 돈을 꺼내자 옆에 있던 놈도 얼른 꺼지라고 또 돈을 쥐여주더래. 노그라진 몸을 들이밀며 아내가 돌아왔을 때는 앞집의 똥개 짖는 소리가 컹컹 울리는 통금시간이 다 된 때였지.

국화빵 기계가 없어진 이후로 아내는 늦게 들어오는 일이 잦아졌어. 그럴 때마다 아내의 물건들이 하나씩 없어졌지. 어느 날은 연탄통이 없어졌다고 하고, 또 어느 날은 팥이랑 사카린이랑 국화빵 봉투까지 몽땅 없어졌다고도 하고. 아내가 늦게 돌아오는 날이면 딸아이는 앞집의 똥개 짖는 소리보다 더 큰 소리로 울었어. 아이의 목소리가 갈라지며 터졌지. 애 우는 소리가 술병을 걷어차는 서른 넘은 술주정꾼의 목소리 같았다니까. 저 305호 허씨가 애 우는 소리를 한다고 상상해봐. 하루 종일 젖배 곯은 아이는 먹은 것도 없이 젖물을 게워내지. 힘담없이 축 처진 아내는 등짐 풀어놓듯 포대기를 풀었어. 그러곤 젖물을 게워내는 아이에게 다시 젖을 물리는 거야. 눈도 못 뜬 새끼 염소가 일어나자마자 떠듬떠듬 어미젖을 찾잖아. 아이는 아내의 오른쪽 가슴에 얼굴을 박았어. 그러면 아내의 왼쪽 젖가슴에서도 젖방울이 흐르더군. 그건 내 동생이 먹어보지 못한 젖이었어. 아이가 젖을 빨면 핏기 없던 아내의 얼굴도 발그레해지는 거야. 그런데 아내가 늦게 들어온 날은 다르더라고. 아내는 아이의 얼굴을 보며 말했지.

물젖이다. 물젖! 이거라도 묵어라이.

할 수만 있다면 나도 아내에게 매달려 젖을 빨고 싶었어. 고름을 빨아주듯이, 그 눈물 같은 젖을 뿌리까지 빨아서, 그게 오줌으로 다 나오면 좋은 거고, 그렇게라도 해서 아내가 나를 알아준다면 그거 내가 다 빨고 싶더라고. 그런데…… 사실은, 할 수만 있다면 나도 아이에게 젖을 물리고 싶었어.

젖을 물린다고? 나는 그의 속에 들어 있는 여성성이 궁금해지기 시작했다.

동생을 껴안고 젖동냥을 하던 때처럼. 아이는 어느새 잠이 들었지. 잠든 아이를 눕히고 엉덩이를 깠거든. 아이의 엉덩이는 울고 울어 짓물러 있었어. 우는 엉덩이 봤나? 울다 지쳐 까무러친 여인처럼 몇 대를 얻어맞았는지 벌겋게 부어서 우는 엉덩이. 울지도 못하는 요도는 없는 게 낫지.

왜 일할 생각을 못했느냐? 왜 그곳에서 벗어나보려 애쓰지 않았느냐? 왜 책임지지도 못할 가족을 만들었느냐고 묻고 싶은 거지?

그는 정확하게 내 표정을 읽고 있었다.

기침은 그냥 튀어나오는 게 아니오. 살지 않으면 나오지 않지. 아이처럼 아무것도 책임지지 않아도 되면 그냥 울어버리면 되는 거지. 그렇지만 서른 넘은 남자가 울면 누가 젖을 주겠어. 기침은 그런 거야. 아내가 울지 않았던 것은 내게 젖을 주기 위해서였다고.

그는 물을 벌컥벌컥 마셨다. 그리고 떨리는 목소리로 말했다.

아내는 알고 있었던 거야. 우리 둘의 사랑은 그랬어. 사랑이라고 하니 우습군. 그래도 그렇게 소리 내며 웃을 것까진 없잖소. 통 해보지 못한 말이라 어색해. 사랑, 그래 떨리는 말이야. 이렇게 좋은 걸 왜 그렇게 꽁꽁 묶어놨을까. 사랑, 당신들이 너무 많이 써서 그런 건 아니요?

나는 웃음을 멈추었다.

가난하고 더럽고 배운 것 없는 놈들의 사랑은 거개 비슷하지. 그게 사랑인지 몰라. 내가 비어 있는 곳을 당신이 채워주면 그게 사랑이라는 거, 무슨 말을 보태겠나. 미련한 여자라고 발로 걷어차면 그때서야 물이 눈으로 나오지. 자기도 때려죽이고 싶다고 눈은 말해. 그러면 그때서야 나도 아내를 보듬어줄 자리가 생겼어. 아내를 배웅하고 돌아올 때 전봇대에 붙어 있는 전단지를 보았소. 그저 보기만 했거든. 기침이 멎으면 일자리를 마련해볼 거다 싶었지. 그때부터 애가 걸음마 연습을 하듯 어디까지 가면 기침이 나오나 확인했지. 전단지를 뜯어서 집으로 돌아왔어. 근데 이상한 일이었어. 점심때가 다 되었는데도 기침이 나오지 않는 거요. 걸레를 빨아 방바닥을 닦는데도 기침이 안 나와. 약을 먹고 문설주에 앉아 기침이 나올 때까지 기다렸거든. 목구멍만 갈근거릴 뿐 기침이 안 나오는 거야. 그 상태라면 뭐라도 할 것 같았어. 아내가 갖다 준 약이 이제야 효과가 있나 보다 싶었지. 오줌 색깔은 여전히 주홍색으로 잘 빨리지도 않았지만 까짓것, 정말 뭔가 할 수 있다는 보짱이 생기더라고. 전단지에 적힌 주소로 찾아갔지. 혹시 몰라 아이의 기저귀를 차고 말이요.

그는 기저귀 차는 시늉을 했다.

말할 때 기침이 튀어나오면 어쩌나 걱정이 됐지만, 그러면 또 다른 전단지가 있으니 다른 곳으로 가면 되겠지 하고.

그는 종이에 약도를 그렸다.

도착한 곳은 청계천 근방 건물의 지하였소. 방 두 개를 붙여놓은 실내에는 부연 실밥들이 줄 끊어진 거미줄처럼 허공을 떠다녔어. 재봉틀 돌아가는 소리가 감기 걸린 아이의 숨소리마냥 쌕쌕거리고. 기름 냄새와 옷감 냄새는 환각제처럼 어린 봉제공들의 동공을 바늘 끝에 매달아놓고 있었지.

약도 옆에 지하의 봉제실 모양을 그리면서 설명했다.

관리인은 남자는 안 뽑는다며 강짜를 놓더군. 괜찮아, 예상했던 일이니까. 당신이라면 나 같은 놈을 써주겠소? 청소부로도 쓰기 싫겠지. 재봉 일을 배운 적이 있거든. 바늘을 주웠어.

그는 바늘 대신 책상에 있던 볼펜을 들었다.

동생을 잃고 나니 동냥도 못하겠더라고. 동냥할 구실이 없어져버린 거지. 동생이 죽고 나서야 살아야겠다는 것이 더욱 뚜렷해졌어. 죽는다는 것이 무엇인지 실감이 났기 때문이었는지도 몰라. 그때가 아마 일곱 살쯤 됐을 거요. 아니 학교 가는 애들을 부러워했으니까 여덟이었을지도 몰라. 어머니가 죽었어도 어린 동생이 있어 세상에 혼자 남겨졌다는 외로움을 느끼지는 않았거든. 길거리에서 발가벗고 활보하다 붙잡혀온 알코올 중독자가 외롭다니 우습지요? 웃어도 돼, 나도 웃음이 나오는걸. 그냥 젖동냥도 할 필요가 없어진 외로움이라고 해두자고. 웃어, 내 얘기가 웃음값이라도 된다면 조금 더 들어줘도 괜찮을 테니.

외롭다는 거, 여태 한 번도 입 밖에 내뱉지 못했던 말이야. 사랑보다 더 안 썼어. 그게 내 입을 틀어막고 있었던 거야. 그래서 기침이 나온 건 아닐까? 선생이 한번 연구해보면 안 되겠소? 여기 오는 사람들한테 외로우냐고 몇 마디만 물어봐도 정답이 나올 거요. 뭐 꼭 큰 사고가 있어야 술을 먹는 건 아니거든. 단도로 찌르듯 거기를 확 찔러보면 혹시 알아요? 알코올 중독의 최고 치료약이 탄생할지. 농담이요. 아니 농담이 아니요. 아니, 한평생 제대로 가장이 되어보지 못한 술꾼의 주정이라고 받아줘. 그거, 그러니까 외로운 게 말이요, 동생의 자리 때문이라는 걸 바늘을 주우며 알았거든. 주웠다기보다는 바늘이 내 눈을 찌르며 반짝였지. 그걸 왜 주머니에 넣었는지는 모르겠어. 흙바닥에 코를 박고 처박혀 있는데 다른 바늘과는 달랐거든. 바늘귀가 바늘 끝에 달려 있었어. 주머니에 손을 넣을 때마다 바늘이 있는지 살폈지.

그는 바늘에 찔린 것처럼 볼펜 끝에 손가락을 댔다가 뗐다.

바늘 끝에 손가락이 닿으면 따끔, 온몸에 피가 도는 거 같았는데, 그럴 때면 이상하게 가슴이 따뜻해졌어. 어린 동생이 자라 내 손을 꼬집는 것 같았거든. 그게 재봉틀 바늘이라는 건 한참 지나 알았어. 그때부터 바늘을 갈았지. 신기하게도 바늘은 못처럼 녹슬지 않더군. 갈면 갈수록 더 반짝이는 거야. 처음 그걸 재봉틀에 끼워보던 때가 생각나는군. 주머니 속에서 손가락을 콕콕 찌르던 그것이 실땀을 놓는 거야. 아무것도 아닌 그게 하나의 옷을 완성하는 것을 보았을 때, 죽은 나무에서 새살이 돋는 것보다 더 황홀했어. 그때 어깨너머로 재봉질을 배웠어. 운전을 하는 것 같았지.

그는 액셀과 브레이크를 밟듯 운전을 하는 시늉을 했다.

재봉 발판을 빨리 밟으면 후두두둑 실땀이 재봉선을 따라 박히는 거지. 어깨선을 지날 때는 발판을 톡톡 쳐주거든. 차가 커브를 돌 땐 한 번 브레이크를 밟고 액셀에서 발을 떼면 되겠구나 싶었지.

바늘은 혈관을 타고 흐르는 게 아니라 온몸을 뚫고 지나가. 재봉틀 끝에 달려 있는 바늘은 그것을 견딜 만한 것으로 길들이지. 톡톡 찌르며 치고 빠지고 치고 빠지고. 그러면 아래에 있던 실이 밑실이 되어 그것들을 걸어주지. 그렇게 만들어진 옷의 실밥은 잘 터져. 하나가 터지면 후두두둑 나머지 것들까지 다 풀리지. 상처도 바늘땀 하나만큼밖에 안 남잖아. 얼른 다시 재봉질을 하면 감쪽같이 봉합되지. 아내가 훔쳐준 양말은 그렇지 않았는데. 길이도 다르고 실땀 크기도 달랐어. 바늘의 전신이 옷감을 뚫고 들어갔다 나오면 땀 하나가 만들어지잖아. 그렇게 이어진 땀이 또 옷감을 찌르고 들어갔다 다른 길로 나와. 우리들 사랑은 혈관을 타고 다니는 게 아니라 피부를 이어붙이는 거거든. 하나가 풀려도 좀처럼 나머지 것들이 풀어지지 않지. 들어간 길로 나오면 풀려버리잖아. 들어간 길과 다른 길로 나오는 게 아내의 미련한 사랑법이었던 거야. 그래서 늘 어눌하고 말해야 할 것들을 놓치고 말지.

 근데 그 미련함은 나라고 뭐 달랐겠어? 외롭다고 한마디라도 했더라면, 오줌을 싸고 있다고 한마디라도 했더라면 좀 달라졌을까? 아마 남은 실이 없더라도 아내는 솔기를 뜯어내 단물난 옷에 덧감을 대고 훔쳐줬을 거야. 버려진 옷에서 실만 뽑아 다시 박는 한이 있더라도 말이요. 그런데 그 말을 못했어. 자존심이었겠지. 그것만은 지키고 싶다는 똥고집이었을 거야. 가난한 사랑은 아슬한 게 아니라 너덜거리거든.

 그는 옷을 양옆으로 잡아당겼다.

 다 해져 떨어질 만도 한데 떨어지질 않아. 끝부분을 이어놨거든. 그걸 다 풀려면 댕강댕강 피부를 잘라내야 하는 거야. 발로 차고 주먹으로 치면서 놓으라고 해도 놓을 수가 없지. 집기들을 부수고 집어던져도 다음날이면 그게 또 제자리로 돌아와 있거든. 그러면 가슴이 아픈 게 아니라 몸이 아프더군. 버려도 버려지지 않으니까. 아내의 사랑은 그랬지. 거죽은 다 닳아 너덜거렸지만 거기다 남는 천을 가져다 덧대놓는 식으로 아내는 묵새긴 거요. 관리인한테 다시 사정을 했어. 젖먹이 아이가 있다고, 동생을 잃은 이후 절대로 나오지 않을 것 같던 구걸이었지. 그것은 톡톡 치고 빠지는 재봉틀 바늘이 아니었거든. 온몸으로 들어갔다 땀을 내고 다른 길로 나오는 그런 거였어. 관리인은 남자는 안 뽑는다고 또 잘라 말하더군.

당신이라면 어땠을 거 같소? 그래도 써줬겠소? 하다가 관두는 일이 있어도 그냥 해보라고 말했을까? 그럴 수는 없지. 뭘 보고 일을 맡기겠소. 게다가 나는 구걸을 한 거였으니, 안 써줘도 할 말이 없지.

그는 고개를 숙이며 혼잣말을 하듯 속삭였다.

살면서 그런 걸 배웠으면 좋았을 거 같아. 끝까지 해보는 거. 대충 섞이는 거. 너도 나랑 같은 구석이 하나라도 있는 거 아니냐는 오기 같은 거. 나는 그게 참 힘들었소. 계집애들 치마를 들추고 도망가는 놀이를 못해봤거든. 외려 나는 두 손으로 얼굴을 가리고 털썩 주저앉아 우는 계집애에 더 가까웠지.

그는 두 손으로 얼굴을 가렸다.

잔뜩 겁을 먹고 있었거든. 그게 뭔지는 살면서 배웠어야 했는데, 한번 움츠러든 어깨는 그게 원래 내 몸인 양 잘 펴지지 않았어. 언제부터 술을 마시기 시작했냐고 물었지?

드디어 술에 대한 얘기를 하는 것이 반가워 적을 준비를 했다.

 그날 거하게 술을 마셨지. 그것만큼 편한 것이 없더군. 똥냄새가 나건 말건 거리를 활보하면 지나가는 사람들이 알아서 피해가더라고. 기저귀를 차고 있으니 아기가 된 것 같았어. 참을 수도 없는데 참았던 거야. 그걸 그대로 싸버릴 때의 기분이란 묘했지. 제정신으로는 하기 힘들지.

 나는 노트에 '똥'이라고 적었다.

 청계천로를 따라 걷다가 어느 여인을 보았지. 돌도 안 된 아이를 업고 동전통에 머리를 박으며 졸고 있더군. 메떨어진 모양새가 어디서 많이 보던 여자였어. 그때였어. 졸고 있는 여인의 등에 업혀 있던 아이가 나를 보고는 웃더군. 내가 어떻게 했을 것 같나?

 다음은 '아이'라고 적고 볼펜 끝을 톡톡 쳤다.

 동전통을 박살내고 여자의 옆구리를 발로 차고 나뒹구는 여자에게서 아이를 빼앗았지. 같이 죽자고 대로 한복판으로 뛰어들었는데, 차들이 멈추더군. 여자를 두드려 패고, 그 난리를 치고 나니 생전 가져보지 못한 허턱이 생기는 거야. 그때야말로 남자가 된 것 같았어. 생전 처음 남자가 된 것 같았지.

 똥과 아이 옆에는 '남자'라고 적었다.

 동생에게 줄 젖을 구하지 못할 때 나는 남성을 잃었는지도 몰라. 여자가 되고 싶었거든. 젖이 흐르는 여자 말이요. 어쩌면 나는 아내를 투기한 것일지도 몰라. 아내 대신 아이에게 젖이라도 내줄 수 있다면, 그것만으로도 면죄부를 받을 수 있을 거라고 헛거미 잡혀 있었던 거야. 돈을 벌어올 수도, 그렇다고 젖을 줄 수도 없는 내 처지가 나를 꼼짝 못하게 하고 있었지.

이번에는 '돈'이라고 쓰려다 '젖'이라고 적었다.

그날 밤 꿈에 내가 나왔어. 물속에 잠긴 것 같았지. 소리도 안 들려. 물도 늙나? 그런 게 있다면 늙은 물속에 들어간 것 같더군.

똥과 아이, 남자, 젖 옆에는 물과 늙은 물을 적었다. 그는 깊은 한숨을 내쉬며 창밖을 쳐다보았다.

저적에 이곳에 올 때 어떤 남자 둘이 나를 양쪽에서 잡아당기더군. 그러곤 혁대침대에 나를 묶는 거야. 아, 꿈에서나 맛볼 수 있었던 그 편안함. 아내가 나를 풀어주는 데 삼십 년이 걸린 거야. 그날은 물난리에 태어난 딸애가, 같이 죽자고 뛰어들었던 길 한복판에서 차들을 멈춰 세우며 울어대던 그 거지새끼가 어미가 된 날이었어. 딸아이는 딸을 낳았어. 보러 가고 싶은데 갈 수가 없었거든. 또 거절당할까 봐 겁이 났어. 삼십 년 전처럼 기침이 튀어나올까 봐 겁이 났지. 아니 삼십 년 동안 감춰둔 비밀을 들킬까 봐 그게 더 겁이 났는지도 몰라. 아니 아니, 사실은 평생 이렇게 겁을 내며 살아왔다는 것을 들킬까 봐 그게 더 겁이 났어. 그래서 술을 마셨지. 술을 마시고 옷을 하나씩 벗었지.

아내가 밤늦게 돌아온 날, 우는 엉덩이의 그 애 기저귀를 갈아주다가 봤었거든. 아이의 허벅지는 지 에미에게 꼬집혀 손자국이 남아 있더군. 경찰서에 있었다던 여자는 어느 버스 정류장 앞에 퍼질러 앉아 울지 않는 아이의 허벅지를 있는 대로 꼬집었던 거야. 딸애는 매일 밤 내 약값을 대주느라 길거리에서 영문도 모르고 울었던 거야. 돌도 안 된 애가 돈을 벌고 있었던 거지. 아이에게 젖을 물리던 아내의 모습이 떠올랐어. 무능하고 병든 나를 대신해 울고 싶지 않아도 울어야 했던 멍든 아이의 허벅지도 떠올랐지. 그 아이가 아이를 낳은 거요. 내가 같이 죽자고 벼랑 끝까지 몰고 갔던 그 애가 아이를 낳았다고. 장을 뒤틀며 끓어오르던 그것을 어떻게 설명해야 될지 모르겠어. 배꼽 언저리가 뻥 뚫린 것처럼 시리다가 아리다가 뒤틀리다가 삭아내리는 것 같은데 비실비실 웃음이 나오더군. 대로 한복판으로 가서 팬티까지 내던지자 그때서야 웃음이 터졌어.

여기까지 말하고 그는 나를 정면으로 바라보았다.

여기선 몇 년 동안 나를 거둬줄 건가? 딸애의 아이를 보러 갈 수 없었어. 그 아이까지 빚을 지게 할까 봐 겁이 났어. 매일같이 사던 기저귀를 손주 녀석을 위해 사줄 수 없다는 게 그렇게 절박할 줄 몰랐어. 동생에게 필요했던 젖 한 모금처럼 그렇게 절박할 수가 없더라고.

그는 남은 물을 술처럼 꺾어 마셨다.

아내는 얼마 전 수술을 받았어. 한낮에 이불을 덮고 누워 있는 여자가 낯설더라고. 생각해보니 아내가 등을 바닥에 대고 누웠을 때는 모두 잠든 뒤였더군. 술을 먹으면 그 누워 있는 등짝을 제겨차며 오구탕을 쳤지. 혈관이 다 오그라든 것처럼 잠잘 때조차 구걸하듯 옹동그리고 있는 아내의 옹망추니 몸을 펴줄 수 없는 남자의 오기였어. 그때 불길이 번지듯 눈물이 터졌어. 불서러운 울음은 며칠 동안 그치질 않더군.

나는 노트에 적은 '늙은 물'에 동그라미를 그리다 삼십 년 동안 참은 아내의 '울음'을 그 속에 적어 넣었다.

아내는 꼼짝할 생각도 하지 않았어. 내가 흘리고 다녔던 오줌을 한꺼번에 쏟아낼 것처럼 울음을 멈추지 않는 거야. 이제 죽으려나 보다 싶었지. 딸애가 와서 아내는 응급실로 실려갔어. 그곳에서 내가 뭘 본 줄 알아? 평생 마련하지 못한 아이의 방 한 칸이 아내의 두 다리 사이로 튀어나와 있더군. 그게 아내의 숨소리에 맞춰 숨을 쉬고 있더라니까. 자궁벽이 내려앉아 염불이 빠진 거라고 하더군. 의사는 산모가 몸조리를 못하면 후더침으로 이렇게 되는 거라고 나를 꾸짖었는데 평생 한 짓이 있어 고개를 못 들었지. 아이가 자랐던 그곳을 보여주려고 그렇게 억척스럽게 살았나. 더 이상 혼자 갖고 있을 수 없어 내게도 덜어주려고 이제야 보여주나.

엄청난 여자요. 의사 선생, 당신, 그런 여자랑 살아본 적 있소?

나는 처음 그랬던 것처럼 고개를 저었다.

아내의 몸속으로 눈물의 길이 보였어. 눈물은 그 방에서 만들어지던 거였나 봐. 풍선 속에 물을 담아놓은 것처럼 더 이상 빠져나올 수 없어 밑으로 빠진 그게 나를 향해 주먹을 날리더군. 아내는 내가 그곳으로 돌아가고 싶어 한다는 걸 알았을 거야. 그것마저 떼어주려고 사흘 밤낮을 지나새나 울었던 거요. 도망이라도 가지. 평생 병치레만 하고도 빚이 남아 있는 거기에서 도망이라도 가지. 아내는 버릴 수 없는 병을 앓고 있었던 거요. 차라리 나처럼 오줌이라도 지리지. 그 무거운 빈방을 차고 다니느라 밤마다 그리 허리가 아프다고 돌아누웠던 거요.

그는 두 손으로 머리를 감싸고 흐느꼈다.

미, 미안해요. 더는 못하겠어. 죽을 수도 없는 나약한 아버지의 이름으로 살았지. 그러니 제발 나를 이곳에서 쫓아내지 말아줘. 미, 미안해요. 더는 못하겠어…… 술, 술을 줘요.

*

나는 의사를 대신해 그를 만난 보조 상담사 중 한 명이었다. 알코올치료센터에서는 의사의 진료 시간을 단축하기 위해 환자의 이야기를 들어주고 기록하는 보조 상담사들을 모집했다. 우리가 해야 할 일은 환자들의 이야기를 듣고 보고서를 쓰는 일이었다. 보고서에 따라 돈을 받았다. 처음 센터에 들어온 환자들은 대개 횡설수설하거나 술을 내놓으라고 멱살을 잡는 일이 다반사였다. 그런 일을 하도 겪다보니 환자들과 어느 정도 거리를 두는 것이 보고서를 쓰기에 편했다. 최씨 아저씨는 내가 만난 아홉번째 환자였다. 그는 상담이 끝날 때 두 손으로 머리를 감싸고 혼자 중얼거리다 내게 술을 달라고 애원했다. 그를 내보내고 보고서를 작성하기 위해 녹음된 그의 목소리를 다시 들어보았다. 한 남자의 흐느낌 사이 마지막에 듣지 못했던 중얼거림이 들려왔다.

"미, 미안해요. 더는 못하겠어. 제발 나를 이곳에서 쫓아내지 말아줘…… 술을 먹고 싶지 않아. 하지만 저 바깥으로 나가면 술을 먹고 다시 들어올 거요. 이곳은 아내에게도 내게도 가장 좋은 곳이요…… 아내에게 전해주겠소? 가난이 욕이 된다는 거 알면서도 남자가 되지 못하는 남자가 세상에 나온 거야. 우는 아이에게 젖을 먹이던 아내처럼 울어도 젖을 주지 않으면 기침이 되더군. 그만, 그만처럼 기침이 멈추기만을 바랐을 뿐인데 그게 아내를, 딸아이를 지금껏 끌고 왔어. 아내가 떼어버린 방으로 들어갈 수 있을까? 들어가 아내에게서 다시 태어난다면 기침도 멎을 수 있을까? 술, 술을 줘요."

그는 울고 있었다. 울고 있었지만, 눈물은 나오지 않는 모양이었다. 평생 오줌을 지리느라 몸속의 물이 다 빠져나간 것일까. 그는 울기 위해 술을 먹었던 것일까. 그는 자신을 남자가 되지 못한 남자라고 했다. 아내의 빈방으로, 아이가 빠져나간 그 방으로 돌아가고 싶다고도 했다. 자신의 몸에서 나온 물은 살아가는 데 방해가 되었을 뿐이라고 했다. 나는 보고서의 첫 장에 '남자가 되지 못한 남자'라고 적어놓고 몇 번을 더 녹음기를 돌려 들었다. 상담하며 끄적이던 노트에는 똥, 아이, 젖, 늙은 물, 울음, 자궁, 빈방 등이 적혀 있었다. 하지만 술을 먹게 된 원인을 뭐라고 적어야 할지 알 수 없었다. 그때였다. "물도 늙나?" 묻는 그의 목소리가 들렸다. 평생 오줌을 싼 것을 숨기고 살았다는 그의 이야기는 늙은 물의 흐름처럼 한자리에서 오래 맴돌고 있었다. 나는 '남자가 되지 못한 남자에 대한 보고서'를 지우고 그 자리에 늙은 물을, 사랑을, 쉼표를 찍었다. 그의 중얼거림은 사랑을 하고 싶었던, 사랑을 했던 한 남자의 이야기가 되어 같은 자리로 돌아오고 있었다.

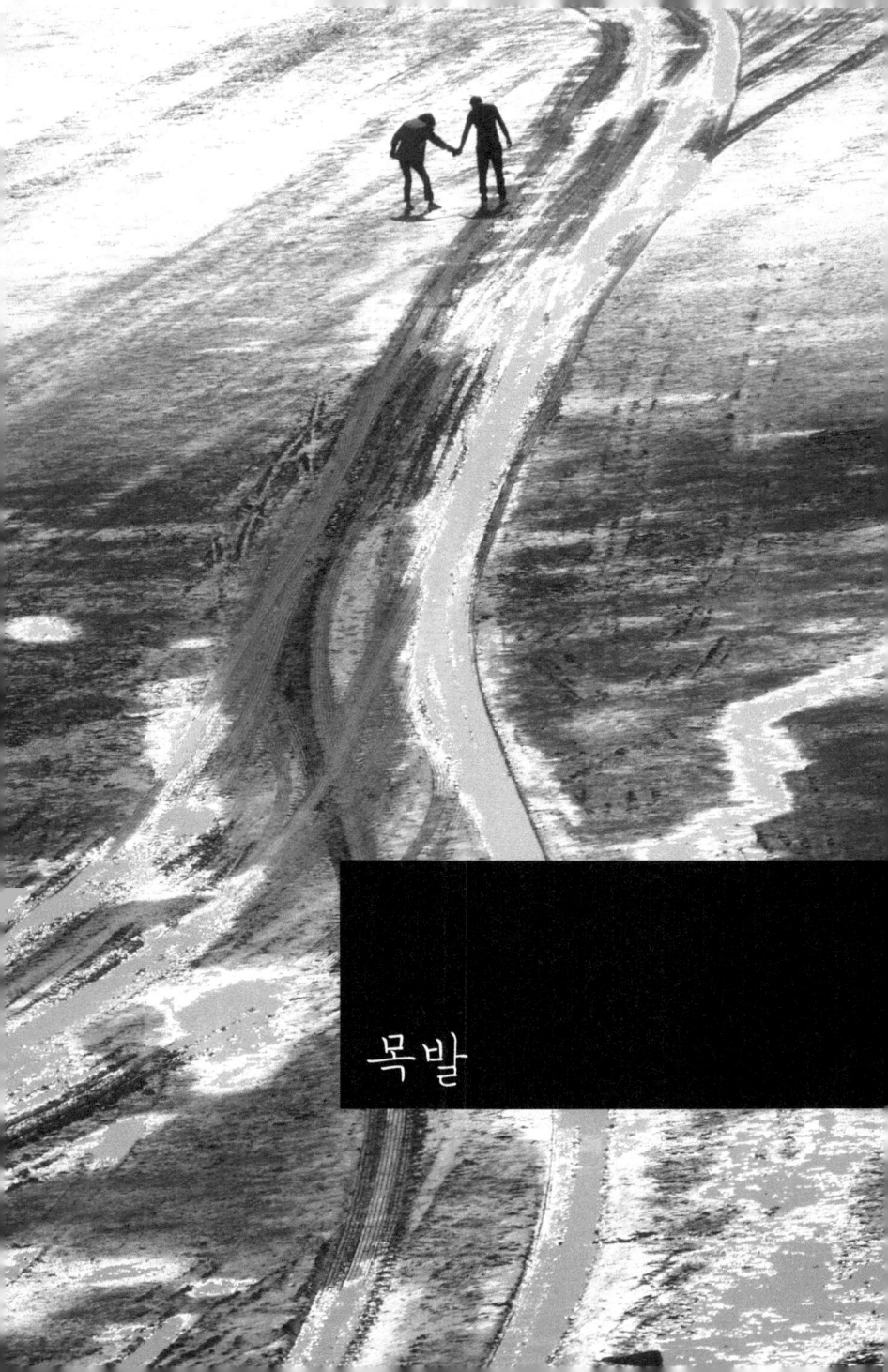

목발

내가 그를 다시 만난 것은 본격적인 무더위가 한창인 칠월의 마지막 주였다. 기후변화로 장마철이 없어지고 대신 우기와 건기로 계절이 변화하고 있다는 뉴스를 접한 그 마지막 주, 나는 계절의 변화와는 상관없이 늘 하던 대로 3교대 근무를 마치고 내 방으로 돌아왔다. 개수대 위에 놓여 있는 그릇들이 저녁 햇살에 반짝였다. 설거지를 해놓길 잘했다. 나는 햇살에 표백된 하얀 그릇들을 만족스럽게 바라보았다. 그간 습기가 마르지 않아 눅눅하던 옷가지들도 젖혀놓은 커튼 사이로 비친 햇살에 어느새 폴폴 먼지가 날렸다. 창을 여니 비를 말린 건조한 바람이 들어왔다. 나는 오랜만에 창밖으로 고개를 내밀었다. 건물을 닮은 옥상들이 한강변까지 길게 펼쳐져 있었다. 화분을 치우고 정수기 통을 반으로 갈라 농작물을 심어놓은 밭도 있고, 파라솔을 펼쳐놓고 풀을 만들어놓은 곳도 있다. 그런가 하면 깨진 항아리만 있는 한적한 옥상도 있다. 옥상마다 건물에 사는 사람들이 올라온 듯 각기 다른 빨래가 펄럭이고 있었다. 빨래를 보면 그 집에 사는 사람들을 대충 알 수 있었다.

나는 비슷한 것들 속에서도 새로운 것을 발견하는 나의 근사한 낙관성이 만족스러웠다. 그것은 내게 풍만한 세상으로 나갈 수 있는 부메랑이 되어 돌아왔다. 매일 같은 일을 하면서도 나는 늘 생기 있었고, 걷기보다는 뛰기를 더 좋아했고, 외로움을 즐기는 고독을 청춘의 특권이라고 생각했다. 3교대를 마치고 나면 나는 지하철역에서 챙겨 온 『교차로』를 펴놓고 정성들여 서너 장의 이력서와 자기 소개서 쓰는 일을 거르지 않았다. 언제 닥칠지 모를 면접 날에 휴가를 내기 위해 미리 다른 동료들의 시간표를 채워주는 일도 넉넉하게 해놓았다. 소개서는 매번 다른 생각과 열기로 채워졌다. 소개서를 쓸 때마다 새로운 재능이 떠올랐다. 나는 방 안을 휘 둘러봤다. 소개서를 쓰는 밥상, 창문 옆 벽을 차지한 옷걸이, 옷걸이 아래의 다리미, 그리고 커다란 여행 가방이 전부인 방이 근사해 보였다. 언제든 저 가방을 들고 떠날 수 있는 이 방은 병원 일을 마치고 돌아와 바람을 가르며 동네 마트로 달려가기 위해 잠시 쉬는 곳이었다. 사람들의 발이 되기 위해 뛰어다닌 나를 충전시켜주는 안식처였고, 저녁에는 쉬지 않고 동네 곳곳에 필요한 것을 배달해주는 자전거 레이서로 변신할 수 있는, 내가 나와 만나는 정거장이었다. 이 방은 내게 얼마나 편안한 잠을 선사해주었던가. 나는 저 커다란 가방에 이 방을 구겨 넣고 어디든 떠날 수 있다는 생각에 웃음이 나왔다.

　저녁이면 나는 출퇴근길에 만나게 되는 누구인지 모를 사람들의 생필품을 배달한다. 생필품 배달은 우체부가 되기 위한 과정이다. 누구인지 모를 그들의 이력서를 전달하는 일은 세상에 얼마나 필요한 일인가. 그들의 이력서를 전달해줄 성실한 우체부가 될 생각에 동네 마트의 배달 일이 하나도 힘들지 않았다. 더군다나 나는 낮에는 몸이 아파 걸을 기력이 없는 사람들, 삶의 의지가 꺾인 사람들의 발이 되어 움직인다. 산소 호흡기를 꽂고 침대에 누워 눈만 껌뻑이는 예순, 엑스레이실에 세워두면 그대로 오줌이 새어 나와 가족들 몰래 거친 손길을 참아야 하는 칠순, 교통사고로 뇌를 다쳐 넙치처럼 눈이 돌아간 서른, 마지막 치료 방법으로 가족들을 위해 방사선을 쬐러 가는 열아홉, 화상으로 생긴 흉터를 잘라내기 위해 한 해 동안 살찌운 자기 허벅살을 떼어내려 수술실로 향하는 여섯 살 들의 생의 절박한 순간의 발이 되어주고 있다. 그들을 옮기고 나면 조끼 주머니에 들어 있는 각 병동의 목소리들이 나를 찾는다. 어디선가 나를 필요로 한다는 급한 타전, 나는 그 타전에 맨몸으로 달려가는 내가 자랑스러웠다. 119 구조대원보다 더 빨리 움직여야 한다. 병원의 특2급 수송 요원인 나는, 누구든 나를 부르고 있는 그곳으로 언제든지 달려갈 준비가 되어 있었다.

샤워를 하고 내의를 빨아 옷걸이에 걸어놓았다. 내일 아침이면 나와 함께 병원에 가야 할 녀석이다. 있는 힘껏 짰는데도 조금 지나 물방울이 떨어진다. 마트로 갈 때쯤 화장실에서 방으로 옮겨놓으면 된다. 나는 내 빨래를 옥상에 널어본 적이 없다. 옥상은 건물의 가장 민감한 부위였다. 하루를 둘로 쪼개 이틀을 소화하고 있는 나는, 지난 시간을 보상이라도 하듯 두 번 출근하고 두 번 퇴근한다. 지난 육 개월은 일 년이나 다름없었다. 나는 얼른 밥상 위의 볼펜을 들었다. 1년을 2년으로! 이번 소개서의 첫 문장은 이렇게 시작할 것이다. 지난 여섯 달 동안 지각을 한 적이 없다는 점도 뭔가 새로운 이야기를 꺼내기에 적합해 보였다. 내의가 마르지 않은 날도 있었고, 양말이 터진 날도 있었다. 나는 덜 마른 내의를 펼쳐놓고 다림질을 했다. 따끈한 내의를 입으면 내가 사랑받는다는 느낌이 들었다. 여행 가방을 열고 비닐에 포장된 새 양말을 하나 꺼냈다. 여행 가방에는 평생 신어도 남을 만큼의 검은 양말들이 들어 있다. 여섯 달 동안 두 벌의 내의를 번갈아 다림질하고 여섯 켤레의 양말을 버린 나는 그것들만큼 당당했으므로, 소개서에 평생 신을 양말을 준비해놓고 살아가고 있다고 적었다. 소개서를 쓸 때마다 나의 장점은 늘어갔다. 그런 내 장점을 알아본 누군가가 답신을 주리라는 기대가 흔들린 적은 없었다. 문제는 시간이었다. 우리가 서로를 모르고 있다는 것, 그것은 시간이 해결해줄 문제지 내가 나선다고 해결할 수 있는 문제가 아니다. 그런 때가 오면 하루를 이틀로 쪼개 살아가는 나를 알아줄 당신, 그, 그들의 선택은 분명 현명한 것이었음이 증명될 것이었다.

 1년을 2년으로! 방문을 나서며 다시 한 번 발음해보았다. 그렇게 살아야 한다가 아니라 나는 그렇게 살고 있었다. 흐뭇한 미소가 입가에 번졌다. 이것은 역시 내세울 만한 자랑거리가 분명했다. 답신이 오지 않더라도 또 다른 장점을 찾아낸 내가 만족스러웠다. 그런 생각만으로도 입가의 미소는 승리자의 호흡으로 바뀌었다. 문을 잠그고 갈아입은 마트용 조끼에 열쇠를 찔러 넣고 한쪽에는 구멍 난 양말을 넣었다. 승리자의 호흡에 맞게 가슴을 펴고 각이 선 걸음으로 층계를 내려갔다. 난간을 잡고 세 계단씩 껑충거리며 뛰어넘던 아침과는 또 다른 기분이었다.

 건물을 나와 삼화연립을 끼고 골목길로 접어들었다. 전날 배달을 위해 두세 번은 지나갔던 길이다. 오토바이나 자전거만 겨우 통과할 수 있다. 차가 다니지 않는 골목은 일찍부터 아이들의 놀이터가 되었다. 골목 한쪽으로는 벽돌로 길게 담을 쌓은 양말 공장이 있다. 공장은 녹슨 철문으로 닫혀 있고, 그 안쪽엔 무릎까지 자란 풀들이 무성하다. 두 해 전 부도로 문을 닫았는데 곧 초등학교가 들어설 거라는 소문만 일 년이 넘게 떠돌고 있다. 그러나 사람들이 모르는 것이 있다. 그 소문은 양말 공장이 잘 돌아가던 삼 년 전에도, 사 년 전에도 있었다.

철문이 녹이 슬기 전, 저곳은 아침저녁 출퇴근하는 사람들로 번잡했다. 사람들의 발걸음이 사라진 후 공장은 녹이 슬기 시작했다. 아침 조회 시간에 맞춰 노래가 흘러나오던 스피커가 떨어져 나갔다. 그 위로 이름을 알 수 없는 풀들이 무럭이 자랐다. 유리창이 하나 깨지자 출입문들이 덜컹거리며 삐걱거렸다. 그 틈으로 음식물 쓰레기를 뒤지던 동네 고양이들이 들락거렸다. 벽돌담 곳곳에는 하수구를 기웃거리던 쥐들이 파놓은 굴들이 늘어났다. 아이들은 거기에 하드 막대며 쓰레기를 박아 넣었다. 담벼락에는 급하게 쓰고 도망간 듯한 글자가 붉은색 스프레이로 뿌려져 있다. '김사장 나쁜 놈'이 '개사장 나쁜 놈'이 되었다가 '개자지 나쁜 놈'으로 바뀌었다. 그 앞을 지날 때마다 발걸음이 빨라졌다. 그럴 때면 '개자지'를 보며 웃었다. 구멍을 막거나 헤집어놓는 정도로는 성에 안 차는 동네 청소년들은 철문을 타고 넘어가 담배를 피거나 술판을 벌였다. 아이들을 막을 수 없다는 것을 안 동네 주민들은 구청에 집단 탄원서를 제출했다. 얼마 안 가 CCTV를 설치해놓았다는 공고문이 붙었다. 그러나 그것이 어디에 있는지 본 사람은 없어 보였다. 아니면 이미 아이들은 CCTV 찾기 놀이를 끝마쳤을 수도 있다.

양말 공장의 철문 앞, 골목의 3분의 2쯤 지난 전신주 옆에 헌옷 상자가 있다. 우체통보다 길쭉한 통에는 못 쓰는 옷가지뿐 아니라 구두나 가방, 베개, 인형, 장난감 들이 아이들이 쑤셔 넣은 휴지들과 함께 들어 있을 것이다. 헌옷 상자 옆에는 누군가 버려놓은 바퀴가 떨어진 등받이 의자가 넘어져 있다. 헌옷 상자는 일주일에 한 번 수요일에 비워진다. 구멍 난 양말은 이곳에 넣으면 된다. 나는 마트용 조끼 주머니에 손을 넣어 잡히는 것을 헌옷 상자 구멍에 던졌다.

챙챙!

고양이 울음 같은 날선 금속성 울음이 아무 저항도 없이 쇠와 부딪히는 소리가 났다. 그때였을까? 내가 조금씩 시간의 조류로부터 떠밀리기 시작한 것은, 그때부터였을까? 아니 그때부터였다. 아니다. 구멍 난 양말을 오른쪽이 아니라 왼쪽에 넣었을 때부터다. 아니, 그러고 보니 화장실에 걸어놓은 내의를 방으로 옮긴 기억이 없다. 그렇다면 방을 나서기 전부터 나의 하루는 균열이 일어나기 시작했다는 말인가.

나는 그날이 화요일인지 수요일인지부터 헷갈리기 시작했다. 헌옷 상자 안의 물건은 수요일 오전에 수거해간다. 그렇다면 오늘은 수요일이어야 한다. 아니다. 아침까지만 해도 오늘은 분명 화요일이었다. 그런데 어떻게 확신하는 거지. 왜 오늘은 화요일이었던 것일까. 화요일이었을 것이다. 화요일이었던 것 같다. 나는 조끼를 뒤졌다. 아아, 어떻게 이런 일이 있을 수 있지. 어떻게 구멍 난 양말 대신 열쇠를 집어 헌옷 상자에 던질 수 있단 말인가.

집주인은 건물에 살지 않는다. 수도세를 걷거나 정화조를 칠 때나 한 번씩 만날 수 있었던 관리인의 연락처도 없다. 부동산을 한다고 들었는데 동네에서 마주친 적은 없다. 열쇠집을 찾아야 한다. 나는 동네 가게들을 하나씩 떠올렸다. 저녁 일곱시면 문 앞에 '외출 중'을 붙여놓고 밥을 먹으러 가는 전파상이 있고, 그 옆에는 갓 구운 빵 시간을 적어놓은 메뉴판을 간판 대신 내놓은 빵집이 있고, 대각선으로 가면 약국 위층에 정형외과와 한의원이 마주보고 있다. 그 옆에는 생라면집이 있고, 주문 대기 중인 손님들을 위해 네 개의 테이블마다 신문이 하나씩 놓여 있다. 생라면집 옆으론 임시로 연 신발 가게가 들어서 있고, 그 옆으론 천국김밥집이 있으며, 그 옆으로 똥싼바지라는 간판을 내건 청바지 가게가 있다. 그 옆으론 만두 가게가 있고, 그 옆으론 과일 가게가 있고, 그 옆으론 계란집이 있고, 그 옆으론 미용실이 있는데……

아무리 동네 곳곳의 가게들을 떠올려봐도 열쇠집을 본 기억이 없다. 열쇠집을 찾아 나선 것이 아니라 열쇠집이 있을 만한 곳들을 기억해내는 것만으로도 동네의 지도는 뒤섞였다. 빵집 옆에 자전거 가게가 있었던가. 아니, 곱창구이집이었나? 곱창구이집은 네일아트집 옆에 있었는데, 골목을 끼고 있던 것도 같고. 그 골목 끝에 붙은 토막집 문 앞에 있던 화분이 벤자민이었나 재스민이었나? 아니, 돈나무였나? 그럼 속옷 가게 앞에 나와 있던 나무는 돈나무가 아니고 벤자민이었나. 벤자민이 있던 곳이 있었는데, 세탁소였나? 세탁소 앞 라파하우스였나? 아니 거기엔 박하가 있었어. 아줌마가 말했지. 흔들어봐요. 박하 줄기를 흔들면 박하향이 번졌지. 풍선껌을 불 때처럼 부풀어 오르던 그 냄새, 그런데 그게 어떤 냄새였지? 땅을 들어올리며 코끝을 싸하게 하는 향이었나. 아니 아니, 머릿속이 먼저 하얗게 되는 냄새였을까. 이럴 때가 아니야. 열쇠집을 찾아야지. 열쇠집! 라파하우스 앞 행운부동산 옆, 로또복권 옆, 심슨미용실 옆, 북경양고기집 옆, 국제전화방 옆, 화교문화장 옆, 중국여행사 옆, 옆으로 옆으로 길 끝까지 기억을 늘어놓아도 열쇠집은 없다.

문득, 뒤를 돌아보았다. 그것은 낯선 행동이었다. 두고 온 물건이 있거나 천천히 걸으며 왔던 길을 되돌아볼 때, 혹은 누군가 뒤에서 부를 때에나 취하는 행동이었다. 나는 지난 육 개월간 뒤돌아볼 만한 일을 하지 않았다. 내 생활은 간단하면서도 투명했다. 두고 올 물건 같은 건 내 방에 없었다. 더군다나 나는 '천천히'가 싫었다. 누군가 나를 부르고 있었다면 그것은 언제나 뒤가 아니라 앞이어야 했다. 병원에는 침대가 옮겨지기를 기다리는 그들이 있었고, 마트에서는 집집마다 배달될 박스들이 주소가 적힌 표를 달고 나를 기다리고 있었다. 그런데 오늘 나는, 구멍 난 양말을 오른쪽이 아니라 왼쪽 주머니에 넣었고, 양말 대신 열쇠를 헌옷 상자에 넣어버렸다. 왜 이런 한심한 짓을 하게 됐을까. 그것은 누군가 나를 부른 것일지도 모른다는 생각을 부채질했다. 나를 부른 것이 무엇인지 나는 모르겠다. 분명한 것은 그때, 우기와 건기로 갈라지는 어떤 지점에서 내가 나를 불러 세우고 앞으로 뒤로 잡아당기는 균열을 일시에 경험하게 되었다는 점이다. 햇살에 덴 잎사귀처럼 입안이 바싹 타들어갔다. 날씨 때문일지도 모른다. 오랜 시간 익숙해진 계절의 가름막도 별안간 이상 기온으로 사건을 터뜨리지 않던가. 예보에도 없던 해일이 몰려와 바닷가 근처에 있던 사람들을 쓸어가도 다음날이면 아무 일 없다는 듯 잠잠해지는, 그런 것이 아닐까. 나는 그 골목의 3분의 2쯤 되는 전신주 옆에 세워져 있는 헌옷 상자 앞에서 한 발짝도 움직이지 못하고 휴대폰만 열었다 닫았다. 이대로 있다간 꽁무니가 빠져라 뛰지 않으면 안 된다. 사거리로 뻗은 길 양옆의 가게들을 머릿속으로 훑었다. 그 어디에도 열쇠집은 없었다. 그동안 내 머릿속에서는 재스민인지 벤자민인지 돈나무인지 모를 화분들이 간판과 함께 그 자리를 옮겨 다녔다.

지난 육 개월을 통틀어 처음으로 나는 시간에 쫓기며 헐레벌떡 마트로 들어섰다. 이상했다. 변한 것이 아무것도 없었다. 모두들 어제와 똑같이 나를 불렀다. 내가 지각한 것을 눈치 챈 사람도 없었다. 아니, 그들은 그동안 내가 지각한 적이 한 번도 없었다는 사실조차 모르는 게 분명했다. 평소와 다름없이 계산대 직원 하나가 나를 보며 손짓했다. 배달해야 할

박스들이 나를 기다리고 있었다. 쌀이며 휴지, 라면과 과일들이 박스에 담겨 있었다. 박스에는 주소가 적힌 영수증이 달려 있었다. 나는 그제야 안심이 되었다. 주소지가 있는 것들은 안전하다. 나는 그것들을 제때, 제 장소로 옮겨주면 된다.

자전거 페달을 밟으며 이젠 자연스러운 풍경이 되어버린 중국인 거리를 달렸다. 국제전화방, 화교식료품 가게, 국제여행사, 중국인 문화방이라는 간판이 걸린 인터넷 카페를 지났다. 길 양옆에서 양꼬치를 구워대느라 길에 연기가 가득했다. 그때였다. 무언가 자전거 바퀴에 뭉툭한 것이 걸렸다. 자전거와 함께 비틀거리며 쓰러졌다. 상자에 들어 있던 바나나가 길 한가운데로 날아갔다. 바나나는 지나가던 차에 깔려 뭉개졌다. 자전거 바퀴에 눌린 왼쪽 다리가 욱신거렸다. 다리를 빼내자 내 다리 밑에서 뭔가 꿈틀거렸다. 거리는 오가는 사람들로 붐볐으나 사람들은 멈추지 않았다. 어쩔 수 없는 일들이 많았다. 그런 일은 대개 숨 쉬기 힘들 정도로 무겁게 나를 내리누르거나 목구멍을 막아버려 할 말을 잊게 만들곤 했다. 그래, 내게도 그런 일들이 수시로 일어났다. 그때마다 그 무게에 짓눌려 어벙한 표정으로 무언가를 구걸하는 나를, 나는 용서할 수 없었다. 그건 버려야 했다. 기다려도 아무도 문을 두드리지 않는 그때 버렸어야 했다. 그리고 나는 그걸 버리겠다고 다짐했었다. 어려운 일들은 한꺼번에 몰아치는 법이며, 그것을 혼자 감당해야 했을 때 대부분 해결할 수 없는 법이라고 나는 언젠가 적어놓았었다. 그것은 포기를 배우는 일이었다. 포기해야 할 일들이 뒤엉켜 있는 것이 삶이다. 나는 잘 포기하기 위해 나를 챙겨야만 했다. 그러나 그런 일들을 기억해 내는 것이 무슨 소용이 있단 말인가. 내 앞에는 가쁜 숨을 쉬며 죽어가는 동물이 있고, 나는 지금 배달 중이다. 이것은 선택일까 포기일까. 선택보다는 포기하는 편이 내게는 더 자연스럽고 편했다. 그러나 포기하는 것도 선택이라는 생각이 끼어들자 나는 나를 어디에 두어야 할지, 무엇을 해야 할지 뒤섞이기 시작했다.

떨어진 물건들을 주워 상자에 다시 넣었다. 어차피 둘 다 해야만 하는 거라면 지금은 물건을 배달하는 것이 먼저다. 자전거를 세우고 페달을 밟았다. 페달을 밟을 때마다 발가락이 욱신거렸다. 바람을 가를 때마다 해풍에 쓸린 비릿한 공기가 딸려왔다. 그것은 씩씩 소리를 내며 죽어가는 고양이의 마지막 숨소리 같았다. 나는 더 세게 페달을 밟았다. 고양이의 털에 묻어 있던 핏물이 마른 공기에 실려 머릿속을 헤집고 다녔다. 온몸이 땀으로 범벅이 되었는데도 코끝이 시렸다.

상자를 하나 더 가져와야겠다. 배달을 하고 중간에 사고가 있었다고 말하자. 지금은 가진 돈이 없으니 뭉개진 바나나는 내일 물어주겠다고 부탁하자. 이것은 구걸이 아니므로 정중히 분명하게 말해야 한다. 지금은 돈을 챙겨 오지 않았으며, 길에서 튀어나온 고양이 때문에 자전거가 걸려 넘어진 것뿐이다. 이런 일은 흔하진 않지만 언제든 일어날 수 있는 일이다. 그들도 이해할 것이다. 단, 단호하게, 그러나 정중하게 말해야 한다. 고작 바나나값 따위를 떼먹은 배달꾼 정도로 막보일 수도 있다. 그들이 나를 위아래로 훑어보지 않도록 정중하되 비굴하지 않게. 돌아오는 길, 그 집에 빈 박스가 있는가 물어 하나 가져오자. 아니 중국인 거리에는 내놓은 박스가 많으니 얼른 하나 구해오자. 그런 다음, 가져온 박스에 그것을 넣겠다. 그다음은 어떻게 해야 하지? 아직 배달할 물건들이 나를 기다리고 있다. 그러면 우선 오늘 일부터 끝내자. 만약 고양이가 없다면, 그건 잘된 일이다. 자전거에 치여 죽을 정도로 고양이는 둔한 동물이 아니다. 그때까지 고양이가 있다면, 그것을 박스에 넣겠다. 그런데 그다음은 어떻게 해야 하지? 아, 열쇠를 찾아야 한다. 열쇠집을 찾아야 한다. 그런 다음 박스에 녀석을 넣고, 내 방에 그것을 가져갈 수도 있다. 그런데 그다음은? 나는 무언가를 길러본 적이 없다. 고양이에게 뭘 준단 말인가. 녀석이 죽어가는 중이라면, 내가 무얼 해줄 수 있단 말인가.

  나는 이미 주소지 따위는 잊고 있었다. 자전거는 골목을 빠져나와 다시 골목으로 구석진 곳만을 골라 계속 달렸다. 토막집들이 한쪽으로 쭉 이어진 골목 끝에 이르자 눈에 익은 문이 보였다. 아니 문보다는 문 앞의 화분이 먼저 눈에 들어왔다. 열쇠집을 찾는 내내 머릿속에서 떠나지 않던 그 화분이었다.

나는 마른침을 삼켰다. 쓰고 텁텁한 뭔가가 목구멍에 걸려 넘어가지 않았다. 칠월인데도 화분 속의 나무는 잎이 하나도 없었다. 화분은 그 나무의 무덤 같았다. 옥상처럼 속이 다 보이는 무덤이었다. 죽은 나무 옆에는 비석처럼 목발이 꽂혀 있었다. 나는 부서져라 문을 두드렸다. 무언가 속에서 부글거렸다. 말을 해야겠는데 물속에 있는 것처럼 목소리가 나오지 않았다. 말을 하고 싶은데 어디부터 시작해야 하는지 단어들이 뒤섞이기 시작했다. 그때 낮은 목소리가 들렸다.

"이봐! 거긴 아무도 없어."

박하향이 나기 시작한 것은 그때였다. 박하향은 머릿속을 헤집으며 구멍을 뚫었다. 머리를 치고 귓구멍을 쑤셔봐도 그것은 메워지지 않았다. 나는 문을 잡고 흔들었다. 문 안에는 양말 공장에서 만난 절름발이 아저씨가 신음하고 있을 것 같았다.

"아저씨처럼 되고 싶지 않았어요. 그래서 그랬어요."

아저씨의 목발은 죽은 나무에 기대어 뿌리를 뻗고 자라난 나무 같았다. 사람들의 발이 되기 위해 자라난 발나무였다. 발나무의 겨드랑이에는 내가 신고 있는 것과 똑같은 양말이 둘둘 감겨 있었다.

"아저씨처럼 절름거리며 걷기 싫었어요. 바쁘게 돌아다니면 용서가 될 줄 알았어요. 그렇게 살아도 되는 줄 알았어요."

나는 다리를 절며 뒷걸음질 쳤다.

"세상은 나한테 해준 게 없잖아요. 그런데 왜 나만, 왜 나만 고백해야 하죠. 왜 나만 슬퍼야 하죠. 왜 나만 이렇게 아파야 하는 거죠. 싫었어요. 아파도 혼자인 게 싫었고, 아픈데 더 아프기만 한 게 지겨웠어요. 약속을 안 지킨 건 회사인데, 왜 나만, 왜 나만, 왜 나만 이렇게 슬퍼야 하죠. 그러기 싫었어요."

나는 양말 공장 옥상으로 오르고 있었다. 옥상에는 사람들이 이마에 붉은 띠를 두르고 직장 폐쇄에 맞서 농성을 하고 있었다. 평소에는 아무 말 없이 주어진 일을 묵묵히 하던 아저씨에게서 박하향이 난 것은 그 공장의 옥상에서였다. 평소에 별로 말이 없던 아저씨는 이번만큼은 가만있을 수 없다며 옥상에 올라가 직장 폐쇄는 말도 안 된다고 목구지를 올렸다. 아저씨의 목소리는 확성기를 대지 않았는데도 동네를 쩌렁쩌렁하게 울렸다. 그때까지도 아저씨에게서는 박하향이 나지 않았다. 누군가 확성기를 집어던지고 맷돌같은 아저씨의 몸을 두들겨 패기 시작했다. 여기저기에서 비명과 욕설이 뒤섞였다. 그때 신음하며 쓰러진 사람들의 몸뚱이에서 피멍들 자리가 감파랗게 오르며 박하향이 번졌다. 아저씨는 명치끝을 향해 꽂히는 목발을 온몸으로 막아내고 있었다. 목발을 들어 아저씨를 내리치고 있는 그는, 그는 누구인가. 나는 그 자리에 털썩 주저앉았다. 그러자 후회인지 한탄인지 모를 고백이,

고해소 앞에 선 죄인의 음성을 타고 흘러나오기 시작했다.
 "열, 열쇠를 잃었어요. 아니, 내가 열쇠를 버렸어요. 열쇠가 없어지니까 열쇠가 무엇을 잠가놓았는지 조금씩 드러나기 시작했어요. 멈추고 싶지 않았어요. 멈출 수가 없었어요."
 모든 것은 순간이었으며, 나는 이것을 어떻게 설명해야 할지 모르겠다. 세상은 여전히 하나도 변한 것이 없는데, 어떻게 나만 고개를 숙이고 죄인이 되어 목소리가 나오지 않고 목구멍이 타들어가는 후회를, 반성을 고백해야 했는지 알 수 없다. 모든 것은 열쇠를 잃었을 때, 그것을 버림으로 해서 생겨난 변화처럼 느껴졌다. 나는 죽은 나무 속으로 기어들어가는 심정으로 목발 앞에서 무릎을 꿇었다.
 "아저씨가 옥상에서 밀린 임금을 내놓으라며 소리칠 때, 저는 회사 측에서 돈을 받았어요. 아니, 그게 없어도 그럴 수밖에 없는 게 나였을지도 몰라요. 그때는 그래야 한다고 생각했어요. 회사가 문을 닫아도 나는 베트남에 새로 지은 공장으로 보내주겠다고, 기숙사에서 생활하게 해주겠다고, 관리자가 되게 해주겠다고 했어요. 공장장이 그랬단 말이에요. 양말을 짜는 데도 기술자가 필요하잖아요. 저는 그곳에서 기술자로 인정받을 수 있다고 했어요. 제가 순진했어요. 그런 놈들 이빨에 넘어가는 것이 아닌데. 아저씨와 같이 옥상으로 올라갔던 사람들을 목발로 내리치면서도 그걸 몰랐어요. 내게 남은 것은 기계가 있던 자리에 덩그러니 남은 양말들뿐이었어요. 그건 내가 아저씨만 한 나이가 될 때까지 신어도 남을 양이었어요. 내가 버릴 수 있는 유일한 물건이 되었어요. 그들은 아저씨들을 철문 밖으로 쫓아내기도 전에 미리 기계를 옮길 계산이었던 거예요. 그런 일은 세상에 그리도 많다던데, 왜 나는 그때까지 그것이 나 하나의 일일 뿐이라고 여겼던 걸까요. 하나라도 더 건지려고 몸싸움을 하며 양말을 챙겨 나오는데 눈물이 나왔어요. 아저씨와 함께 일을 할 때가 그리웠어요. 옥상까지 올라가 아저씨 다리를 짓뭉개며 다시 몽둥이찜질을 했던 내가 무서워서 견딜 수가 없었어요. 양말을 싸 들고 며칠 동안 방 안에 처박혀 있었어요. 사흘을 꼼짝도 안 하고 있는데 배가 고프더군요. 배가 고프니까 무서운 것도 차츰 사라졌어요. 먹고살 길을 찾아야 했어요. 양말이 들어 있는 여행 가방을 들고 지하철을 탔지요. 회사가 부도가 났다고 말했어요. 사람들은 웃으며 적선하듯 양말을 사더군요. 그게 아니잖아요. 회사는 정말 부도가 났고, 내가 가지고 나온 것은 이 양말밖에 없다고 목소리를 높여봐도 사람들은 적선 카드를 읽듯 내 말을 흘려들었어요. 아저씨처럼 다리를 전 것은 그때부터였을 거예요. 멀쩡하게 생긴 젊은 놈이 지하철에서 양말을 파는 꼴을 사람들은 봐주지 않았어요. 다리라도 절며 벌어야 그나마 그날 수입이 괜찮았지요. 포기해야 할 것들이 너무 많았어요. 그래서 소개서를 쓰기 시작했어요. 내가 이 양말들을 다 신을 테다, 각오해야만 했어요. 그러려면 열심히 뛰어다녀야 했어요. 일한 만큼 양말을 버릴 수 있다는 게 즐거웠어요. 정직원은 아니었지만 병원에서 특2급 수송 요원이 되어 사람들을 옮겨주고 나면 내 일에 대한 자부심도 생겼어요…… 그런데요, 그런데요 아저씨. 열쇠를 잃었어요. 고양이를 옮겨야 하는데, 열쇠를 잃어버리고 말았어요."

고개를 들어 목발을 바라보았다. 세상에 의지할 만한 것 하나만 있어도 세상은 살아볼 만한 곳이라던 아저씨의 목소리가 들렸다. 그것조차 갖기 힘든 사람들이 있는 곳, 그게 세상이라는 듯 목발에 구멍 난 양말을 감던 아저씨의 모습이 떠올랐다. 나는 화분에서 목발을 뽑았다. 살아 있는 척하며 목발에 의지해 서 있던 죽은 나무가 넘어졌다. 아저씨의 양말을 벗겨내고 주머니에 있던 내 양말을 감았다. 그리고 목발의 손잡이에 내 겨드랑이를 끼웠다. 왼쪽 어깨가 한 뼘은 내려가 일부러 절룩거리지 않아도 어깨가 처지고 다리가 끌렸다. 공장 계단을 내려가던 그때처럼 내 발걸음을 쫓아 목발이 따라왔다. 친구를 얻은 것처럼 목발을 쫓아 내가 갔다. 등뒤로 재스민인지 벤자민인지 돈나무인지 모를 화분의 흙냄새가 화악 불어왔다. 칠월의 마지막 열기를 담은 그것은 혼자서는 일어설 수 없는 자들의 출구를 열어주는 응원 같았다. 누군가에게 의지해도 된다는 허락 같았다. 아니, 괜찮다, 괜찮다고 말하는 격려인지도 모르는 거였다. 꼿꼿하게 서 있는 박하에서는 아무 냄새도 나지 않았다. 박하는 흔들릴 때 박하가 되었다.

머릿속을 헤집던 박하향은 더 이상 비린 바다 내음을 풍기지 않았다. 고양이의 가는 숨소리도 사라졌다.

 나는 열쇠를 찾아야겠다고 다짐했다. 열쇠를 찾아 다친 고양이를 데려오겠다. 열쇠집을 찾을 수 없다면 목발로 헌옷 상자의 자물쇠를 깨부술 것이다. 나는 비둑거리며 어느새 그 골목의 3분의 2쯤 되는 전신주 옆 헌옷 상자 앞에 도착했다. 열쇠를 찾아야지. 열쇠를 찾아 문을 열고 그동안 부치지 못한 이력서와 소개서들을 모두 찢어버릴 테다. 찢고 다시 쓸 것이다. 나는 충분히 흔들릴 것이며, 지금껏 나를 붙들고 있던 것은 세상 밖으로 나올 수 없는 어린아이의 투정이었다고 쓰겠다. 나는 세상에 뿌려진 유리 조각이 햇살을 받아 반짝이는 면만을 보려고 했다. 그 유리 조각을 밟으며 살아가기에는 내가 너무 아프고 쓸쓸했다. 나는 세상으로 나온 적이 없는 아직 태어나지 않은 아이인 것만 같았다. 아프고 쓸쓸해도 살겠다. 목발을 짚고서라도 밖으로 나올 것이다. 목발에 나를 의지하고 살아가는 방법을 찾아볼 것이다. 왜 이제껏 이렇게 간단한 진실을 알지 못했던 것일까. 사람은 혼자서는 살아갈 수 없다는 것을 알지 못했을까. 나는 다시 시작해야 한다고, 그럴 것이라고 생각하며 목발을 들어 헌옷 상자를 잠가놓은 자물쇠를 내리쳤다. 전신주 뒤로 몸을 숨기던 고양이가 사부랑삽작 양말 공장의 닫힌 문틈으로 몸을 밀어 넣었다. 양말 공장 안에서는 CCTV와 같은 수많은 고양이들의 눈동자가 나를 찍고 있었다. 나는 다시 한 번 목발을 높이 들어 헌옷 상자의 자물쇠를 향해 내리꽂았다.

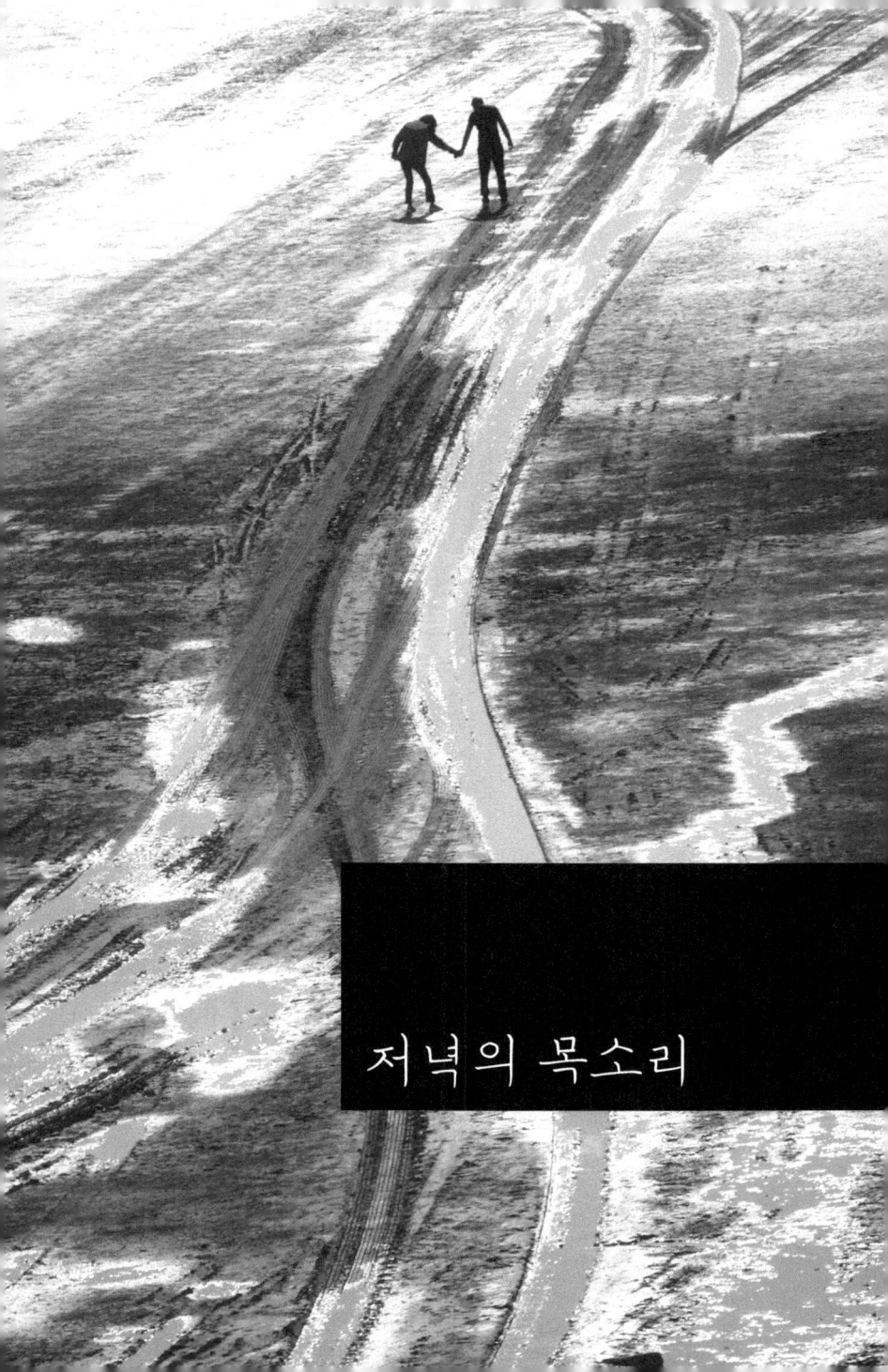

1

　여름이 보이는 한적한 방. 초록을 단 나무들. 봄이 가는 여름. 스탠드 하나로 환해진 책상. 책상 아래 보따리처럼 웅크린 사내. 한 여인이 들어온다. 쓸쓸한 마음으로. 고개를 떨구고. 책상에 널려 있는 책들. 파지들. 한참을 들여다본다. 여자는 창가로 간다. 창가에 턱을 괴고, 나무들 사이 자란 동그란 것들을, 참새만큼 많은 열매들을, 나무의 꼭지를, 나무들을 쓸고 다니는 바람에게로, 바람이 이끄는 먼 산으로 데려간다. 산머리 빛에 불이 붙는다. 불탄 빛이 바람에 밀려 다가온다. 나무 속 열매를 찾아 앉는다.
　─저 멀리서 저녁이 오고 있어.
　여자는 창문을 연다. 저녁을 마중한다. 무언가 들어온다.

들어와 책상을, 스탠드를, 파지를, 창가를 쓸고 지난다. 무언가 지난 자리마다 시큼하고 달콤한 향이 번진다. 저녁의 냄새, 여자는 말한다. 먼 곳에서 도착한 저녁이 파지를 가지고 빙빙 돈다. 파지가 파르르 떤다. 창밖의 잎사귀 떨어진다. 이제 곧 여자의 방도 저녁이 된다. 여자는 의자에 앉는다. 생각에 잠긴다. 책들을 한 칸으로 올리고 흩어진 파지들을 하나씩 줍는다.

어디에, 너는 어디서 왔니? 목소리가 들린다. 우리 어디서 본 적 있지 않아요? 자꾸 들린다. 네티라고 해. 너 아닌 것들로 너를 설명하는 방법. 사랑 아닌 것들로 사랑을 말하는 방식. 나는 적녹색각이야. 색이 농담(濃淡)으로 보여. 내 고향 시냇가에는 모래무지가 있었어. 보라의 물고기 알아? 너는 새의 여동생 같아. 소리들이 끌려 나온다.

―너는 물고기 남동생.

여자가 대답한다.

사람의 코에는 5백만 개의 후각세포가 있대. 여자가 말하면, 개의 코에는 1억 2천 5백만 개의 후각세포가 있지. 누군가 대답한다. 우리의 피부 1제곱센티미터당 열을 감지하는 온점은 세 개야. 여자가 말하면, 방울뱀은 같은 면적에 15만 개의 온점이 있어. 누군가 대답한다. 방이 울린다. 방울뱀은 지렁이 같아. 여자가 대답하면, 대나무지렁이 들어봤어? 누군가 묻는다.

─아민타스 밤부소이데아!

여자의 귓속으로 저녁이 감긴다. 여자는 본다. 책상 위 메모지와 스탠드. 아무것도 없는 메모지 위에 여자는 쓴다. 저녁의 냄새가 스민다. 아민타스, 쓰면서 멈춘다. 밤부소이데아, 멈추고 쓴다. 스탠드 불빛은 먼 곳에서 온 불 붙은 빛으로 메모지 위에 앉는다. 저녁의 새소리 따라 창밖의 대나무 양쪽으로 흔들린다. 새들의 종소리 메모지 위로 날아온다. 흔들리던 대나무의 그림자, 여자를 부른다.

─저녁을 방에 갇혀 있는 건 말도 안 돼. 저녁에는 걷는 거야.

여자는 의자에서 일어선다. 문고리를 돌린다. 방문이 닫힌다. 사라진다.

사내가 책상 밑에서 기어나온다. 저녁이 가득한 달력이 없는 방. 사내는 저녁 속에서 머리를 쓸어 넘긴다. 스탠드 불빛이 누르고 있는 메모를 집는다. 대나무 흔들리는 유리창 그림자. 사내는 그림자 속에 메모를 붙인다. 담벼락에 붙은 저쪽 창에도 저녁이 걸린다. 새들의 종소리 사라진다. 대나무는, 대나무만은 저녁의 발을 잡고 처음처럼 흔들린다. 흑백의 명암으로. 메모지 위로 농담의 바람이 지나간다. 그는 읽는다. 쓸쓸하게.

─너는 어디에 있는 거니?

바람이 '어디'에 붙었다 '너는' 앞에 떨어진다.

—여기.

창턱에 걸터앉은 사내의 목소리 떨어진다.

—저기.

흑백의 대나무, 어리고 짙은 농담으로 흔들린다. 유리창에 기댄 대나무의 그림자도 흔들린다. 그림자 속의 메모지도 농담으로 흔들린다.

—거기.

심장이 다섯 개인 지렁이가 있었어. 목소리에 목소리가 쌓인다. 스탠드 불빛 깜빡인다. 사내는 창턱에서 내려와 양말을 벗는다. 발가락을 긁는다. 발가락이 가렵다고, 저리다고, 하나의 심장이 발가락에 붙었다고. 한쪽 발을 절며 파지가 떨어지던 자리를 빙빙 돈다. 떨어진 목소리를 줍는다. 사내는 침대에 걸터앉는다. 두 손으로 얼굴을 가리고 고개를 박는다. 여자가 닫고 나간 문고리에서 저녁이 반짝인다. 사내는 벌떡 일어난다. 여자가 잡았던 문고리를 더듬는다. 저녁이 놀던 온기가 사내의 손을 잡는다. 솜털이 선다. 사내는 머뭇거린다. 그를 부르는 새들이 없다. 숨을 들이쉰다. 저녁을 받아들인다. 빨아들인다.

—그녀의 냄새야.

사내는 걷는다. 문고리를 돌리고, 문을 열고, 복도로, 한 손에는 양말을 들고. 신발장 앞에서 발에 맞는 신발을 찾는다.

사내의 눈에는 모두 짝짝이 신발로 보인다. 몸을 구부려 신발 끈을 풀어 다시 끈을 끼운다. 양말을 신고, 끈을 느슨하게 풀고, 발을 집어넣은 다음, 신발끈을 조인다.

─심장이 다섯 개인 지렁이가 있었어.

바닥에 깔려 있던 저녁이 들썩인다. 저녁이 사내의 발바닥에 붙는다. 봄이 가는 여름의 저녁이다. 짙어지는 녹색의 나무들이 잎을 흔든다. 사내는 고개를 든다. 나무들도 모두 흑백이다. 가는 어둠과 두꺼운 어둠 사이 겹친 어둠으로. 중년의 흑백 나무들이 어질어질 저녁을 매달고 흔들린다.

─어디로 가지? 어디로 갔을까?

사내는 여자의 발걸음을 잰다. 어리고 늙은 농담의 나무들 흔들린다. 바람도 흔들린다. 바람의 발목을 낚아채 사내는 걷는다. 떨어진다. 나무에서 나무가 떨어진다. 톡 토오로록 톡 톡 톡. 경사진 골목길을 나무 하나가 둥글게 굴러간다. 털이 복슬복슬한 황금빛 저녁의 열매다. 사내는 여자가 지나간 그 속으로 들어간다. 그 속에 무엇이 들었는지 모르는 개가 컹컹 짖는다. 참새만 한 열매가 또 하나 떨어진다. 바람 지나는 자리마다 후두둑 떨어진다. 자꾸 떨어진다. 푸드득 새들이 난다. 열매는 모르고 개만 알고 있는 저녁이 울린다. 컹컹, 저녁이 굴러간다. 사내를 앞지른다.

2

 여자는 언덕을 오른다. 반대편에서 신호에 걸린 버스를 대신해 스케이트보드가 미끄러진다. 가속이 붙는다. 박스형 셔츠가 펄럭인다. 가방을 메고 있다. 머리카락이 바람을 가른다.
 ─저 아이도 처음 보는 사람과 손을 잡는 날이 오겠지.
 여자의 머리칼도 갈래갈래 갈라진다. 언덕 위에서 계단이 시작된다. 폭이 좁은 계단이다. 계단에는 계단의 숫자를 세듯 화분이 있다. 고무 화분이다. 이삿짐에 실리지 못한 버려진 화분들 같다고 여자는 생각한다. 화분 속에는 언덕까지 올라온 제각각의 풀들이 자라고 흔들리고 꺾이고, 있다.
 ─발이 없는 것들은 있구나. 그것도 많이. 저렇게 많아서 없구나.
 여자가 멈춘 곳은 언덕 위, 아래가 내려다보이는 곳.
 ─저녁만 되면 밖으로 나가고 싶어.
 짙고 어두운 목소리.
 ─거기 가면 네가 있을까.
 계단을 내려가며 여자는 늘, 언제나 그랬듯 혼잣말을 한다. 언덕 아래로 큰 강으로 향하는 고가가 보이고, 고가 아래로 개천이 흐르고, 개천 양옆으로 산책을 나온 사람들이 알록달록한 낙엽처럼 굴러다닌다. 잎사귀 하나만 한 사람들이 다 다른 색으로 움직인다.

―저기.

　여자는 손가락을 펴고 저기를 가리킨다. 옆에 누군가 있는 것처럼. 여자의 손가락 끝에 지는 해가 걸린다. 여자는 그곳으로 가고 있는 것이다. 자신이 가리킨 곳으로. 여자를 따라온 바람이 그녀의 등을 툭툭 민다. 여자의 옆으로 산책을 나온 노부부가 그녀보다 빨리 걷는다. 여자는 노부부를 따라간다.

　―저기로 가요.

　노부부는 고가 아래로 난 샛길로 내려간다. 할아버지가 한 발 앞서 할머니 손을 잡는다. 여자는 멈춘다. 삼십 년은 더 살아야 저들의 시간을 이해할 수 있을 것 같다.

　―저들 속에는 얼마나 많은 저녁이 있을까.

　그럴 시간이 사라졌다고 생각하자, 그들을 버리고 싶다. 여자는 노부부를 따라 샛길로 내려가려다 발길을 돌린다. 연남교 아래로 샛강이 흐르고 양옆으로 풀들이 무성하다. 풀보다 오래 산 것이 분명한 사람들이 지나간다. 유모차 속의 아이도 풀보다 오래 산 것이다. 유모차의 아이보다 오래된 샛강의 바위, 샛강의 수양버들, 물 위를 떠가는 구름, 어쩌면 구름을 가르는 오리들, 그리고 유모차의 바깥들. 유모차와는 반대로 거꾸로 걷는 사람이 보인다. 손을 뒤로 앞으로 내밀며 뒤의 앞으로 간다. 같은 방향으로 두 개의 시간이 걸어간다.

3

 따르릉 소리, 세탁물을 한 손에 든 남자가 자전거를 타고 지나간다. 기름 냄새가 섞여 있다. 여자는 자전거가 사라질 때까지 눈을 떼지 않는다. 여자는 다시 잠으로 빠져든다. 주머니에 손을 집어넣는다. 찌그러진 동전, 그가 준 선물. 여자는 눈을 감는다. 따르릉 소리가 남겨놓은 냄새가 번진다.
 ―이 냄새 들려?
 세탁소 앞을 지나다 사내가 멈춰 선다.
 ―너는 냄새가 들려?
 여자는 냄새가 나는 곳을 본다.
 ―이게 무슨 냄새인지 알아?
 다림질을 위한 스팀으로 세탁소 안이 뿌옇다.
 ―솔벤트 향이야.
 ―신문이나 주유소에서 나는 냄새지?
 ―어릴 때 세탁통 청소를 했었어. 그 통 속에 들어가서 구석에 낀 때를 닦고 끼어 있는 걸 빼내는 거였거든.
 ―통 속으로 들어가서 청소를 한다고?
 ―내가 가장 작으니까 그 일은 내 일이었어. 한 달에 한 번씩 통 속으로 들어갔지. 그때 통 속에서 이런 냄새가 났어. 솔벤트 냄새. 통에서 나올 때는 어지러워서 비틀거리곤 했어.
 ―부모님이 세탁소를 했다고 했지?

사내가 여자의 손을 잡는다.

—내가 그 일을 했던 건, 동전 때문이었어.

—동전이라고?

—세탁통 속에 꼭 찌그러진 동전이 끼어 있었거든. 아버지가 일부러 거기다 꽂아놓은 것처럼 늘 있었어, 동전이. 세탁통에 들어갔다 나오면 내 주머니에 그 동전이 들어갔지.

—나도 가방 속에서 잔 적이 있어.

여자는 사내가 쥔 손을 더 꽉 쥔다.

—가방은 동해의 어느 바닷가에 있었어. 가방을 들고 있던 손은 말했지. "한 바퀴만 돌고 올 거야." 여름이었고 저녁별 대신 바다 끝이 환해지며 오징어잡이 배들이 집어등을 켰어.

사내는 여자의 손을 꽉 쥐며 기다린다. 더 하라고 눈을 깜빡인다.

—네 눈은 등대 같아.

둘은 웃는다.

—그때 등대를 처음 봤어. 빨간색이 깜빡이면 노랑으로 보인다는 거 모르지?

—모래무지처럼 우주 같은 색이었겠네.

—모래무지?

—다음에 모래무지 얘기도 해줄게.

—그래서 우리가 만난 걸까? 너는 세탁통에, 나는 가방 속에 들어가봐서?

─아니까. 그게 뭔지 아니까. 영화에서나 하는 대사인 줄 알았어. 한눈에 알아보는 그런 거.

─처음 보는 사람인데 그래서 손을 잡은 거니?

─그러고 싶었어. 모든 처음이 다 그렇지 않을까? 모든 시작은 다 처음이잖아.

─처음이 없는 사랑은 없는 거네.

─너는 가방 속에서 뭘 했는데?

─한 바퀴를 돌려면 얼마나 기다려야 하는지 몰랐어. 등대 문을 당겼지만 등대는 집이 아니잖아. 아무 소리도 나지 않았어. 왜 주변에 아무도 없었는지는 기억나지 않는데, 그곳은 내게 모든 처음의 처음이었던 것 같아.

─바다를 봤겠구나.

─응. 처음으로 바다가 눈앞에 있는 거야. 바다 끝에 등불이 걸리는 것도 처음이었어. 저녁에 저녁이 얹어지면 파도도 검게 밀려왔고, 하늘에서는 갈매기가 고양이 울음을 따라 하고 있었어. 등대는 그대로 서 있었고, 여름밤이었는데 샌들을 신은 발가락이 시리더라. 그래서 가방 속으로 들어갔지.

사내는 여자를 바짝 끌어당긴다.

─가방 속으로 들어갈 정도로 작았구나.

─엄마가 집을 나갔을 때니까 학교에 가기 전이었을 거야. 가방 속에서 눈을 감았거든. 눈을 감으면 파도 소리가 검게 들리더라. 하늘을 나는 갈매기들은 고양이로 바뀌었고, 고양

이들이 내게 달려드는 것 같았는데. 그런데……

―그런데?

―가장 끔찍한 소리는……

여자는 이야기를 멈춘다.

―끔찍한 소리는?

―아버지의 발걸음 소리였어.

―아버지가 안 왔니?

―아니, 왔어. 고작 몇 시간이었을 텐데, 그 나이 때의 시간은 지금과는 다르니까. 기다리는 동안에는 모든 게 아버지의 발걸음 소리였고, 또 그 모든 게 아버지의 발걸음 소리가 아니었어. 파도 같았어. 온다, 안 온다가 계속 반복되는. 너무 많이 기다리면, 너무 하나만 바라보면 그렇게 되는 거야. 그 저녁의 모든 소리들이 아버지의 발걸음 소리가 아니라고 생각하는 편이 더 나았어. 그러고 나니까 진짜 아버지의 발걸음 소리를 모르겠더라. 그다음은 공포였어. 가방 속에서 아버지와 아버지가 아닐지도 모르는 소리를 구분하는 건.

―무서웠겠다. 안아줄까?

―그때 알았어. 오지 않는 소리와 온 소리를 구분하는 건 지금도 내게 공포야.

―너는 찌그러진 동전도 없었구나.

―막연히 그런 게 기다림이라고, 기다린다는 건 세상에 모든 처음을 대면하면서 내가 아는 하나를 구분하는 일이 되어

버렸어.

─그래서 사랑을 피하는구나.

─나는 기다리는 거 하기 싫어. 아니 할 수가 없어. 기다림은 공포거든. 그런데 너도 그런 것 같았어. 처음 너를 보았을 때, 굉장한 속도로 무언가 왔지만 계속 갈등하는 네가 보였지. 그래서 그랬나 봐. 네가 내 손을 잡았을 때, 그냥 가만 있어야겠다고, 그러고 싶었던 걸 보면.

─어디서 본 게 분명한데, 분명히 아는 사람인데, 우리는 전혀 만난 적이 없었으니까.

─그 공포를 없애준 것은 잠이 유일했어. 자다 깨어보니 한 바퀴를 돌고 오겠다던 아버지가 가방 문을 열고 나를 보고 있었어. 아버지 손에는 크림빵이 있었어. 아버지한테서 술냄새가 훅 불어왔어. 밤은 술 취해 일렁이는 검은 그림자들로 일렁였어. 그때서야 배가 고프더라. 빵을 먹고 그대로 또 잠이 들었던 것 같아. 나는 무언가를 기다려야 할 때마다 공포를 이기지 못하고 잠이 들어버려. 너를 기다릴 때도 그럴까 봐 겁이 나. 아무데서나 잠을 잘 것 같아서.

─내 옆에서 자면 되지. 내가 재워줄게. 우리 같이 잘까?

사내는 가방 속으로 들어간다.

─그거 내가 할게. 기다리는 거.

여자의 귀에 저녁이 속삭인다. 여자는 솔벤트 냄새 가득한 세탁통 속으로 들어간다. 사내는 기다린다. 여자의 발걸음 소리를. 여자는 세탁통에서 동전을 줍는다. 사내는 가방 속에서 주문을 외운다.

―벌거벗지 않은 건 사랑이 아니라 거래야.

여자는 눈을 뜬다. 저기요? 괜찮아요? 자전거 지난 자리에 교복을 입은 아이들이 모여 있다. 다 다른 얼굴들이 여자를 보고 있다. 처연하게 아름답다고 여자는 생각한다. 여자는 옷을 털고 일어선다. 아이들은 장난을 치며 가던 길을 간다. 여자는 왔던 길을 오른다. 노부부가 손을 잡고 걷는다. 계단을 오른다. 우연히 만난 것처럼 우연히 다시 만나질까. 여자는 노부부의 걸음을 따라 걷는다. 네티라고 했지. 우리가 헤어진 것을 이해하려면 우리가 헤어지지 않은 것들을 꺼내는 것. 언제였더라. 처음 만났던 것이 언제였더라.

4

처음 보는 사람과 손을 잡는다. 육교를 오른다. 닭튀김을 먹는다. 고향을 말한다. 대여섯 살의 기억을 나눈다. 열여덟을 이야기한다. 비껴난 가난을 주고받는다. 쥐포를 먹는다. 맥주를 마신다. 택시를 탄다. 새벽의 공기를 마신다. 보도를 걷는다. 개를 본다. 비틀거린다. 같은 새벽을 건넌다. 댓잎에 빗방울, 참새처럼 떨어진다.

―저런 게 아름다워. 검은 회색의 면으로 보이거든.

―검은 회색?

―적녹색각이라고 들어봤어?

―개는 노랑과 파랑만 볼 수 있대. 그거랑은 달라?

―비슷하지만 달라. 색이 안 보이면 소리가 더 잘 들려. 빗방울이 떨어지면 그것들이 울리거든. 천 개면 천 개로 순서 없이 계통 없이. 바흐의 음악이 아름답다지만 어떤 음악이 이렇게 다 다른 순간을 연결할 수 있겠어?

―네 이야기는 들리는 게 아니라 스미는 것 같아.

―나도 그래. 네 목소리도 빗방울처럼 스미곤 해. 우리 처음 만났을 때 그랬지? 우리 어디서 많이 본 것 같지 않아요? 그 말이 내게 스며들었어.

―이게 뭐지? 어디선가 지났던 것 같은 이런 순간은, 도대체 이게 뭐지. 난 그랬어.

―우리 정말 만난 적이 없니?

처음을 찾으러 처음들을 만난다. 처음처럼 부른다. 새벽이 사라진다. 낮이 사라지고 저녁이 사라지고 밤이 사라진다. 사라진 자리에 모든 처음이 집을 짓는다.

―예전에 이웃은 내가 모르는 옆이었어. 너는 어디 사람이니? 물을 때 내 옆에는 대머리 사내들이 살고, 그 옆은 산악 지역인데, 염소 다리를 가진 사람들이 살고, 그들을 지나 옆으로 가면 여러 달 잠만 자는 사람들이 사는 얼음의 땅이 나오는

데, 그 옆에서 왔지 하는 식으로. 옆으로 옆으로 가다보면 내가 있는 거지. 옆이 없으면 나를 설명할 방법이 없는 거야.
―네티라고 해. 자기를 설명하기 위해서 나 아닌 것들을 말하는 거.
―네티?
―우리가 어떻게 만났는지 설명하기 위해서는 우리가 만나지 않았던 것들을 설명하는 거야. 너는 옆이라고 했지만 아래나 위로 당기면 우리가 만날 수밖에 없는 시간과 공간도 설명할 수가 있어. 물론 만나지 않았던 무수한 점들을 통해서.
―점이라고?
―나는 만나고 헤어지는 게 점 같아. 잠깐 머무르는 거지.
―우리가 손을 잡은 것도 점이 되는 거네.
―만났으니까. 만약에 우리가 헤어진다고 해도 그 점들이 기억이 될 거야. 그럴 때 기억이 힘이 되겠지. 나 아닌 것들은 이 순간에도 무수히 태어나고 있으니까.
―이야기의 비밀 같아. 끝나지 않는 이야기. 아니면 거울 속의 거울처럼.
―내 고향 시냇가에는 모래무지가 있었어.
낮은 목소리가 파고든다.
―손바닥보다 작았는데, 어느 날 형들을 따라 모래밭에 박힌 돌멩이를 들었거든. 거기 뭐가 있었는지 알아?
―모래무지!

―그러니까 그게 어떻게 보였느냐면, 보라의 물고기였어.

―고등어도 물에서 나올 때는 무지개색으로 보여.

―보라의 물고기는 처음 보는 거였어. 그때 알았지. 내가 적녹색각이라는 거. 모래무지라고 하더라고. 그 보라의 물고기가. 굉장히 이상했어. 시냇가가 내가 모르는 우주 같아지는 거야. 모래무지 때문에.

―모래무지가 사는 세상이 전혀 다른 세상 같았구나.

―그것보다는 뭐랄까, 형들이 보는 세상에서 밀려난 느낌이었어. 내가 모래무지가 된 것 같았거든.

―너는 물고기의 남동생 같아.

―물고기 남동생이라고? 그래서 그랬을까? 너를 처음 봤을 때도 그랬어. 이번에는 돌멩이를 내려놓지 않고 그 세계에 들어가고 싶었어.

―그래서 손을 잡았구나. 처음 보는 사람인데⋯⋯ 초록이 안 보인다고 했지?

―농담으로 보여. 짙고 옅은 색으로. 저녁이면 그 색이 더 뚜렷해지지. 모래무지의 세상을 사는 거야. 그 세상은 온통 저녁 같아. 그러니까 저녁에 방에 있는 건 말도 안 돼. 같이 걷지 않을래? 너랑 걷고 싶어, 저녁은.

―저녁을 산책하자는 프로포즈를 하는 거야?

―우주적 프로포즈라고 할까?

―그럼 우주적으로 대답해야겠네. 자이로스코프 알아?

─뱃사람들의 북극성 같은 거?

─우리 몸에도 북극성이 있어.

─달팽이관 말이지?

─남십자성이라고 해도 좋아. 균형을 맞춰주니까…… 사람의 코에는 5백만 개의 후각세포가 있대.

─개의 코에는 1억 2천 5백만 개의 후각세포가 있지.

─이것도 알아? 우리의 피부 1제곱센티미터당 열을 감지하는 온점은 세 개야.

─방울뱀은 같은 면적에 15만 개의 온점이 있어. 나는 냄새에 민감하고, 너는 소리에 민감한 것처럼 방울뱀은 온도로 모든 걸 알아내지. 네가 기다리지 못하고 잠이 드는 건 어쩌면 정상일지도 몰라.

─방울뱀은 지렁이 같아.

─대나무지렁이라고 들어봤어?

─그건 뭐지?

─알려주면 나랑 저녁에 같이 걸을래? 프로포즈 받아주는 거야?

─대나무지렁이로 프로포즈를 하는 남자는 너밖에 없을 테니까.

─네 방의 대나무 아래에는 지렁이가 있을 거야. 대나무를 닮은 지렁이. 아니면 지렁이를 닮아 대나무가 나온 것일지도 모르지. 그래서 생각해봤는데, 지렁이는 자기가 사는 곳의 지

명을 받아 불리거든. 지렁이가 아민타스라는 학명으로 불리니까, 대나무밭의 지렁이는 아민타스 밤부소이데아. 어때?

—아민타스 밤부소이데아? 별 이름 같아.

—지렁이별이라고 부를까? 이 별의 지렁이들은 심장이 다섯 개야. 처음에는 하나였던 지렁이가 어느 날 둘이 되더니 심장이 하나씩 생기는 거지.

—다섯 개를 다 쓰면 죽는 거야?

—그래서 지렁이별에서 둘이 갈라지지 않았을까? 하나가 있으면 다시 둘이 될 수 있잖아.

—둘 중 하나만 있으면 영원히 죽지 않는 거네.

—사람들은 수많은 꽃들을 보지만 우리는 지렁이도 보자. 꽃들 하나하나처럼 다 다른 수천의 지렁이가 있는 거지. 그렇게 사랑하고 싶어. 하나가 사라져도 하나 속에 또 다른 내가 있는 거. 나를 자르면 네가 되는 거야. 보고 싶을 때는 그렇게 되살릴 수 있게.

—다시 태어나고 싶지 않으면 어떻게 해?

저녁은 사라지고 밤이 온다. 오고 있다. 저녁 속에 있던 밤이 퍼진다. 밤이 오는데도 너는 없다. 컹컹. 개가 짖는다.

5

 그가 사라지던 날, 여자는 방에 있었다. 그는 여자에게로 오고 있었다. 오고 있다고 했다. 하루가 갔다. 여자는 더 이상 기다릴 수가 없어 잠이 들었다. 또 하루가 지났다. 그는 오지 않고, 그가 오지 않을 거라는 소식만 도착했다. 살구가 익을 때부터 시작된 기다림은 공포가 되어 여자를 덮쳤다. 여자는 그의 흔적을 찾기 위해 길을 나섰다. 길 위에는 집으로 돌아오지 않은 사람들을 찾는 외침이 가득했다. 그들은 다 어디로 갔을까. 살구가 떨어지고 있는데, 벌써 한 해가 지나고, 두 해가 지나고, 세번째 해가 지나고 있는데. 그는 돌아오지 않고 살구만 떨어진다. 저녁을 같이 걷자던 그는 어디로, 어디로 갔을까. 여자는 잠들기 위해 저녁을 걷는다. 아침과 점심과 저녁마다 다 다르게 우는 참새처럼 걷는다. 그가 사라져버린 그 시간에 올해도 살구가 떨어진다. 떨어지고 있다.

 살구가 있는 집에는 개가 있다. 개는 그때도 있었고 지금도 있다. 여자는 떨어진 살구를 줍다가 상처 난 것들은 개에게 던진다. 아니 굴린다.

 ─개야, 개야.

 굴러오는 살구를 보며 개는 앞발을 뻗어 살구를 멈추고 코를 갖다 대고, 1억 2천 5백만 개의 후각세포로 냄새를 맡는다. 그런 다음 어떻게 했냐면, 여자에게 다시 굴린다. 여자는 깔깔대고 웃는다. 매번 살구를 밀어대는 개가 우스워 여자는 멀쩡한 살구를 자꾸 굴린다. 개는 살구를 여자 쪽으로 민다. 한 번, 두 번, 시큰둥하다가도 계속 살구를 민다.

 개를 타고 논 적이 있었다. 이름이 기억이 안 난다. 개는 여자보다 컸다. 여자가 처음 가져본 개였는데, 이름이 기억나지 않는다.

 —개야.

 학교에 갔다 오면 여자는 개와 놀았다. 여자가 못 먹는 것들을 주었던가. 그 개는 아마도 먹었겠다. 그러고는 뱉어내기도 했다. 그러면 여자는 개의 등을 두드려주었다. 개는 여자를 보았다. 깊고 깊은 눈이었다. 불쌍하기도 했고, 서럽기도 했고, 그러면서도 막막한 바다 같은 그 눈. 쓸데없는 것들에 대답을 해주던 그 눈. 그럴 때마다 개의 눈빛이 여자의 눈이었는지, 개의 것이었는지 알 수가 없다. 여자의 개는, 어느 날 사라졌다. 동네의 개장수가 약을 먹여 데려갔다고 했다. 그 큰 개를. 여자가 타고 놀던 그 개를. 그렇게 슬픈 눈을 한 짐승을 끌고 갈 방법은 없었을 것이다. 약을 먹이기 전까지는. 그도 그래서 흔적도 없이 사라진 것일까. 그를 끌고 갈 방법은 그것밖에 없었던 것일까.

 —개야, 개야.

 살구를 굴리며 여자는 어릴 때 한 장난이 떠올랐고, 그 따뜻한 등이 떠올랐고, 그런데도 자신을 바라보던, 자기를 기다리던 그 지극한 눈빛이 떠나지 않는다. 그런데 어떻게 잊어버린 것일까. 그 따뜻한 눈빛의 큰 개, 개의 이름을 어떻게 잊어버렸는지 알 수가 없다. 살구나무를 지날 때마다 여자는 떨어진 살구를 밀어대던 개와 그 아무것도 아닌 시간들이 떠오른다. 살구가 똑, 또오로록 떨어질 때마다 개의 등에 올라타고 어딘가로 가고 있을 시간들. 그때마다 살구는 떨어진다. 열리지도 않은 살구가 이미 떨어져 있다. 여자는 떨어진 살구를 줍는다. 하나, 둘, 셋, 살구를 주워 달력 대신 창틀에 올려놓는다.

여름이 보이는 한적한 방. 초록을 단 나무들. 불 꺼진 책상. 한 사내가 들어온다. 지친 걸음으로. 고개를 떨구고. 책상에 널려 있는 책들. 파지들. 한참을 들여다본다. 사내는 창가로 간다. 창가에 살구가 하나씩 놓여 있다. 사내는 창턱에 놓인 동그란 것들을, 참새만 한 열매들을 달력처럼 넘긴다. 사내는 창문을 닫는다. 밤을 가둔다. 밤 속에서 시큼하고 달콤한 향이 번진다. 기다림의 냄새, 사내가 말한다. 밤이 살구 속으로, 파지로 스민다. 여자가 적어놓은 글자들 사이로 스민다. 사내는 의자에 앉는다. 양말을 벗는다.
—자이로스코프 알아?
묻는 여자의 목소리.
—우리 몸에도 북극성이 있어. 남십자성이라고 해도 좋아.

대답하는 여자의 목소리.

―아민타스 밤부소이데아? 별 이름 같아.

아이 같은 여자의 목소리.

―너는 새의 여동생이야.

사내는 말한다. 그러면 여자가 답한다. 너는 물고기 남동생.

―사람의 코에는 5백만 개의 후각세포가 있대.

여자가 말하면, 개의 코에는 1억 2천 5백만 개의 후각세포가 있지. 사내가 답한다. 우리의 피부 1제곱센티미터당 열을 감지하는 온점은 세 개야. 여자가 말하면, 방울뱀은 같은 면적에 15만 개의 온점이 있어. 사내가 답한다. 방울뱀은 지렁이 같아. 여자가 말하면, 대나무지렁이 들어봤어? 남자가 답한다.

―아민타스 밤부소이데아!

사내는 잠든 여자의 귀에 속삭인다.

―아민타스 밤부소이데아.

여자가 잠꼬대로 답한다.

여자의 잠 속으로 물소리, 흐르지 않으면 들리지 않는 물소리, 돌부리에 걸리는 물소리, 돌에 걸려 갈라지는 소리, 갈라져 물속을 파고드는 소리, 그 위로 날던 물총새 소리, 물총새 머물던 시냇가 풀 꺾이는 소리, 꺾인 풀을 안고 떠오르는 바람 한 점, 바람 지나가는 자리마다 허공에 파이는 무덤들, 무덤들 위로 덮이는 물소리, 허공의 무덤을 관통하던 수리 한

마리, 허공에 길을 내는 저 먼 소리, 먼 소리들이 돌아와 시냇물에 감기면 발가락 끝에 닿는 물의 혓바닥, 물의 혓바닥이 저녁을 간질인다.

─괜찮아, 괜찮아질 거야. 괜찮아. 괜찮아.

여자가 듣고 싶은 말만 시냇가의 크기로, 시냇가의 물살로, 밀고 차고 파고 흔들며 저녁이 말한다. 물속에 박힌 돌의 목소리로. 그가 들어올린 돌멩이 아래 보라의 물고기, 모래무지의 목소리로. 물살의 크기로 파고든다. 새는 풀섶을 뛰어다니며 풀을 건드리고, 시내는 돌을 건드리며 갈라지고, 새는 허공을 끌어올리며 저녁을 만든다. 멀리서 새가 늘려놓은 허공을 따라 어떤 향기가 감긴다. 세탁통 속에서 그가 나온다. 비틀거리며 찌그러진 동전을 내민다. 저녁은 너와 걷고 싶어, 기다리는 건 내가 할게, 사내가 말한다. 여자는 시냇가에 발을 담그고 돌덩이 하나를 들어올린다. 보라의 물고기가 여자를 건드리며 헤엄쳐 간다.

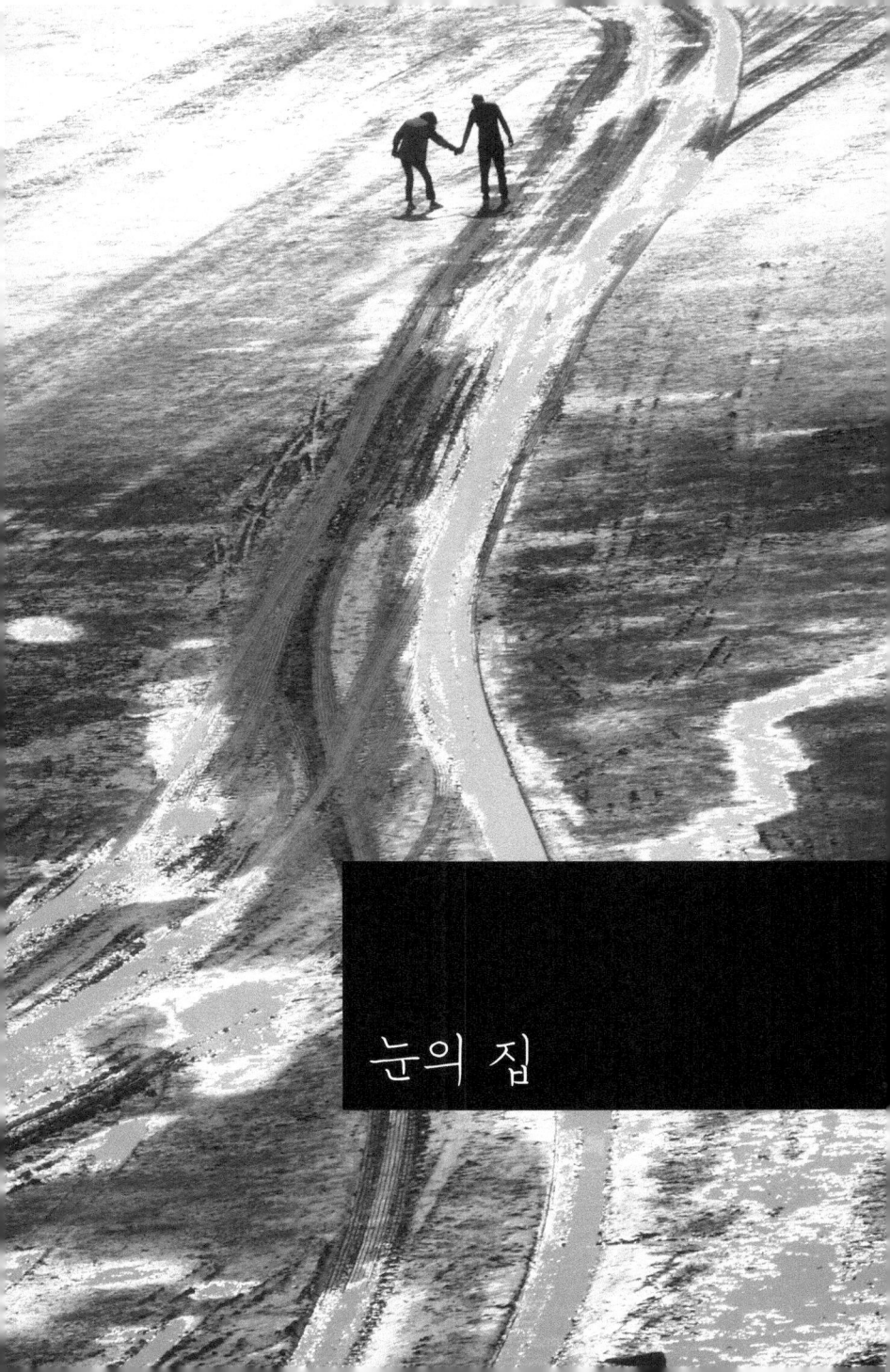

눈의 집

고종 삼년, 병인년 팔월 나는 죽었다. 삭주성이 공격당하기 이틀 전이었다. 몽골족에 쫓기던 거란의 유민들이 들이닥쳐 성문이 열리기 전, 그들은 내 집에 불덩이를 던졌다. 종달새처럼 드나들던 시중들던 아이도 보이지 않았다. 쓸다 만 마당에는 싸리 빗자루만 내팽개쳐져 있었다. 다들 어디로 갔을까? 문이란 문은 모두 열려 있었다. 나는 얼마 전 관청을 불태웠던 불씨가 내 곳간에서도 타오르는 것을 바라보았다. 어디가 밖이지? 마루를 벗어나 열린 문으로 뛰쳐나가야 할지, 그대로 안방으로 다시 들어가 문을 걸어 잠가야 할지 알 수 없었다. 그때 수수로 엮은 바자울을 쓰러뜨리며 동족의 사내들이 들이닥쳤다. 산야를 떠돌며 버들고리를 만들어 팔던 그들이었다. 임자 없는 땅의 나무를 베어내고 화전밭을 일구던 그들이었다. 애써 일궈놓은 땅에 심을 것이라곤 훔쳐온 콩과 조가 전부인 그들이었다. 콩과 조를 거둬들일 때는 인근 농민들에게 고스란히 땅을 돌려주며 돌아서야 했던 그들이, 왔다. 그들 중에는 열여덟에 살을 섞어 돌탑을 쌓은 그도 끼어 있었다.

"저년을 잡아. 저년이 우리를 팔아넘겼어."

사내들은 나를 향해 소리쳤다. 그랬다. 나는 유랑족이었던 양수척족을 팔아 이 집을 얻었다. 그 집이 불에 타고 있다. 곳간에서 타들어가는 곡식들은 그들의 핏기 선 눈자위처럼 번질수록 더욱 분노가 거세어지는 불심이 되었다. 밑거름이 되리라 밭에 불을 지르던 때가 있었다. 그 밭에서 자란 낟알들이 다시 불에 타고 있었다. 사내들의 분노는 그 낟알들을 추수하기도 전 쫓겨나야 했던 그때보다 더 일그러져 있었다. 내 집은 팔월의 거센 불길을 태우며 눈처럼 녹아내리고 있었다. 그대로 두어도 녹아버릴 것을, 사내들은 자신들의 분노로 집이 녹는다고 여기고 있었다. 분노란 무섭다. 녹아버린 눈을 가두어 꽁꽁 얼려버릴 만큼 분노는 작은 틈 하나만으로도 산을 옮기는 물결이 되어 무섭다. 그 산이 거꾸로 오를 수 없는 물이어서 무섭다. 사내들은 내 머리채를 잡았다. 잡고 문밖으로 질질 끌고 갔다. 죽어버릴까. 안방에 앉아 그리 생각하던 것이 바로 좀 전이다. 이제 내 몸은 내가 죽일 수 없게 되었다. 죽여달라고 할까. 저들이 순순히 나를 죽여줄까.

그때 그가 움직였다. 내게로 다가왔다. 이미 성문이 닫혀버렸는데도 거란족이 압록강을 건너 삭주성 쪽으로 들이닥칠

거라는 풍문은 피난하던 사람들을 앞지르고 있었다. 성 안의 백성도 되지 못하는 자들이 곧 불에 타버릴 집으로 꾸역꾸역 모여들 듯 하나둘씩 주변으로 몰려들었다. 그는 내 머리채를 바투 잡아끌며 나를 일으켜 세웠다. 나는 한 손은 내 머리를, 다른 한 손으론 배를 감싸며 그를 바라보았다. 바다를 건너는 대신 압록강을 건너올 거란족의 길나장이가 될 그가, 내 머리채를 잡고 있었다.

그는 메생이를 만들고 싶어 했다. 운중도(雲中島)에 머무르는 동안 메생이를 만드는 사람들을 본 적이 있었다. 통나무 속을 긁어내고 상판을 이어 나무못을 박아 넣고 멍에를 올리기까지 그는 몇 날을 숨어서 그것을 훔쳐보았다. 그런 그를 지켜볼 때마다 보름년의 봉그슴한 젖가슴이 부풀어 올랐다. 그는 띠를 두른 언덕에 앉아 꽃이 피기 전에 나오는 꽃봉오리 줄기를 꺾어 손톱으로 조심조심 줄기를 돌려 긁었다.

"그때가 되면, 같이 가자."

껍질만 살짝 벗겨진 통통한 삘기를 건네주는 그의 양볼에 볼우물이 패었다. 띠 속에 가려진 쓴나물이 노랗게 고개를 쳐들고 우리를 보고 있었다. 지난 봄, 절간에서 훔쳐 먹은 설탕의 맛이 혀끝에서 되살아났다. 칼에 베인 것처럼 뜨뜻한 핏물 같은 것이 고였다. 설탕은 눈을 받아먹었을 때 혀끝에 남은 따뜻하면서도 차가운 맛과는 정반대였다. 꿀처럼 삼켜야 하는 것이 아니라 그대로 혀에서 녹아버려 방금 먹었는데도 또 먹지 않으면 안 되는 맛이었다. 그가 건네준 삘기는 그 설탕보다 더 달았다. 너무 달아 코끝이 찡해져 더 이상 먹을 수 없는 쓴맛이었다.

"어디로?"

내가 물었다. 그는 주저 없이 "바다로!"라고 말했다. 바다, 한 번도 입 밖으로 내밀어본 적이 없는 무막한 말이었다. 나무오리가 날아오르는 것처럼 오래 묵혀 있던 체기가 뚫리는 말이었다.

"자, 이거 봐. 이만큼보다 더 큰 배를 만들 거야."

그는 양팔을 있는 힘껏 잡아당기며 말했다.

"저 나무만 한가?"

그는 웃으며 고개를 저었다.

"저기 있는 머귀나무만큼은 돼야 바다를 건널 수 있을걸."

그는 언덕 아래를 가리켰다. 나무들은 정수리로 낮볕을 받으며 자기만 한 그리메를 숨기고 있었다. 나무 사이로 풀벌레처럼 뛰어다니는 사람들이 보였다. 바다는 산처럼 언덕을 차고 올라야 닿을 수 있을 것 같았다. 저들은 바다를 오른 적이 있을까? 바다의 그리메는 어디에 있을까? 머귀나무는 열 발은 훌쩍 넘는 바다산이 되어 우뚝 서 있었다.

"바다를 건넌다고?"

그는 삘기를 하나 더 꺾어 껍질을 까서 내게 건넸다.

"같이 갈래?"

코끝이 시큰거렸다. 나도 모르게 양옆으로 고개가 저어졌다. 그가 메생이를 만들 수 없으리라는 걸, 나는 이미 알고 있었다.

*

눈이 내렸다고 했다. 내가 태어나던 음력 어느 날에 눈이 내렸다고 했다. 화전밭에서 쫓겨난 어미는 삭주성 근방을 돌며 목소리를 팔았다고 했다. 어미의 목청은 높낮이가 자유로워 장이 서는 날이면 주변 장꾼들의 노름돈을 다 긁어모을 정도라 했다. 버들고리를 내다 팔 수 없는 겨울이 오면 동족의 사내들은 어미가 돌아오는 날만을 기다렸다 했다. 어미가 돌아오는 날이 길어질수록 그들의 허기진 장은 더 꽉꽉 채워진다는 것을, 그들은 그들의 어미가 그러했던 어린 날로부터 알고 있었다. 그러다 어미가 돌아왔을 때, 속곳도 입지 않은 홑겹 치마 끝에는 얼마나 걸었는지 퉁퉁 부어 곧 터져버릴 것 같은 맨발이 복숭아처럼 붉게 부풀어 있었다 했다. 사내들은 버드나무 주위에 불을 놓아 마른 짚을 새로 깔고 나를 받았다 했다. 어미는 탯줄만 끊어놓고 그대로 생을 놓았다 했다. 사내들은 내가 어미의 발을 찢고 나왔다고 했다. 달빛이 너무 밝아 눈빛만으로도 주위가 환한 음력 어느 날, 어미의 등가죽 위로 내린 눈이 그대로 봉분이 되어 어미의 마지막 생을 덮어주었다 했다. 동족의 사내들은 나를 받아들고 횃불을 들어 잔치를 벌였다 했다. 어미의 발을 찢고 나와 어미를 죽인 나는, 그들을 먹여 살릴 여자로 태어난 것이다.

동족에겐 여자가 귀했다. 양수척족(楊水尺族)은 백제의 유민으로 지난 이백여 년 동안 고려의 천한 백성조차 되지 못하고 변방에서 변방으로 떠돌아야 했다. 고려의 백성이 아니니 전쟁에 동원되지도 않았고, 조세를 내는 일도 없었다. 그들은 그저 어디에도 없는 사람들이었다. 청도 운문산에서, 경주에서 울산으로 가는 초전(草田)에서 농민군과 부곡민들이 들고 있어났을 때, 풍문에는 7천여 명이 넘는 사체가 길가에 나뒹굴었다고 했다. 죽지 못한 농민군의 여자들과 아이들은 관으로 끌려가 노비가 되었다. 전국에서 봉기가 끊이지 않았으나 그것은 단지 풍문일 뿐, 내게는 이미 민란이 끝나버린 한참 후에야 도착한 말라버린 피비린내였다. 그러다 개성 근방에서 사노비들이 땔나무를 구하러 나올 때마다 숨어서 전투연습을 하다 발각되는 일이 벌어졌다. 언젠가 머리를 풀어헤치고 나무 장대만 들고, 둘둘 셋씩 짝을 지어 힘을 겨루는 사람들을 본 적이 있었다. 누구는 천문산에서 그들을 보았다고 했고, 또 누구는 홍화진 근방 갈대숲에서 그들을 보았다고 했다. 개성의 그들처럼 그들은 곧 예성강에 산 채로 수장될 터였다. 그들을 본 이후로 만달은 밤마다 버드나무로 활을 만들었다. 만달이 그 활로 누굴 쏘려 했는지 그때는 알지 못했다.

장에 나가지 않아도 되는 날은 만달이와 버드나무를 꺾으러 가곤 했다.

"그들에게 줄 거야. 이걸로 활을 만들고 있거든."

"알아. 그런데 그들은 누구지?"

만달은 내 손을 잡아끌고 거랑가에 발목을 적셨다. 그러곤 물 위에 무언가를 그렸다.

"이게 무슨 글자인지 알아?"

"글자도 모르는 년이 물 위에 쓴 글자를 어찌 알아!"

나는 퉁명스럽게 되받았다. 만달은 오시를 알리는 홀을 물 위에 꽂듯 물오른 볍씨풀 끝에 맺힌 이슬똥처럼 웃으며 쓴 글자를 또 쓰고 또 쓰고 내가 알아볼 때까지 계속 써댔다.

"이제 쓸 수 있겠어?"

만달은 손바닥을 내밀었다. 나는 만달이 물 위에 그린 그림을 그 위에 베껴 그렸다. 좌우에 지붕을 올리고, 아래에는 사람들의 입을 그리고, 입구멍에는 발을 달아주었다. 작은 집에서 식구들이 둘러앉아 밥을 먹는 모양이었다.

"물 위에 쓴 글자는 지워지지 않는대."

만달은 내 손바닥을 긁으며 글자를 새겨주었다. 좌우에 산 등성이를 치고, 그 속에 사람들이 모여 활쏘기 연습을 하는 모양이었다. 우리는 돌베개를 베고 누워 하늑이는 버들잎들을 바라보았다. 버들잎 하나하나는 바람을 붙잡고 춤을 추고 있었다. 어쩐지 그것은 팔도 없이 어깨를 들썩이는 곰배 아저씨의 춤과 닮아 있었다.

"우는 나무 같지 않아?"

싸우고 싶어 발싸심하는 만달의 품으로 파고들며 내가 말했다. 만달은 바람을 감싸는 버드나무 잎이 되어 내 어깨를 둥그렸다. 만달이 내 손바닥에 새겨준 글자는 처음으로 내 귓구멍을 뚫어놓은 정만 할아버지의 강물과 같은 목소리와 섞이었다.

어미의 뱃속에 들어차기도 전, 공주 명학소(鳴鶴所)에서 부곡민과 같은 처지의 천민집단 수장인 망이, 망소이가 난을 이끌어 이 년여 동안 밀고 밀리며 그 일대를 장악한 일이 있었다 했다. 그들의 힘은 관에서도 제압하지 못하여 구리를 캐고 소금을 생산하던 명학소가 현으로 승격하면서 그들 또한 양민으로 신분이 바뀌었다는 것이다.

"그럼, 우리도 양민이 될 수 있단 말이에요?"

나는 놀라서 물었다. 할아버지는 헛웃음을 치며 내 머리를 쓰다듬었다.

"양민이 되고 싶으냐?"

할아버지는 내게 그리 물었다. 하지만 그것은 잠깐의 눈속임일 뿐이라고 했다. 관에서는 저항세력을 뿌리 뽑기 위해 수장의 어머니와 아내를 볼모로 삼았고, 그들의 신분이 바뀌자 임금에게 항복했던 저항군은 그제야 속았다고 땅을 치며 충청도 일대에서 일 년여 동안 저항하다 결국은 몰살되었다는 거였다. 정만 할아버지는 몇 해 전 예성강에 빠져 죽었다. 강물은 남으로 흘러 이제는 대를 이어 물고기의 살이 되었을 명학소 반란군을 싣고, 그때 죽지 못한 정만 할아버지도 싣고, 무오년의 허망한 난이 되어버릴 만적 일당을 산 채로 받기 위해 흐르고 있었다. 사람들은 한 해에 알을 하나씩만 낳는 대벌레가 버들잎벌레로 살아가느라 고단했을 거라고 했다. 할아버지는 명학소에서 살아남아 양수척족의 유랑 행렬에 따라붙은 부곡민이었다. 단지 그뿐이었다. 눈 뜨고 일어나면 관이고 사택이고 할 것 없이 불타던 지난해와 올해는 별반 다르지 않았다. 그런 죽음은 너무 흔한 것이었다.

"아가, 그들이 왜 죽은 것 같으냐?"

할아버지는 물었었다. 나는 아무 말도 할 수 없었다. 그들은 죽을 수밖에 없었으니까요, 라고 말하고 싶었으나, 할아버지는 먼 산만 바라볼 뿐이었다.

"버들고리는 우리를 죽이지 않을 거라. 우리는 금붙이를 붙인 등나무고리를 만드는 게 아니라 버들고리를 만드는 거라. 구리와 소금은 세상에 꼭 필요한 거라. 명학소민들은 너무 귀한 것들을 만들었던 거라. 그것들은 우리가 가질 수 없는 거라. 그래 귀한 것들이라. 그런 건 우리를 죽이는 단명줄이라. 양수척족은 버들고리를 선택한 거라. 버들고리는 우리를 살려줄 명줄이라. 그걸 놓으면 안 되는 거라. 그걸 바꿔서도 안 되는 거라. 잊으면 안 되어."

할아버지는 버드나무가 고리짝도 되고, 활도 된다는 것을 진작부터 알고 있었다. 만달이는 그걸 바꾸려고 하고 있었다. 버들가지처럼 어깨가 흔들렸다. 메생이를 만들겠다던 사내의 손은 이룰 수 없는 것이어서 안타까웠으나 활을 깎고 있는 사내의 손은 너무 뜨거워서 곧 사라질 것만 같았다.

*

천민이 왕을 죽였다는 풍문은 바람보다 빨리 번졌고 오래도록 고을마다 떠돌며 그동안 숨죽이며 살아왔던 부곡민들과 농민들의 가슴에 불을 질렀다. 사노비들까지 신분을 탈하기 위해 역적모의를 했다는 소문까지 겹쳐 장안을 뜨겁게 달굴 즈음, 내게 소리를 가르쳐준 곰배 아저씨는 말했다.

"우리처럼 어디에도 없는 사람들은 들고 일어설 일도 없지."

아저씨는 어려서 병을 앓은 이후 한쪽 팔을 잘라내고 남은 팔은 꼬부라지고 등이 굽어 곰배춤을 추는 노릇바치였다. 사람들은 아저씨의 춤을 보며 죽은 놈이 똥 싸느라 애쓴다고 손가락질을 하며 웃었다. 사람들은 웃고 싶은 것만 보려 했다. 아저씨의 춤은 죽은 놈이 똥을 싸느라 애쓰는 우스꽝스러운 몸짓이었지만, 그것은 죽을 똥을 싸는 산 자의 마지막 힘주기처럼 간절한 것이었다. 나는 그런 아저씨의 춤을 보며 웃을 수가 없었다. 아저씨는 웃음을 파는 일은 둘에게 좋지만 슬픔을 파내는 일은 둘을 죽인다고 했다. 그러나 아저씨의 춤에 맞춰 노래를 부를 때면 내 목소리는 자연 애끓는 목소리로 변해 사람들을 울리곤 했다. 장에서 돌아올 때면 아저씨는 웃음값은 장을 채울 수 있지만 슬픔값은 장을 끊어놓는 것이라고 사람들을 울린 나를 꾸짖으면서도 허허 웃어주곤 했다. 곰배아저씨는 백제를 다시 일으키자는 난이 일었을 때도 말했다.

"우리 몸에는 바람의 태가 있지. 바람은 어디에도 있어, 있지만 늘 없단다. 우리는 바람의 무덤이란다. 없는 듯 살면 살아진다. 우릴 가둘 것은 아무것도 없거든. 우리의 땅은 몸이다."

활을 깎던 만달의 손에는 어느새 장고채가 쥐어져 있었다.

"없는 듯 살라는 그 말, 이젠 징그러워. 그런 종족이라면 따르지 않을 거예요. 씨앗은 땅이 필요하잖아요. 땅을 가질 수 없다면 바다를, 바다를 엎어버릴 거야."

만달이 가르쳐준 물그림 글자는 메생이를 만들겠다는 그의 심지를 달구고 있었다. 어쩌면 만달이는 메생이를 타고 바다로 나간 첫 양수척족이 될 수 있을지도 모른다. 노래와 춤을 팔아 장을 채우지 않아도 될지도 모른다. 그가 만든 메생이에는 바람족인 우리들의 솟대를 세우고, 바다 너머 어딘가에 있을 우리들의 땅에 그것을 꽂을 수 있는 날이 올지도 모른다. 바다를 엎어버리겠다는 만달의 강강한 몸은 그렇게 말하고 있었다.

"만달아, 메생이는 무엇으로 만들 테냐?"

곰배 아저씨는 나무오리를 깎으며 조용히 물었다.

"통나무를 자를 거예요. 저기 머귀나무도 있고. 부거산, 아니 그보다 더 높은 천마산에 가면 굵다란 나무가 많아."

"천마산 아니라 거문산도 있고 남쪽의 마남산도 있다. 저기 중봉은 어떠냐? 오봉산은?"

나무는 사방을 가득 메우고 있었다. 만달이는 성문 쪽을 바라보다 그대로 주저앉아 장고채로 흙을 긁어댔다. 아저씨는 임진년 삼월 전주에서 있었던 목수들의 반란으로 한 달 보름 동안이나 성을 장악한 이들의 이야기를 해주었다.

"부안의 변산 일대는 천년도 넘게 자란 나무들이 빼곡히 들어선 곳이다. 거기엔 재목창이 있지. 나라에선 군사를 보내 그곳에서 배를 만들게 하였더란다. 아무 나무나 베면 안 되지. 그래 나무 베는 책임자를 두고 주변 마흔여섯 개 고을의 농민들은 밤낮으로 이 목재를 나르는 일에 동원되었다더라. 농사철이 되었는데도 집으로 돌아갈 수도 없고, 관리들은 군사들까지 가혹하게 일을 시키지 않았겠니. 그래 전주 출신 군기 책임자가 하루는 사람들을 긁어모았더란다. 네 마음이 내 마음 아니었겠니? 곧 아전들의 집을 불태우고 그 일대는 반란자들의 천지가 되었다더라. 그곳 판관을 협박해 지 잇속만 챙기던 아전들을 물 바꾸듯 엎어버렸다 하니 그들의 세상이

온 거지. 사람들은 그곳에 성을 쌓고 초소를 만들어 관군에 대비하면서도 언제 한번 이런 세상에서 살아보나, 성 안에서는 너나없이 호혜한 세상이 그냥 죽어버려도 좋을 만큼 들썩였을 거라고…… 하더라. 내가 너만 할 때였으니 장터에 나가 그쪽 풍문을 떼어올 때마다 부자지도 탱탱해지며 오줌 줄기로 돌뿌리도 캐겠더라. 단 보름이면 어떠냐, 단 하루면 어떠냐, 나도 너와 같아서 바다를 엎어버리고 싶었던 때가, 그러고 보니 있었던 거였어……"

만달이는 늘 죽은듯 살라고 자기를 꾸중하던 아저씨의 얼굴을 고운 님을 바라보듯 발고운 눈빛으로 더듬었다. 자기와 같은 피가 도는 사람에게 끌리는 연이어도 좋고, 숟가락으로 산을 옮기는 긴 세월이어도 좋다고 말하는 듯했다. 만달이 늘 목말라 하던 그것은 어쩌면 메생이를 타고 바다로 나가는 것이 아니라 메생이를 타고 함께 갈 사람이었던 걸지도 모를 일이었다. 만달이 뭔가를 말하려는 순간 곰배 아저씨가 동아 잎에 빗줄기 꽂히는 목소리로 물었다.

"메생이를 만들겠다고 했니? 나무는 어떻게 옮길 테냐? 메생이를 걸어줄 장쇠는 어디서 구하고? 바다를 건너겠다! 그럼 돛대를 올려야겠구나. 고작 우리 셋만 간신히 탈 수 있는 메생이 따위론 어림도 없지. 활대를 감아줄 용두는 땅을 파면 나온다든? 허, 참, 비럭질도 하는데 도적질이나 하면 되겠구나. 주전부리를 더 높이 올려야지. 바다와 싸우려면 배질할 사람도 있어야겠는데, 사람들은 어찌 훔쳐올까. 허, 그러고 보니 나무만 갖고 되는 일이 아니구나."

아저씨는 아무 말도 없는 만달을 매섭게 다그쳤다.

"나뭇가지나 가지고 노는 네가, 바다로 가는 길을, 만들겠다! 바다를 엎어버리겠다!"

아저씨는 나무오리를 내게 던지며 일어섰다.

"바람 따라 가는 건 매한가지다. 운선이는 내일 장에 나갈 준비나 해라. 궁벽한 땅에는 가을이 오기도 전에 가을이 가는 법이다. 아무리 하나한 산야가 피로 물들어도 양반님네는 등고놀이로 분주할 테니, 산야에 사는 우리야 매해 보는 국화가 무에 반갑다고 더 높이 오르겠니? 단풍이 붉어도 배가 부르지 않으니 장에 나가 몸이나 팔자꾸나. 네 노래가 좋고 네 미색을 탐하는 세도 있는 양반님이라도 걸리면 하루는 돌려가며 머릿수대로 다 먹고도 장쇠 하나쯤 구할 구리 조각이라도 남을지 누가 아니? 남거들랑 저놈한테 던져주던지."

아저씨가 일어서자 만달이는 장고채로 그려놓은 메생이에 흙발질을 하며 나를 쏘아보았다. 언덕을 내려가는 나무 그리메가 길어지고 있었다. 그리메 속으로 양팔을 벌려 그보다 더 큰 메생이를 만들겠다던 만달의 바다가 출렁이고 있었다. 나는 만달이 그리다 만 메생이에 아저씨가 준 나무오리를 올려놓았다. 보기가 좋았다. 곱똥이 나오듯 물기 같은 것이 빙그르르 갓돌았다. 나무오리는 길 잃은 철새처럼 바다가 되지 못한 바다 위에 동두렷이 떠 있었다.

*

등고놀이가 끝날 즈음 경인년에 임금을 맨손으로 꺾어 죽이고 연못에 던져버린 팔 척 거인 이의민의 둘째 아들 이지영이 삭주분도 장군으로 부임해왔다. 지영은 부임 첫날부터 삭주 일대의 관비들을 불러모아 주색잡기에 한창이었다. 관비뿐 아니라 이름난 여색은 모조리 잡아들이라는 명이 주점이고 원이고 농군의 농가고 할 것 없이 괴이한 흔적을 남기며 옮겨 다녔다. 그들이 다녀간 곳은 돌멩이를 삼킨 것처럼 두 눈이 벌겋게 부어 아무 말도 하지 못하는 사람들이 가슴을 치고 있었다.

"삭주분도 장군이 너를 찾아오라 했다는데…… 들었니?"

장터에서 돌아오는 언덕길에서 줄기만 길게 뽑혀 나온 배부쟁이를 밟고 선 곰배 아저씨는 내 대답을 기다렸다. 구월 상강이 지났는데도 철적은 선홍색의 능쟁이꽃이 언덕을 물들이고 있었다.

"서리 내리는 상강(霜降)의 괘는 바꿀 태(兌)라면서요?"

나는 만달이를 바라보았다. 앞서 걷던 만달이는 멈칫 놀라 제 걸음을 재며 멈추었다.

"승냥이가 짐승을 잡아 제를 지내면 벌레들이 그제야 겨울

잠자리로 들어간다지요?"

 비와 천둥을 몰고 오는 천둥새 떼들이 언덕 아래 갈대밭으로 내려앉았다. 나는 만달의 손바닥만 쳐다보고 있었다.

 "가겠니?"

 "천둥새들이 돌아왔으니 우리도 겨울잠 잘 마가리집이라도 있어야지 않아요?"

 "그놈은 승냥이보다 더 쓸 게다. 그래도 가겠니?"

 "더 쓸 건 또 뭐예요? 안 가면 명이나 붙어 있겠나요? 아니 갈 수도 없고, 갈 수도 없는데…… 가야지요. 아저씬 괜스레 그렇게 물을 건 또 뭐예요?"

 "백주대낮에 임금을 때려죽인 자의 아들이야. 갈아치운 임금의 첩을 빼앗고도 권력을 누리는 자란 말이다. 이번엔 네 목숨값을 걸어야 산다. 그래도 가겠니?"

 "도망할 곳이나 있나요. 그자에게서 도망치지 않음 아저씨는요? 동족들은 어찌되는 거지요?"

 아저씨는 더 묻지 않았다. 빈 들을 채우고 있던 배부쟁이며 능쟁이들이 거물어지고 있었다. 물 위에 그린 글자는 지워지지 않는다고 말했던 만달은 어느새 한 발짝 떨어져 내 그리메만 밟고 있었다. 살어둠이 깔리자 풀섶에서 찌이찌이, 루우루우 울어대는 실베짱이와 여치베짱이의 울음소리가 들려왔다. 한 발짝 움직일 때마다 울음소리는 잠시 멈추었다 다시 들렸다. 언덕을 올랐던 우리들 중 어두워지기 전부터 그 자리에 있었던 그것들만이 들까불며 지워지지 않을 문답을 주고받고 있었다. 가지 마, 가지 마, 나를 붙잡고 있었다.

　지영은 내게 거할 곳을 떼어주었다. 성 밖의 집이었다. 낮에 드는 볕은 한량없는 나뭇잎처럼 내 집 네 집 가릴 것 없이 떨어졌으나, 문을 걸어 잠그면 해바른 마당은 온전히 내 것이었다. 그 마당을 쓸어내는 일도 내 손이 아니어도 좋으니, 보고 있으면 저절로 계절이 움직였다. 등고놀이를 하는 양반님네의 심정이 이러했을까? 감나무 잎이 무르익어 떨어질 때쯤, 산은 멀어 더욱 붉었다. 나는 내 목숨값으로 지영에게 백 냥을 불렀다. 백 냥이면 그들이 겨울을 나고도 한참 남아 활대며 용두까지 그에게 던져줄 수 있을 터였다. 지영은 그깟 금전 따위 없이도 나를 취할 수 있는 자였으나, 내 마음값을 치르겠노라 호기를 부렸다. 하루가 멀다 하고 드나들던 문턱에 먼지가 앉을 즈음, 손을 내밀던 양수척의 아이들도 점차로 발길이 뜸해졌다. 어느 날, 무릎이 뜯기고 머리털이 잘려 나간 양수척의 아이 하나가 나를 찾아왔다. 아이는 대뜸 나를 "마님!"이라고 불렀다. 곰배 아저씨와 만달의 살림을 물었으나 아이는 고개만 저을 뿐, 휑한 눈두덩은 먹을 것을 달라고 읊조리고 있었다.

　지영은 고려의 백성도 되지 못하는 양수척족을 농민으로 만들어줄 수 있다고 했다. 전답세를 바치더라도 농민이라도 된다면, 부릴 땅덩이라도 있다면, 씨앗을 뿌리고 거둬들일 수만 있다면, 양수척족은 더 이상 떠돌지 않아도 되지 않느냐고, 내 집이 생긴 이후 나는 지영에게 간청했다. 얼마 후 양수척족은 내가 지영의 종이 된 것처럼 내 집의 종이 되었다. 종이 되어 머릿수대로 세전을 바쳐야만 하는 처지가 되었다. 아직 태어나지도 않은 어미의 뱃속에 있는 아이들에게도 세금이 물렸다. 젖도 물어보지 못한 갓 태어난 아이들에게도 노역령이 떨어졌다. 사내들은 자신들에게 물린 몸값에 이미 죽은 아이의 노역품까지 갚기 위해 이지영의 집을 짓고, 최충헌의 집을 짓고, 불탄 관아를 재건하는 데 동원되었다. 고려의 백성이 된다는 것은, 고달픔이 고달픔으로 오는 덫이었다. 예성강변에 수장된 만적 일당이 등짐나무를 하러 나올 때마다 모여서 궁리하던 태(兌)는 해주로 도망간 지영이 최충헌의 손에 죽은 후에도 그렇게 이어지고 있었다. 그것은 최충헌 집의 노비들과 이지영의 집 노비들이 비둘기를 놓고 싸우기 전부터 예정된 일이었다. 초전과 이어진 강원도 삼척에서, 울진에서, 다음 해에는 진주 노올부곡에서 농민과 부곡민, 노비들의 민란이 끊이지 않았다. 가혹한 세금으로 살기 힘든 고려 백성들의 고름이 산야의 살을 뚫고 터지고 있었다. 멀리 제주에서도 삼 개월간 농민들의 봉기가 일었다. 지영은 죽었으나 내 집은 살아남아 최충헌의 거처가 되었다. 그 집에는 중앙에 보고하지 않아도 되는 종들로부터 거둬들인 인두세가 곳간을 채우고 있었다. 그들은 내 종이 되었다. 나는 그들을 부릴 수 있는 마님이 된 것이다.

*

 만달의 손에 들려 일어선 나는 그의 주먹질에 다시 꼬꾸라졌다. 곰배 아저씨가 보였다. 아저씨는 내 배를 발로 걷어찼다.
 "그래, 우리를 네 종으로 만들어놓으니 좋더냐?"
 아저씨는 엎어져 있는 나를 향해 발길질을 해댔다. 멈칫하던 사람들도 들성거리며 돌을 주워 던지기 시작했다. 발부리에 채일 때마다 아저씨의 낮고 부드러운 목소리가 떠올랐다.
 ─바람도 자기들이 다니는 길이 있나?
 ─물고기도 자기들이 다니는 길이 있으니까.
 ─정만 할아버지도 자기가 다니는 길로 갔을까?
 ─강물이 데려다줬을지도 모르지.
 ─아저씬 바람이 말을 한다고 했지?
 ─들을 수 있는 귀가 있었으니까.
 ─그걸로 뭘 할 수 있지?
 ─믿고 있는 걸 버리지 못하지.
 ─아저씨도 믿고 있는 게 있어?
 ─있지…… 있었어…… 있어……
 곰배 아저씨의 뜸베질은 더욱 거칠어졌다. 뽑혀 나온 발부리는 성난 소가 제 뿔을 거두지 못하듯 뱃구리로 와 깊숙이

박혔다. 그것은 아저씨의 발목을 잡고 놓지 않았다. 아저씨도 기억하는 것 같았다. 내게 노래를 가르쳐줄 때마다 흥을 넣던 아저씨의 병신 몸은 절벽 막다라지에 박혀 있는 막돌과 같았다. 아저씨의 헐거운 춤은 그 돌부리에 부딪히는 떨기바람처럼 흐느적거리는가 하면, 떨어지지 않으려고 바람을 붙잡고 죽을 똥을 싸듯 웅크리다가 스스로 굴러떨어지며 바람을 걷어차는 마후래기새처럼 날아올랐다.

―그걸 버릴 수도 있어?
―버리면 안 되는 것이 있지.
―그걸 어떻게 알아?
―바람이 그렇게 말해줬거든. 우리는 버들고리를 짜며 그걸 배웠어.
―바람의 종족이네.
―우린 그렇게 살았거든.
―언약 같은 거야?
―언약이지…… 우리들에겐 문이 없으니까.

귀밑이 찢어져 피가 흘렀다.
"니년이, 우리를 가두었어. 니년이!"
흐르는 피가 입가로 스며들었다.

―사람들은 더 버릴 게 없으면 이곳으로 오거든.
―더 버릴 게 없는 사람들이네 우리는.
―그게 우리가 버릴 수 없는 이치란다.

─버릴 것이 없는 게?

─운선아, 더 이상 버릴 것이 없는 사람들은 불붙을 줄 알면서도 거기로 뛰어들 수밖에 없단다.

불탄 곳간으로 뛰어드는 사람들이 보였다. 아저씨는 발길질을 멈출 수가 없는 모양이었다. 아저씨의 얼굴을 보고 싶었다. 고개를 돌렸다. 누군가 던진 돌이 왼쪽 눈을 파고들었다. 앞이 흐릿했다. 입가로 흘러드는 핏물이 소리를 끌어내 입을 막고 있었다. 어디가 밖이지? 소리도 들리지 않았다. 눈 오는 날이 이랬다. 문풍지 위로 눈 그리메가 날리기 전, 세상은 바람을 잠재우며 고조곤했다. 그 사이로 운선아! 운선아! 부르는 아저씨의 목소리가 들렸다.

─정만 할아버진 우리가 버들고리를 선택했다고 했는걸.

─그랬어.

─만달이는 바꾸겠다고 했어. 다른 방법이 있을 거라고.

─그게 만달이가 버릴 수 없는 것이었단다.

─그런 길이라면 길이 있어도 가고 싶지 않아.

─그게 길이란다. 만달(萬達)의 길. 자운선(紫雲仙), 너의 길. 바람 따라 떠도는 우리들의 길이지…… 우리에게 유일한 것은 풍문이야. 풍문은 바람보다 빨리 걷는단다.

─어떤 풍문을 따라야 하지?

─손바닥으로 하늘을 가려봐.

─이렇게?

―뭐가 보이니?

―손바닥이 보여.

나는 엎어진 채로 손바닥을 펴보려 힘을 주었다. 내 몸에서 떨어져 나간 것처럼 바꿀 태(兌)자가 새겨진 내 손은 어디에 있는지 보이지 않았다.

―그럼, 손바닥을 치워봐.

정만 할아버지가 돌아간 예성강 물줄기를 타고 만달의 메생이가 오고 있었다.

―개밥별이 있어.

―그게 풍문이란다.

나는 그 메생이에 올라탔다. 깃대를 올리고 곰배 아저씨가 깎아준 나무오리를 세웠다. 다시는 길을 잃지 말아야지. 네가 가는 곳이 길이 된다면 좋겠구나. 나무오리는 날아오를 듯 바다를 향해 주둥이를 내밀었다.

―풍문이란 있다가도 없는 거야?

―없는 것도 있다고 믿게 만들지.

―그렇지만 없는 거야?

나는 뱃전에서 손을 흔들었다. 강변에 서 있는 만달이 보였다. 만달의 뒤에는 거란의 유민들이 병풍처럼 둘러서 있었다. 만달은 버드나무 활대를 구부렸다. 바람이 화살을 가른 것인지, 화살이 바람을 가른 것인지, 강은 화살을 맞고 미친듯이 꿈틀댔다. 물 밑에서 비명이 들려왔다. 하얗게 배를 드러낸

물고기들이 떠올랐다. 강은 자신의 태를 열어 죽은 물고기를 풀어내고 있었다.

─있는 것도 없다고 믿게 만들거든.

─별은 저기 있는걸.

─우린 그걸 심(心)이라고 부른단다.

─풍문은 심을 만들어?

─머귀알 같은 거지. 머귀나무에선 머귀방울이 열리지. 그렇다고 머귀방울에 있는 씨앗들이 모두 머귀나무가 되는 건 아니란다.

─그치만, 모두 자기만 한 그리메를 갖고 있는 거지?

입가가 떨렸다. 핏물이 고여 든 귓가로 한 번도 들어본 적 없는 바다의 소리가 들렸다. 눈보다 뜨겁고 쓸개보다 쓴 그것은 울컥 토해내는 이름들이 새겨놓은 울진 멍이었다.

"내가, 내 그리메만 한 풍문을…… 만들어도 될까?"

소리가 빨려든 내 안에서 누군가 그렇게 되받아치고 있었다. 발부리에 채일 때마다 내 안에서도 누군가 발길질을 해댔다. 나는, 어미의 발을 찢고 나온 나는, 내 안에서 발길질을 해대는 너를 죽이기 위해 세상에 나온 것이었다. 너는 바꿀 태(兌)자가 새겨진 내 손바닥을 뚫고 나오려 하고 있었다.

"나오지 마! 나오지 마!"

나는 있는 힘껏 소리 질렀다. 가랑이 사이로 피울음이 쏟아졌다. 어미를 감싸주던 달빛이 피멍들어 태어난 살덩이 위로 내려앉았다. 세상의 소리를 빨아들이며 팔월의 검은 눈이 내렸다. 어미의 등가죽 위로 내리던 눈이 나도 덮어줄까? 검은 눈은 한 송이 한 송이가 제자리를 찾아 재가 된 집으로 돌아오고 있었다. 바다의 그리메가 재가 되어 날리고 있었다. 나는 눈이 돌아오는 몸도 되지 못하고 살아, 너의 집도 되지 못하고 살아, 잿덩이가 된 집을 바라보았다. 재는 옹이눈을 하고 숨줄을 놓지 못하는 나만 비껴가고 있었다. 누구의 발부리인지, 누가 쏜 화살인지, 차고 쓸쓸한 슬픔이 또 슬픔으로 오며, 불기 사그라진 감나무를 덮고, 숯기된 곳간을 감싸고, 마당밭의 돌멩이 위에도 내려앉아 쉬고 있었다. 아무도 밟지 않은 숫눈길로 곰배 아저씨가 얼음 썩는 병신춤을 추며 피멍든 살덩이를 들고 왔던 길로 돌아가고 있었다.

작품 해설

충분히 연루되지 못한 사랑을 위하여

이철주(문학평론가)

1. 금을 밟는 마음

금이 자란다. 모든 것이 예정된 일이었다는 듯 아무렇지 않게. 균열은 벽 내부의 압력 차를 따라 뿌리를 뻗는다. 보이지 않게 그어진 위태로운 경계를 찢으며 한 줄기 텅 빈 선혈이 존재의 누추함을 드러낸다. 금은 벽 속에 잉태된 허공이 내지른 첫번째 울음이며, 그 울음이 통과한 불가역적 상흔의 기록들이다. 삶이 모두 사라지고 허공만이 남을 때까지 금은 무럭무럭 자라 벽을 집어삼킨다. 미처 손쓰지 못한 곳에까지 섬세히 뻗은 모세혈관처럼, 금은 벽에 허공을 공급하고, 죽음과 상실을 호흡하게 한다.

하명희의 소설은 이 금을 밟는 마음으로, 자신이 밟은 금의 내력을 캄캄히 서성인다. 손금을 보며 한 생을 넘겨다보듯,

내면에 그어진 금들을 따라 벽이 견뎌온 생을 찬찬히 발음해본다. 벽에 뿌리내린 균열의 역사를 되짚으며 허공뿐인 자신을 가까스로 추스르는 시간. 하명희의 소설이 정박되어 있는 이곳은 인간이 스스로의 진실을 목도하고 생의 근원적 피폐를 이해해가는 곳이며, 한 번도 마주한 적 없는 자신의 뒷모습을 타인에게서 발견하곤 잔뜩 웅크린 내면의 그림자들을 방생하는 시간이다. 금을 밟음으로써, 나와 너를 선명하게 나눈 경계를 일순간 위반하고, 다시 말갛게 씻긴 땅 위에서 한 번 더 지금을 걷는다.

2009년 단편소설 「꽃 땀」으로 등단한 이후 하명희는 줄곧 사회적 소수자들을 다뤄왔다. 택배 기사, 다문화 자녀, 외국인 노동자, 여성 크레인 조종사, 알바 청년, 빈민가 어린이, 알코올 중독자 등에 이르기까지. 가장 보통의 삶을 가장 치열하게 살아가는 존재들을 통해 버티는 삶의 의미에 깊이 천착해왔다. 첫 소설집으로 묶인 각 단편들은 저마다 어떻게 그 긴 겨울로부터 빛을 잃지 않고 살아남을 수 있었는지에 대한 소중한 증언으로 읽힌다. 그러나 소설이 증언하는 시간은 봄이 아니다. 하명희 소설의 겨울이란, 도시의 삶 그 자체이기에 봄이라는 막연한 희망으로 구원되지 못한다. 그가 주목하는 시간은 겨울이 내장한 봄이며, 가장 차가운 계절을 견디는 자세로서만 찾아온다. 그가 소설에서 길어 올린 따뜻한 시적 은유들은 찢어진 상처들을 봉합하는 환(幻)이 아니라, 차라리 살아남기 위해

제 피부를 찢어 얻어낸 아가미에 가깝다. 냉혹한 삶은 여전히 견고하지만 그 삶을 호흡하고 견딤으로써 깊고 단단해진 눈빛들이 그가 건져 올린 근원적 형상으로 응축돼 현상된다.

  금을 밟는다는 것은 연루된다는 것이다. 더 연루된 삶을 살기 위해 불편해져야 하고, 충분히 연루되지 못한 사랑을 위해 스스로를 지탱해온 말들을 몰락시켜야 한다. 삶으로 살아내지 못한 환대와 애도의 제스처에 물음표를 찍고, 제도로서의 문학이 매끄러운 성이 되어 제공한 도피처로부터도 거리를 둔 채 삶의 피폐성과 정면으로 마주서야 한다. 안간힘을 쓰며 감추어온 존재의 남루함 앞에서 그것이 자신이 오해한 삶의 진실임을 관절 구석구석에 새겨 넣으며, 그럼에도 오직 이 오해뿐인 삶을 걸어야 함을 발걸음 하나하나에 밀어 넣으며, 담담히 나아가야 한다. 하명희의 첫 소설집엔 이 무심하고도 정직한 발걸음이 담겨 있다. 삶이 우리에게 펼쳐 보인 금을 가장 섬세히 밟기 위하여, 아직도 충분히 연루되지 못한 여기의 사랑을 위해 몇 번이고 우두커니 멈춰 서는 정성스런 마음이 한 권의 단편집으로 소중히 묶였다.

2. 저녁의 문장

  하명희의 문장은 저녁의 발걸음을 닮았다. 저녁은 도시가 삼켜버린 낮이 비로소 풀려나오는 하루의 경계이며, 잊혀진 생의 폐허들이 내장 같은 골목으로 흘러나오는 시간이다. 그의 문장에 가만히 마음을 대고 있으면, 고된 하루를 통과한 생의 자세들이 상형문자처럼 스미고 번져 지워지질 않는다. 하명희 소설의 저녁은 그렇게 폐기된 삶들이 스스로를 증명하는 기억의 자리이며, 금이라는 텅 빈 뼈가 지탱했던 비릿한 열과 어둠이 부재와 상실을 통해 스스로를 발음해내는 시간이다.

가령 이번 소설집의 처음을 여는 작품이자 등단작이기도 한 「꽃 땀」에서 저녁은 불안한 노동의 자리를 되짚고, 도시에 빼앗긴 '숨'을 되찾아오게 한다. 물론 이러한 힘은 "땅의 온도에 따라 자신의 온도를 바꾸는 꽃", "수천의 어머니"라는 강인한 생명의 은유로부터 온 것이지만, 망각된 '꽃' 냄새를 땀 흘리는 존재의 체취와 섞는 나른한 중력은 모두 저녁으로부터 빌린 것이다. 저녁의 길어진 그림자는 유년의 기억부터, 좌절된 청춘의 모서리, 잊고 싶은 부끄러움에 이르기까지 존재가 감춰온 상흔 구석구석을 핥으며 주름 가득한 골목에 자신을 풀어놓는다. 철거 예정지인 남루한 전농동 마을의 주민들이건, 그들에게 물건을 전하며 고군분투하는 택배 청년이건 이들은 모두 존재의 터를 상실했거나, 상실할 위험에 처한 패배한 자들이다. 도시가 강제하는 냉담한 시선 속에서 자꾸만 삶의 바깥으로 내몰리지만, 그럼에도 "처음부터 주눅들어 살 수밖에 없는" 그들을 응원하지 않을 수 없는 건, 저녁이 풀어놓는 나른함이 지닌 어떤 뜨거움 때문이다. 오직 패배의 순수성으로만 전해질 수 있는 강렬한 꿈의 흔적이 서로의 경계를 지우며 하나가 되는 시간. 저녁은 그림자가 풀어놓는 까맣게 타버린 마음의 자리로, 꽃과 땀 냄새가 뒤엉킨 혼곤한 나른함으로, 어떻게든 살아가기 위해 버티는 존재들을 증거하고 위무한다.

「까막편지를 읽는 법」에서 저녁은 물리적 시간이라기보다는 은유적 시간으로 현상된다. 동수의 할아버지가 입원한 병실에는 모두 나이 든 환자들뿐이다. 동수와 간병인인 알람만이 이들의 공간에 활력을 불어넣지만, 이들 역시 마음속에 누구에게도 온전히 털어놓을 수 없는 '저녁'을 품고 있다. 이토록 우울한 저녁의 시간이 그래도 살아갈 만한 삶으로 지속되는 건 끝이 가까워진 이들의 불편함 하나하나를 눈 밝게 찾아내고 재빠르게 대처하는 알람의 기민한 손길 덕분이다. 저녁을 품고 있기에 다른 이들의 저녁을 더 깊이 바라보고 단단하게 이해하는 알람. 그로 인해 어린 소년의 마음속에 응어리처럼 맺혀 있던 저녁도 "아무것도 먹지 않고 아무것도 하지 않고 살아가는 곳, 움직이는 섬"이 되어 방생된다. 동수의 어머니가 죽기 전에 남긴 '까막편지' 역시 알람의 따뜻한 마음에 의해 비로소 동수에게 전달된다. 그 역시 베트남 글자로 적힌 편지의 내용을 이해할 리 없지만 저녁을 공유하는 이들에게 까막편지의 시간이란 노을 한구석에 응어리진 짙은 그늘과 같을 뿐이므로. 저녁은 이해되어야 할 저편의 시간이 아니라 끌어안으며 있는 힘껏 버텨야 하는 여기의 시간이므로.

파업을 주도했던 동료의 죽음에 대해 죄책감에 시달리는 여성 크레인 조종사를 다룬 「불편한 온도」는 밤의 혹독한 내면을 견뎌낸 아침의 순간을 조명하고 있다. 그럼에도 이를 저녁의 문장이라 부르는 건, 절정과 추락을 반복하며 뒤틀리고 찢긴 삶을 견디려는 존재의 자세가 그림자로 투영되는 시간을 다루고 있기 때문이다. 모든 살아 있는 것들은 어찌할 수 없는 외상으로부터 살아남기 위해 치유할 수 있으리라 믿는 내상을 자신에게 저지른다. 어느 순간 그 내상이 너무 깊고 위독해서 외상보다 더 치명적인 상처로 곪아버리는 때가 오더라도 이 '불편한 온도'를 포기하지 못한다. 그러나 '외롭고, 괴롭고, 그리운 것들에 매달려야만' 버틸 수 있는 폐허의 삶은 정작 '불편한 온도' 때문에 지탱되는 것이 아니다. 누구나 살기 위해서, 저토록 불편하게 이곳에 발붙인 채 버티고 있구나, 그리고 그걸 알아주고 지지해주고 믿어주는 사람들이 있구나 하는 따뜻한 공감의 시선이 얼어붙을 것 같던 도시의 밤을 견디고 새로운 아침을 맞이할 수 있게 한다. '불편한 온도'가 아니라 '불편한 온도'에 대한 자각과 연대가 고된 노역의 삶을 몇 번이라도 견디게 만든다. 소설이 이 모든 아침을 가능하게 한 '당신'에 대한 고백과, 크레인에 올라탄 아저씨(타자)에 대한 연대로 끝맺는 것은 그 때문이다.

꽃과 땀이라는 성과 속의 결합(「꽃 땀」), 사랑하는 가족의 죽음과 그 결핍을 위무하는 '죽은 자들이 머무는 섬'이라는 은유(「까막편지를 읽는 법」), 살아남기 위해 존재가 상처에 대해 취하는 근원적 자세를 명명한 '불편한 온도'(「불편한 온도」), 뿌리 뽑힌 존재들의 갈망과 좌절을 형상화한 '그림자들의 강'(「그림자들의 강」), 가릴 수 없는 존재의 남루함을 '늙은 물'에 빗댄(「늙은 물의 사랑은,」) 이 뜨거운 시적 은유들은 하명희의 소설이 패배한 모든 생에 바치는 제문이며, 이 제문으로 인해 한없이 단단했던 도시의 뼈는 가까스로 그 이빨을 감춘 채 녹아내린다. 얼음처럼 굳게 자란 금이 녹아버린 자리엔 여전히 지울 수 없는 검은 심연이 존재를 향해 입을 벌리고 있지만, 패배한 존재들의 연대를 통해 해빙을 맞이한 상처는 조금 더 견딜 만한 오늘이 되어 지친 저녁의 무게를 새로 맞을 아침을 향해 열어놓는다.

제문이 갖추어야 할 가장 기본적인 윤리가 있다면, 함부로 이해하지 않겠다는 섬세하고도 냉철한 거리두기일 것이다. 그의 문장이 "저들 속에는 얼마나 많은 저녁이 있을까"(「저녁의 목소리」)라고 물을 때 이는 생의 폐허는 오직 내가 목도한 무수한 저녁들을 통해서만 증거하겠다는 서약으로, 혹은 자기의 상처로 세상의 모든 상처를 서둘러 이해하지 않겠다는 단호한 결심으로 들린다. 인간은 자신이 겪은 상처를 근거로만 타인의 상처를 이해할 수 있다. 그렇지 않은 이해는 모두 거짓된 오해일 것이다. 문학은 오직 진실된 오해를 꿈꿔야 하며, 스스로가 도달한 오해로부터 다시 되돌아올 수 있는 힘을 내장하고 있어야 한다. 하명희 소설의 중심축을 이루는 근원적 상처에 대한 시적 은유들은 나와 너가 근원적으로 동일하다는 것을 깨닫는 자기반복이 아니라, 삶을 살아낸 자의 무게로만 연대와 환대를 말하겠다는 다짐이며, 저녁의 햇빛이 보여준 그림자들의 자세로나마 서로의 상처를 조심스레 이해해보겠다는 진실된 오해의 선언이다. 그가 풀어내는 저녁의 문장은, 완결된 이해나 끝이 아닌 시작을 향해 언제나 열려 있다.

3. 크레바스의 시간

하명희 소설의 한 축이 자기 존재의 내밀한 상처를 타자로부터 발견하고 그에 합당한 말을 부여함으로써 위로와 위무에 이른다고 한다면, 또 다른 한 축은 살아가기 위해 부정해왔던 내면의 진실이 드러나는 순간을 매개함으로써 결코 온전히 봉합될 수도 화해될 수도 없는 인간 존재의 근원적 심연을 드러낸다. 전자의 경우가 모든 존재란 균열을 견디며 살아갈 수밖에 없음을 시적 은유로 긍정함으로써 지금 여기를 버티며 살아가는 존재들을 적극적으로 호명해내고 있다면, 단 한 번의 실족으로 크레바스의 심연으로 떨어지는 생을 그려내고 있는 후자의 경우, 긍정되는 것은 균열 그 자체이며 무엇으로도 위무될 수 없는 진실이다. 가령 「목발」은 다른 작품에서와는 달리 자기 진실을 정면으로 부정하는 인물의 자기소개로 시작되는데, 이 과장된 자기 긍정은 스스로가 부정해온 균열의 깊이를 역설적으로 드러낸다.

> 나는 비슷한 것들 속에서도 새로운 것을 발견하는 나의 근사한 낙관성이 만족스러웠다. 그것은 내게 풍만한 세상으로 나갈 수 있는 부메랑이 되어 돌아왔다. (……) 3교대를 마치고 나면 나는 지하철역에서 챙겨 온 『교차로』를 펴놓고 정성들여 서너 장의 이력서와 자기 소개서 쓰는 일을 거르지 않았다. (……) 1년을 2년으로! 방문을 나서며 다시 한 번 발음해보았다. 그렇게 살아야 한다가 아니라 나는 그렇게 살고 있었다. 흐뭇한 미소가 입가에 번졌다. 이것은 역시 내세울 만한 자랑거리가 분명했다. (……) 그런 생각만으로도 입가의 미소는 승리자의 호흡으로 바뀌었다.(184~187쪽)

이 불안한 자기만족은 헌옷 수거함에 무심코 집 열쇠를 던져버리는, 단 한 번의 어긋남을 계기로 산산조각 나고 만다. 열쇠로 상징되는, 주소가 있는 것들의 확실성을 잃어버린 그는 자신이 잊고자 몸부림쳤던 죄의 기억들 앞에 벌거숭이가 되어 내몰린다. 살아남기 위해 공장 측의 감언이설에 속아, 따르던 '아저씨'의 다리를 짓뭉개고 폭행에 가담했던 자신. 감출 수 없는 그 죄를 덮기 위해 안간힘을 쓰며 구축해왔던 안전한 생활은 그렇게 단 한 번, 아저씨와 나 사이에 놓여 있던 금을 밟아버림으로써 송두리째 무너져 내린다. 그러나 서사는 가까스로 도달한 내면의 진실에 더 정직하게 멈추어 서기보다는 서둘러 이를 봉합하는 쪽을 택한다. "지금껏 나를 붙들고 있던 것은 세상 밖으로 나올 수 없는 어린아이의 투정이라고 쓰겠다. (……) 왜 이제껏 이렇게 간단한 진실을 알지 못했던 것일까. (……) 목발을 짚고서라도 밖으로 나올 것이다. 목발에 나를 의지하고 살아가는 방법을 찾아볼 것이다"와 같은 역전된 자기부정은 인물이 초반부에 보였던 과잉된 목소리와 다르지 않게 들린다. 더군다나 마지막에 등장하는 "CCTV와 같은 수많은 고양이들의 눈동자가 나를 찍고 있었다"라는 서술은 서사 끝에 도달한 자기반성조차 자기 진실이 아닌 타자의 시선에 맞춘 또 다른 자기방어일지 모른다는 생각을 품게 한다. 내면의 진실을 따르겠다는 단호한 목소리로 서사는 종결되지만, 내파된 진실과 인물 사이의 심연은 여전히 아득해 보인다.

예외적으로 다른 시대를 배경으로 하고 있는 「눈의 집」 역시 존재의 내부를 찢는 파열선에 주목하고 있다. 소설은 자신의 죽음에 대한 원혼의 독백으로 시작되지만, 원통한 죽음을 알아달라는 호소나 가해자들에 대한 분노로 나아가지 않는다. 균열은 타자와 나 사이에 놓여 있다기보다는, 자기 내부의 진실과 이를 덮으려는 자신 사이에 놓여 있기 때문이다. 동족을 먹여 살리기 위해 권세의 손을 잡은 자신이 역설적으로 동족을 가두고 팔아넘기게 됐다는 잔혹한 운명은 작품을 끌고 나가는 동력이나, 정작 작품이 주목하는 순간은 스스로에게 주어진 '풍문'과 이를 거부하고 싶었으나 한 번도 발설조차 못했던 자운선 자신의 '풍문' 사이에서 존재가 찢겨지는 지점이다.

> "내가, 내 그리메만 한 풍문을…… 만들어도 될까?" (……) 나는, 어미의 발을 찢고 나온 나는, 내 안에서 발길질을 해대는 너를 죽이기 위해 세상에 나온 것이었다. 너는 바꿀 태(兌)자가 새겨진 내 손바닥을 뚫고 나오려 하고 있었다. "나오지 마! 나오지 마!" (……) 나는 눈이 돌아오는 몸도 되지 못하고 살아, 너의 집도 되지 못하고 살아, 잿덩이가 된 집을 바라보았다. 재는 옹이눈을 하고 숨줄을 놓지 못하는 나만 비껴가고 있었다. (253~254쪽)

잔혹한 여기의 삶을 견디며 살아가는 이들의 지친 등을 덮어주던 것이 '눈'이라면, 이 눈의 손길로부터도 거절당한 것이 바로 자운선의 삶이다. 불가능한 꿈을 꾸지만, 그조차 바람의 운명 속에서 허락된 길을 밟는 남성 양수척족의 삶은 어떤 위험과 유혹이 와도 흔들리지 않는다. 그들의 바꿀 태(兌)는 지친 생을 대신 울어줄 여성의 목소리를 받아먹으며 또 다른 노역의 삶으로, 다시 이어질 수 있기 때문이다. 반면 자운선의 손바닥에 새겨진 '바꿀 태(兌)'는 이들의 꿈을 지탱하기 위한 희생의 굴레에 다름 아니다. 먹여 살려야 할 식구들을 보호해줄 튼튼하고도 처연한 지붕의 운명은 자운선에게 내려진 사명이자 형벌이다. 존재를 뚫고 나가려는 갈망과 존재에 머물러야 하는 당위들 사이에서 단단하기만 했던 땅은 갈라지고, 해갈될 수 없는 존재의 허공을 더 깊이 파놓는다. 금을 밟는 것이 실수가 아니라, 금을 밟지 않으려 안간힘을 썼던 이곳의 삶이 오히려 실수였다는 듯, 존재는 자신이 뚫어놓은 검은 허공을 향해 입을 벌린다.

한 편의 소설집이 작가의 지향점을 온전히 말해줄 수는 없을 것이며, 그 지향점을 미리 결정지으려는 태도 역시 결코 온당한 것이 되지 못할 것이다. 그러나 지친 노동 끝에 존재의 집으로 건강하게 되돌아오는 삶을 그린 소설(「꽃 땀」)과, 존재의 집에 이르지 못하고 삶이 그어놓은 균열들 앞에서 어디에도 의지하지 못한 채 떠도는 원혼을 그린 소설(「눈의 집」)이 하나의 소설집 안에서, 그것도 처음과 끝을 장식하고 있는 것은 설명을 요하는 일이다. 하명희의 문장이 주는 단단

함과 안정된 힘은, 존재론적 유사성으로 인해 서로를 지지하고 연대하는 삶, 그리고 그러한 삶을 시적 은유로 이끌어내는 명징한 통찰력으로부터 나온다. 물론 그러한 은유적 성찰이 세계의 다양성과 이질성을 함부로 봉합하는 것도 아니고 어디까지나 상처 입은 존재들끼리의 임시적인 공감과 애도를 이끌어내는 것일 뿐이지만, 금은 결코 그렇게 쉽게 다가설 수 있는 대상만은 아닐 것이다.

금을 밟는다는 것은 삶이 감추고 있는, 크레바스 저 밑의 폐허를 예감하고 자신이 충분히 살아내지 못한 생의 적막과 정면으로 마주한다는 의미일 것이다. 살아가기 위해 존재가 저지른 거짓말은 치명적인 독이 되어 돌아오고, 이 피할 수 없는 연루 앞에서 이곳의 삶은 한없이 위태롭고 불편해진다. 그러나 하명희의 소설이 어떤 순간에도 결코 놓아버리지 않는 것이 있다면, 그것은 부재의 형식으로나마 요청되는 존재의 집이다. 안간힘을 쓰며 버티는 것들의 뒷모습을 포근히 감싸 안으려는 그의 시선은 문학이 '정확하게' 도달하려는 진실의 자리를 실족해 넘어진 자리에서 오히려 단단하게 되묻는다. 아직도 온전히 연루되지 못한 상처가 있음을 증거하려는 사랑이 문학이어야 한다는 듯. 그의 문장은 앞으로도 한동안 이 '충분히 연루되지 못한 사랑'을 위해 바쳐질 것이다.

작가의 말

 어릴 때부터 나는 늘 늦었다. 그냥 늦은 게 아니고 누군가 나를 부르거나, 뭔가를 해보라고 시키면 그 순간에 얼어붙었다. 초등학교 3학년 때 금테 안경을 쓴 담임선생님을 만났는데, 그 선생님은 지금 생각해보면 일종의 결벽증이 있었던 것 같다. 한번은 점심시간에 비누가 사라지는 일이 있었다. 우리 반은 남자애들과 여자애들이 따로 쓰는 비누와 수건이 있었고, 주번은 수건을 매일 빨아오는 것이 반의 규칙이었다. 점심시간이 되면 모두들 수돗가로 나가서 남자는 남자 비누로 여자는 여자 비누로 손을 씻고 들어와서 밥을 먹어야 했다. 그런데 그날은 남자용, 여자용 비누가 둘 다 감쪽같이 사라졌다. 아이들은 비누 없이 손을 씻었고 선생님은 점심 도시락이 꺼내진 책상을 돌며 도시락 뚜껑을 닫으라고 했다.
 ─어제 비누를 마지막으로 쓴 사람이 누구지?

아무도 대답하지 않았다. 점심시간이 줄어들고 있었다. 아이들은 배가 고픈 만큼 급해졌고 선생님은 얼굴이 붉어졌다. 시간은 아무것도 아닌 일을 사건으로 만들 수도 있다는 것을 나는 그때 알았다. 선생님은 아이들을 향해 도시락을 집어넣으라고 지시한 후 책상 위로 올라가 무릎을 꿇으라고 소리쳤다. 그다음은 모두 눈을 감는 것이었다. 이름이 불렸다. 남자와 여자 각각 한 명씩 호명된 이름은 새로운 주문을 받았다.

—전날 수돗가에서 손을 씻으면서 누구한테 비누를 주었는가?

처음 이름이 불린 아이들은 부를 수 있는 이름이 각각 서른 개씩은 남아 있었다. 서른 개의 이름 중 아무 이름이나 부르면 되는 거였다. 나는 은정이가 미진이를 부를 때, 미진이가 지희를 부를 때, 지희가 은주를 부를 때의 표정을 도둑눈을 하고 엿보았다. 비누는 손에서 손으로 미끄러진 것이지 누구의 손인지는 알 수 없었다. 은정이도 미진이도 지희도 은주도 모두 그것을 알고 있었다. 장난처럼 뽑힌 이름들이 열다섯번째쯤 되었을 때 지혜가 내 이름을 불렀다. 내 차례가 올 것을 대비해 내가 생각해낸 이름은 지혜였다. 나는 순간 얼어붙었다. 그리고 아무 이름도 댈 수 없었다. 나는 그날부터 우리 반의 여자 비누 도둑이 되었다. 처음에는 아무도 나를 비누 도둑이라고 생각하지 않았지만, 내가 이름을 부르지 못하고 우물쭈물하는 사이, 나는 진짜 비누 도둑이 되어 있었다. 남자

아이들도 마찬가지였다. 수창이가 범상이를, 범상이가 동호를, 동호가 그 아이를 불렀다. 멈칫거리며 고민을 하던 그 아이, 낙서장에 그림만 그려대던 공부도 못하던 그 애가 비누 도둑이 되었다.

 언제부터 소설을 썼던가를 생각했다. 비누 도둑이 되었던 그때부터가 아니었을까. 나는 억울했고, 다시 그 시간으로 돌아간다면 아무 이름이나 부를 거라고 수도 없이 다짐했다. 내가 지혜를 불렀다면 사건은 처음으로 다시 돌아갔을까. 내가 우물쭈물하지 않고 다른 이름을 불렀다면 그래도 나는 비누 도둑이 되었을까. 내가 그 시간을 멈추고 부당한 방식에 대해 항의했다면 비누 도둑은 처음부터 있을 수 없는 것이었을까. 그러나 시간은 되돌릴 수 없고, 그 순간을 놓친 사람들은 억울함을 다 다른 방식으로 풀어낼 수밖에 없다는 걸 나는 나중에 알게 되었다. 그때부터 길에서 중얼거리는 버릇이 생겼다. 아무도 듣지 못하겠지만 내 억울함을 나한테는 호소하고 싶었을 것이다. 그럴 때마다 나는 말해야 할 때 말하지 못한 내가 미련하고 미웠다.

 하지만 길에서의 중얼거림은 예상하지 못한 이상한 것들을 낳았다. 어느 날은 내가 말을 잘하는 반장이 되어 있었고, 또 어느 날은 벙어리의 말을 번역하는 사람이 되기도 했다. 또 어느 날은 아무도 찾을 수 없게 커다란 가방 속으로 들어가기도 했고, 또 어느 날은 뚝방에 앉아 저녁이 강 위에 내려앉는

걸 지켜보기도 했다. 오고 가는 길에서 허공에 쓰던 빈 말들은 어쩌면 내가 최초로 만난 소설이 아니었을까.

  비누를 잡은 손을 그릴 수는 있지만 그 손의 주인이 누군지는 정확히 알 수 없었던, 그래서 나와 함께 비누 도둑이 되어준 그 친구는 지금 뭘 하고 있을까. 나는 아직도 누군가의 손 그림을 볼 때마다 너를 떠올린다. 아무렇게나 남의 이름을 댈 수도 있었지만 그러지 않았던 너의 머뭇거림이 그래도 나를 견디게 해주었다는 말을 언젠가는 하고 싶었다. 그 시절의 비누 도둑과 같은 사람들을 만나면 늘 간지럽다. 내가 허공에 풀어놓았던 말들이 되돌아와 현실의 옷을 입고 나타난 순간들, 그렇지만 여전히 언어를 찾지 못한 아련한 윤곽들. 그것들을 잡아다가 하나의 이야기로 만들고 퇴고하고 손에서 놓을 때의 아찔함을 오래 즐기고 싶다. 대부분은 손에서 놓고 나서도 만족이라는 것을 주지 않지만, 아주 드물게 '아, 내가 그리고 싶은 게 이거였구나' 깨닫는 순간을 만나기도 한다. 그 잠깐의 순간이 수없이 버리면서 아직 쓰지 못한 소설이 아닐까.

  등단 9년 만에 첫 소설집을 묶는다. 너무 늦었지만 또 그럴 수밖에 없는 사람이 나일지도 모른다. 나는 언제나 늦었고 앞으로도 늦을 것이지만, 뒤의 앞으로 달려가겠다. 아직 찾지 못한 비누 도둑을 만나면 실을 잣듯 소설을 짓겠다. 이제는 '책'이라는 것이 무엇인지 잊어버린 엄마에게, 지루하고 재미 없는 나를 견뎌준 재혁과 지원에게, 소설을 검토하고 출간을 결정해주신 정홍수 선생님, 이진선 편집자, 진실된 오해를 꿈꾸며 무심하고 정직하게 소설을 더 사랑해도 좋다고 해설과 추천사를 써주신 이철주, 복도훈 평론가에게 고마운 마음을 보냅니다. 그런데 비누는 도대체 누가 감춰놓은 걸까.

2018년 5월
호텔 프린스 '소설가의 방'에서
하명희

수록 작품 발표 지면

꽃 땀 『문학사상』 2009년 7월호
까막편지를 읽는 법 『월간좌파』 2014년 10월호
불편한 온도 『황해문화』 2015년 겨울호
그림자들의 강 『문학사상』 2011년 8월호 (발표 당시 제목은 「섬 한 채」)
늙은 물의 사랑은, 『문학의오늘』 2017년 봄호
목발 『문학사상』 2010년 3월호
저녁의 목소리 『내일을여는작가』 2017년 상반기
눈의 집 『작가들』 2017년 겨울호

불편한 온도
ⓒ 하명희

| 1판 1쇄 발행 | 2018년 6월 15일 |
| 1판 3쇄 발행 | 2024년 6월 5일 |

지은이	하명희
펴낸이	정홍수
편집	김현숙 이진선
펴낸곳	(주)도서출판 강
출판등록	2000년 8월 9일(제2000-185호)

주소	서울시 마포구 동교로 17안길 21(우 04002)
전화	02-325-9566
팩시밀리	02-325-8486
전자우편	gangpub@hanmail.net

값 14,000원
ISBN 978-89-8218-230-3   03810

이 도서의 국립중앙도서관 출판예정도서목록(CIP)은 서지정보유통지원시스템 홈페이지
(http://seoji.nl.go.kr)와 국가자료공동목록시스템(http://www.nl.go.kr/kolisnet)에서 이용하실 수 있
습니다.(CIP제어번호: CIP2018017047)

* 이 책은 서울문화재단 '2018년 창작집 발간 지원사업'의 지원을 받아 발간되었습니다.
* 잘못 만들어진 책은 구입처에서 교환해드립니다.